I0635327

MA FEMME EN BLEU

Patrice Landry

ROMAN

EN COUVERTURE

Graphisme : Patrice Landry
Source des images :
© hoboton / 123RF Stock Photo
© verastuchelova / 123RF Stock Photo

Ce roman est une œuvre de fiction. Toute ressemblance avec une ou des personnes vivantes ou décédées est purement fortuite.

Tous droits de reproduction, de traduction et d'adaptation réservés pour tous les pays. Toute représentation ou reproduction, intégrale ou partielle, faite par quelque procédé que ce soit sans l'autorisation de l'auteur est illicite.

Dépôt légal : 4e trimestre 2017
Bibliothèque et Archives nationales du Québec
Bibliothèque et Archives Canada, 4e trimestre 2017

Les Éditions Minamots
www.minamots.com

© 2017 par Patrice Landry. Tous droits réservés
ISBN : 978-2-9809825-3-8

Remerciements

Ce roman n'existerait pas sans le désastre émotionnel des derniers mois de l'année 2005. Ce passage à vide s'est heureusement terminé par une merveilleuse rencontre.

Fruit d'une première incursion dans le monde du *Nanowrimo*, ce roman est une douce vengeance envers et contre tous — et personne en particulier — face à l'absurdité de la passion, aux mensonges et faux semblants qui meublent parfois nos vies amoureuses.

Je pourrais remercier une certaine personne de m'avoir encouragé à passer un mois à vider mon fiel et mon humour douteux dans ce ramassis de mots, mais ce serait lui prêter trop de crédit. S'il est une extraterrestre qui vit sur cette planète bleue, c'est bien elle. Mais sa peau est rosée.

Cependant, je m'en voudrais de ne pas remercier ceux et celles qui ont lu cette histoire et qui ont manifesté leur intérêt de la voir enfin publiée. Je ne peux malheureusement pas faire la liste de ces dizaines de milliers de personnes qui ont pris le temps de lire *Ma femme en bleu* sur le site *Wattpad* dans sa première version non expurgée — et ce, gratuitement. Leurs votes et leurs commentaires m'ont incité à tout revoir et présenter un texte à la hauteur des attentes de nouveaux lecteurs qui se procureront ce livre en version imprimée ou électronique.

Un merci tout spécial à ma femme qui a cru, dès la première lecture, au potentiel de cette histoire et qui m'a encouragé à la finaliser.

Joumana, tu seras toujours ma première lectrice. Merci pour ta patience. Ces nombreuses heures passées devant mon écran d'ordinateur à lire, à corriger, à relire et à modifier de nouveau te sont dédiées.

Merci à une grande amie spirituelle et très critique, *Alysson Martel*, qui a eu le courage de passer à travers cette histoire sans perdre le nord.

Je tiens à souligner également le travail exceptionnel de l'auteur britannique *Joanna Penn* pour ses précieux conseils pour les auteurs indépendants que nous sommes et surtout pour sa passion d'écrire qu'elle partage sur son site *CreativePenn.com*.

Et finalement, un gros câlin à vous, cher lecteur ou lectrice, pour avoir acheté ce livre. Vous vous apprêtez à faire un voyage intriguant au cœur de ma folie créative.

Bonne lecture !

Patrice Landry

Je dédie ce roman à ma belle étrangère
que j'ai retrouvée dans la lumière de mon cœur.

Au sortir de mon enfer,
il n'y a pas de paradis.
Seulement moi.
Et enfin toi.

Il est dix-huit heures et des poussières. J'ai soif. J'ai toujours terriblement soif.

À cette heure-là, les gigolos du neuf à cinq sont rentrés peinards dans leur cocon où leurs greluches fardées les accueillent avec le souper congelé frais sorti du four à microonde. La progéniture hyperactive contaminée par les mille microbes du jardin d'enfants s'empiffre de sucre et tournera en rond jusqu'à l'heure du dodo.

Ici, les solitaires, les esseulés et les épaves humaines accaparent le bar et le bol d'arachides. Les écrans de la loterie vidéo illuminent les coins sombres. Les affreux joueurs compulsifs se calent sur un tabouret pour observer les icônes de leur rêve tournoyer en espérant qu'elles s'aligneront enfin et que la mélodie du bonheur des riches se fera entendre. Hélas, ils sirotent une bière tiède tandis que s'affichent les symboles de leur endettement exponentiel. Il y a aussi les veuves de bourreaux de travail et les cocus qui s'échangent des bulletins météo ou des prévisions politiques comme des sucreries de l'esprit.

C'est dans ce brouhaha habituel que je me glisse ce vendredi soir. Je cherche un tabouret libre devant Madeleine, la barmaid aux poignets idéals pour concocter un martini à quatre olives qui ferait bander James 007.

Madeleine Girouard est une femme dans tous les sens du mot. Elle est juste assez grande pour poser son front dans le creux de mon cou. Elle a des cheveux blond naturel qui tombent droit de chaque côté de ses joues bombées, avec un nez un peu forcé, ce qui lui donne une allure de statue grecque. Mais je n'ai jamais osé l'inviter à partager un souvlaki dans un restaurant grec de peur de me faire arracher la tête.

C'est une fille qui a complété, croyez-le ou non, deux baccalauréats, un en littérature française et l'autre en enseignement. Je n'ai jamais su pourquoi elle préférait servir des ivrognes comme moi dans un bar très ordinaire au milieu de nulle part. Cette fille a une aura qui me taraude l'occiput et m'agace l'entrejambe dès que je termine mon premier verre. Dire que c'est une beauté à se tailler les veines à coup de fantasmes lubriques serait un peu exagéré, mais elle transpire juste assez de mystère pour éclairer mes nuits les plus sombres.

Et puis, c'est aussi une célibataire endurcie sur laquelle plusieurs espoirs se sont écrasés le bout du nez, ce qui n'est pas non plus tout à fait dénué de charme.

— Dure journée, mon beau Normand ? me dit-elle en posant devant moi un sous-verre en carton recyclé sur lequel est imprimé le logo d'une microbrasserie québécoise au nom médiéval.

— J'en ai vu des pires, rétorqué-je en reniflant un peu, histoire de ravaler un peu de la poussière du temps qu'y s'incruste de plus en plus en moi.

Elle soupire en essuyant un autre verre :

— Les jours ordinaires, ce sont souvent ceux-là les pires, comme qu'on dit.

Je n'arrive pas à déchiffrer le sens de cette répartie, mais je trouve que ça sonne bien. Je la prendrais bien en note celle-là, mais j'ai oublié mon petit carnet au bureau et ça ne me tente pas de sortir mon téléphone intelligent pour pianoter la chose de mes doigts boudinés.

Du coup, il me revient l'image pleine de statique de mon petit bureau de représentant publicitaire à l'imprimerie *Pique-Sel* — un nom d'entreprise tout à fait ridicule qu'a trouvé le fils du défunt fondateur pour entrer à pieds joints dans le 21e siècle. Bien qu'il ait chassé du plancher de béton les vieilles presses bruyantes qui dégageaient des odeurs toxiques depuis des décennies, il n'arrivera pas à sauver le commerce qui est déjà sur respirateur artificiel. Tout comme pratiquement toutes les entreprises de ce petit quartier d'affaires de Chambly.

Madeleine brasse savamment la mixture, comme elle sait si bien le faire. D'un grand geste théâtral, elle dépose une vague de cette potion magique au fond du verre. Le liquide tourbillonne un moment. Arrive enfin la phase finale : de ses grands doigts manucurés, elle y dépose avec délicatesse les quatre olives pubères d'un vert presque fluo ce qui complète l'œuvre magistrale.

— Ça, c'est de la magie, ma belle beauté. Tu es extraordinaire !

marmonné-je, comme je le lui rappelle régulièrement malgré son inévitable haussement d'épaules et ses airs de fausse modestie.

J'entame le drainage du précieux cocktail sans prendre de pause.

La soif, c'est un malaise que j'étanche à perpétuité, surtout dans les premiers instants de ma sobriété. Je ne m'empêtre pas dans des préambules ou des flaflas de la dégustation. On ne se présente pas à un martini. On se jette sur lui et d'une grande lampée, on lui fait tous les honneurs, surtout s'il est issu de mains si habiles. Elles me font toujours imaginer des scénarii cotés triple X, les frêles menottes innocentes de ma Madeleine.

C'est le deuxième martini qui mérite le respect, l'attention, le plaisir d'un goutte-à-goutte fraternel. Mais auparavant, il y a la pause du fruit vert, le croc en bouche presque caoutchouteux qui fait naître des touchers sur les parois intérieures de mes joues. Voilà un petit vice qui naît au grand jour lorsque je ferme les yeux, jouissant de mon audace.

Pendant ce temps, Madeleine me concocte une deuxième coupe avec un sourire entendu et la concentration d'une physicienne nucléaire.

J'ai soif. Beaucoup trop soif.

Je me dis : « Demain, je ne reviendrai pas. J'éviterai le bar, je passerai mon chemin pour me retrouver seul à seul avec mes quatre ou cinq vérités, à me regarder dans le miroir et à me faire une magnifique grimace. Je boirai un quatre litres d'eau citronnée pour me calmer le gosier. Je tournerai frénétiquement sur place jusqu'à m'étourdir, comme le font les soufis. Et je simulerai l'orgasme de mon spleen d'alcoolique, à plat ventre sur le tapis du salon en pleurant comme un caniche blanc qu'on vient de tourner dans la fange ».

C'est bien ce que je me dis : « Demain, oui, demain ».

Madeleine dépose devant moi la deuxième dose de mon gin et vermouth citronné accompagné du nouveau quatuor d'olives. J'y pose des lèvres timides, histoire de me remémorer le plaisir du premier. Le liquide froid m'intoxique, mais je me retiens.

— Pas grand monde à la messe ce soir, remarqué-je en posant un regard panoramique sur le plancher. Y a-t-il une vente de garage chez *Canadian Tire* ou quoi ?

Les vapeurs de l'alcool commencent à s'immiscer dans mes veines fatiguées. J'ai les neurones à fleur de boîte crânienne.

Deux billes humides composées de larmes et de tristesse se coincent dans le coin de mes yeux. L'air ambiant agace mes sens. J'entends soudain le bruit que font les pales du ventilateur poussant l'air vicié du plafond vers le plancher.

Une femme en excès de poids et de transpiration passe derrière moi. Elle porte un cigare à sa bouche entrouverte et me fait un clin d'œil licencieux, défiant l'interdiction formelle de fumer dans le bar. J'observe son chargement extra large se faufiler entre les tables vides. Je secoue la tête de dépit en voyant le mince bout de tissu en forme de T de son *g-string* bon marché qui dépasse de la taille basse de son jeans. C'est à se désespérer davantage de la vie.

Le néon accroché derrière la vitrine centrale clignote. Je peux lire son nom, à l'endroit, comme à l'envers. *La Petite Écluse*, la place pour écluser son trop-plein de vide intérieur.

De l'autre côté du serpentin lumineux, le fou du village passe en trottinant, un doigt dans le nez. Il marmonne probablement des insanités, comme d'habitude. Et de l'autre main libre, il se gratte là où ça ne lui fait pas mal. Cet hurluberlu au cerveau paresseux est un exhibitionniste reconnu. À la vue de la petitesse de sa chose qu'il exhibe aux passants qui flânent sur le bord de la rivière Richelieu, les hommes rient. Les femmes s'en insurgent, crient au viol et demandent à leur preux chevalier plié en deux de chasser cette souris à col roulé de leur vue. Pourtant, il n'est pas méchant, Ti-Guy. Ça lui démange, c'est tout.

L'atmosphère dans le bar est presque aussi déprimante que la vaste salle abandonnée qui me tient de cerveau ces temps-ci. Je porte le verre à mes lèvres et j'en siphonne la moitié sans ciller, même si mes yeux sont fermés.

— Mollo, le beau. Tu vas rouler en dessous des tables de billard avant que le *Téléjournal* ne soit terminé, me gronde la barmaid.

J'ai envie de lui asséner une réplique misogyne et geignarde, du genre « Chérie, si tu ouvres la bouche, fais-le donc pour une bonne cause » en pointant mon entrejambe, mais je ne suis pas dans les bonnes platebandes. La jeunette pourrait le prendre mal et me larguer avant que je ne lui paie mon dû ou encore me trancher la gorge avec son couteau à citron.

— J'ai trop soif, ma douce Mado. C'est pire que pire, ce soir. Des mauvaises vibrations, on dirait.

La Madeleine, quand on introduit des phrases mystiques ou spirituelles, ça déclenche des raz de marée intellectuels dans son cerveau et elle se met à perdre le nord et le sud tout à la fois :

— Tu perçois des vibrations, à c't'heure, Normand Poitras ? Où as-tu déniché ce nouveau talent ? Au magasin à un dollar ? Tu ne connais même pas ton signe astrologique, *Yogi* Poitras. Alors, pour les prétentions de médium, tu repasseras dans une autre vie.

— C'est juste une impression, Madeleine. L'alcool me monte au cerveau…

— Et il te le ramollit. Arrête donc de boire. Oublie-là, me chante-t-elle encore une fois, histoire de me fermer le clapet une fois pour toutes.

C'est une tactique que je lui sais facile. Elle est jalouse d'Audrée, mon ex, c'est trop évident.

Chaque soir où j'investis le bar afin m'envoyer ma dose quotidienne d'oubli temporaire, elle trouve le moyen de me jeter de la poudre de jalousie aux yeux. « Elle va te rendre dingo, ta petite pute d'Audrée » ou bien « Tu vas te casser les couilles dans ce cul-de-sac émotionnel ».

Madeleine est ma psychologue à deux sous, comme *Lucy* dans *Charlie Brown*. C'est elle qui m'a ouvert les yeux sur les problèmes d'Audrée alors que j'ai toujours cru que j'étais la source de mes angoisses existentielles.

Lorsqu'Audrée entrait au petit matin, elle me disait « ne t'inquiète pas, ce n'est pas ce que tu penses » et elle s'enfermait dans la salle de bain pour se laver et s'asperger de parfum. Je m'enroulais dans la douillette et je souriais comme un chaton qui va voir sa tétée, rassuré comme un coq cocu lobotomisé.

Dans ma tête, elle se lavait pour moi, pour nous, pour qu'on se colle un peu l'un contre l'autre. Les martinis étant bien dilués dans mes veines, je pouvais alors profiter des mille et une sensations que son corps allait me procurer avant de sombrer dans un sommeil réparateur, chassant du coup toutes ces angoisses vécues dans l'attente de son retour.

Mais bien vite, j'ai réalisé que mes fantasmes s'étiolaient au profit d'une psychose larmoyante. Ses douleurs au ventre ou son mal de cerveau, c'en était un issu du cœur, celui qui sert à carburer à l'amour. Sa pompe à bonheur ne battait plus pour moi, mais pour un certain Filippo Da Rosso, un architecte établi à St-Jean-sur-Richelieu, qui a fait fortune dans l'immobilier pour assistés sociaux. Le genre de coquerelle italienne que tu veux écraser doucement dans un coin avec un marteau-pilon, si vous voyez le genre.

Bel homme, il souriait comme seul un Adonis pouvait le faire, atteignant même les plus féministes d'entre elles. Et le pire dans tout ça, c'est que je suis l'imbécile qui le lui ait présenté, lors d'une conférence de la chambre de commerce de Chambly. Audrée l'avait à peine regardé, trop occupée à s'assurer que tout le reste de la population mercantile admirait sa robe et surtout ses jambes dorées au galbe sud-américain. Le salaud avait pris bonne note de cette apparition et a su profiter de l'une de mes soirées trop arrosées pour la croiser par un hasard bien calculé, à la sortie de son cours de yoga. Je n'en sais pas plus et c'est suffisant, si je veux garder ma pression artérielle au neutre.

Il y a bien eu quelques brindilles d'espoir de voir notre beau bateau retrouver un chemin fait d'accalmies entre les eaux tumultueuses de notre relation. Mais notre illusion fit toujours écueil sur les rochers escarpés de notre relation, sculptés par mes sourdes colères. Entre nous, je ne voyais que les bonnes choses que nous avions vécues ensemble. Celles qu'on embellit avec le temps. Elle, elle ne voyait que les affreuses, celle qu'on veut effacer à coups d'excuses et de regrets, mais qui sont tatoués dans notre quotidien d'un X indélébile.

Comme de raison, les derniers moments furent encore plus tumultueux. Raison de plus de vouloir élever au panthéon du bonheur suprême nos petites marches méditatives sur le terrain du Fort de Chambly ou nos ébats dans l'automobile sur le terrain abandonné d'une ancienne station-service un soir de tempête de verglas. Tous nos petits moments de grâce étaient aussi nets et précis que mes bourdes étaient devenues embrouillées.

Elle rêvait de grands voyages, moi de caresses voyageuses. Elle se voyait en Mère Teresa, moi en horticulteur de sa fleur de peau. Elle s'imaginait de grandes soirées avec des robes à la Sissi, vivant pleinement le drame du quotidien à rebondissements exponentiels, comme dans les feuilletons américains. Moi, je préférais le confort d'un canapé, enveloppé d'une couverture, à regarder un bon film d'action tout en grignotant du maïs soufflé entre ses seins.

Contrairement à moi, elle se mettait rarement en colère. Elle était d'un calme troublant, celui qui m'a toujours fait craindre le pire, si vous voyez ce que je veux dire. Ce genre d'accalmie qui précède une tornade où les animaux — qui ont souvent plus de jugeote que nous, pauvres humains — se terrent en attendant que le pire soit passé. Ce calme, c'était ma calamité. J'avais envie de la secouer, de la provoquer, de la sentir rebelle. J'aurais aimé la voir courir derrière la voiture des gens qui ne font pas leur arrêt obligatoire ou hurler en entendant qu'un autre curé venait de se faire appréhender pour avoir tripoté des enfants. C'était un grand saule pleureur qui se laissait bercer par une faible brise tout autant que sous les grands vents d'automne.

Et pourtant, c'était une provocatrice. Elle savait que ses gestes et ses paroles pouvaient déclencher un événement déstabilisant voire même une crise qui attisait la violence. Quand elle atteignait son but, elle reculait d'un pas et observait la débâcle avec un sourire plus mystérieux que celui de la Joconde.

C'est ainsi qu'un soir d'été, alors que je terminais mon sixième martini, elle jeta le sac de tortillas dans la petite piscine gonflable où nous nous amusions à faire un concours de vents sous-marins. Elle se leva, enfila une robe d'été vaporeuse et me déclara avoir rendez-vous chez le psy.

C'était un samedi et il était vingt-deux heures. J'aurais pu hausser les épaules ou me mettre à rire comme je le faisais si bien d'habitude, mais j'ai été pris d'un hoquet.

Je lui aurais bien demandé des explications, mais elle était déjà partie, laissant derrière elle un parfum d'érotisme qui ne m'appartenait plus.

À partir de ce jour-là, elle prit soin de me dire cette phrase assassine à chaque fois qu'elle s'absentait :

— Ne t'inquiète pas, ce n'est pas ce que tu penses…

Dès lors, je passai mes nuits à l'attendre, à me morfondre, à essayer de ne pas m'inquiéter. J'étais devenu aveugle à force d'aimer les yeux fermés. Quand j'ai ouvert les yeux, il était déjà trop tard. Audrée avait trouvé son nirvana dans les mains d'un agent immobilier. De la poutine de notre routine, elle préféra le méli-mélo du spaghetti épicé à la saucisse italienne.

Un soir, elle sortit une grande valise et y fourra tous les bouts de tissus colorés qui lui faisaient office de vêtements. Elle remplit un sac de voyage de ses milliards de trucs cosmétiques et elle posa ses lèvres froides sur mon front froissé par des points d'interrogation :

— Tu peux t'inquiéter maintenant. C'est vraiment ce que tu penses.

Elle sortit sans bruit, sans attendre que je me remette à respirer.

Depuis ce triste moment, je me suis inventé un rituel pour célébrer ses funérailles virtuelles où je chante des oraisons avec son nom réinventé en latin ou en italien. Je me plais à associer ce nom avec celui d'autres animaux, généralement femelles, qui produisent du lait ou mettent bas de mignons des cochonnets.

— N'oublie pas de respirer, chante Madeleine en me tapotant la joue, histoire de me tirer de mes cauchemars perpétuels.

Je viens encore d'avoir un passage à vide en revivant tout cela. Il est plus de vingt-et-une heures. Je secoue la tête en me demandant comment je peux demeurer assis là pendant trois heures à revivre ce cauchemar sans fin.

Je tente de me redresser. Chaque vertèbre de mon dos hurle comme si je voulais détordre une barre de métal rouillé.

Je siphonne mon martini sans le goûter. Est-ce le troisième ou le dixième ?

Le prochain sera meilleur, me dis-je sans y croire. Il n'aura pas l'arrière-goût de mes frustrations. Et puis, les vapeurs du poison me guérissent tranquillement. Elles engourdissent ce passé noir et blanc qui passe en boucle, comme une bande-annonce juste avant le programme principal de ma vie en 3D : dépressive, décevante et douloureuse.

J'inspire profondément et je regarde Madeleine droit dans les yeux :

— Pourquoi est-ce qu'on ne se marierait pas toi et moi, Madeleine ? T'as de beaux seins, t'sais ! Moi seul pourrais te donner le bonheur que tu mérites. Tu ne vas pas passer ta vie à essuyer des verres et à écouter des ivrognes comme moi te chialer leur peine d'amour ou leur dysfonction érectile.

— Justement, je ne voudrais surtout pas passer ma vie à essuyer tes larmes, Norm. Mon karma ne s'accouplera jamais au tien, je suis désolée. Trop de yin, pas assez de yang. Je ne sais pas trop.

« Il faut que tu te soignes, que tu arrêtes de noyer ta peine dans le gin, le vermouth et les olives. Ta peine, elle sait mieux nager que toi et elle s'accroche. Plus tu bois, plus tu as de la peine. Audrée, c'était une petite putain. Elle t'a mené par le bout de la queue alors qu'elle se tapait la moitié du village gaulois, c'est connu comme Barabbas dans la Passion. Laisse-la aller à son butinage. Un jour, elle va frapper son mur, mais toi, tu vas être debout et tu respireras l'air frais de la liberté. »

— Et j'irai enfin la retrouver ? marmonné-je entre mes lèvres molles.

Madeleine soupire à en faire virevolter les serviettes de papier. Elle replace une mèche de cheveux derrière son oreille droite, signe qu'elle est exaspérée et qu'elle va bientôt me piquer une crise :

— Bon, là, j'ai décidé que ça allait être assez pour ce soir. Je ne te sers plus d'alcool. Tu peux rester pour bouffer des arachides salées, mais *crisse*-moi patience. Tu n'es pas le seul client ici dedans, Normand. Je t'aime bien, mais ne pousse pas le bouchon trop loin.

Je veux m'excuser, mais je sais très bien que des excuses, c'est justement ce à quoi elle fait référence lorsqu'elle parle du bouchon.

J'essaie de me lever, mais j'ai un vertige. Tout devient rouge brillant pendant une éternité. Mon cœur tambourine une symphonie cacophonique qui résonne jusque dans ma tête. L'armée rouge de ma colère qui tape du pied sur mes ogives nucléaires.

Je regarde mes mains qui bougent à vingt mètres d'où je me trouve. Je cligne des yeux et je tente de respirer profondément, comme Madeleine me l'a enseigné, mais je halète et suffoque. De petits points noirs papillonnent comme dans une peinture abstraite et s'élargissent à travers mes yeux écarquillés. Je sens monter en moi une panique glacée :

Ça y est, je vais mourir. C'est la fin.

Madeleine est en train de servir une bière à un grand maigre tondu à l'autre extrémité du comptoir. Elle lui sourit et bombe la poitrine pour mieux mettre en évidence ses armes dévastatrices. Ses deux petits appâts attisent les fantasmes endormis qui se terrent derrière les yeux des hommes attablés dans ce trou minable.

Elle est une reine dans son arène, un renne dans son harem. Son air affable et quelquefois bonasse en a trompé plus d'un. Comme Audrée, c'est une provocatrice professionnelle. Elle fait lever les proies, mais les laisse en plan, à tourner en rond, expirant un vent d'espoir dans le vide de leurs désirs. Ils attendent la phrase magique ou le geste qui signale le coup de départ, mais tout ce beau monde reste sur sa faim, la queue amollie entre les jambes.

Je ne l'ai jamais vue fréquenter un homme. Ni même une femme, d'ailleurs ce qui aurait confirmé une des nombreuses théories que j'échafaude à son sujet quand mes neurones sont des électrons libres dans ma cervelle intoxiquée.

Je réclame ma énième ration de poison en claquant mon verre sur le comptoir. Je devine que son œil a vu le geste. Son oreille a entendu le son du verre sur le bois collant, mais son corps ne réagit pas. Elle m'ignore comme la vieille bouée crottée qui orne le mur du fond sur laquelle un crétin mal baisé a peint *L'Échouée*.

Je fais une moue qui n'impressionne personne d'autre que moi-même alors que je lève les yeux vers le miroir droit devant moi. Ce personnage qui m'observe n'est pas une œuvre d'art, loin de là. Je commence à avoir le crâne dégarni. J'ai deux sacs gris qui pendouillent sous mes yeux de morse. Ma chemise n'a probablement pas été repassée depuis le départ de mon ex. C'est un gâchis sur deux pattes qui n'a plus d'yeux que pour la brume dans son cerveau.

Madeleine se penche vers le macabre individu qui se trouve devant elle et lui glisse une phrase probablement cynique, ce qui le fait rigoler comme un porc à qui on raconte une blague de truies lesbiennes. Sa gueule ne me revient pas. Il m'observe comme si j'allais lui sauter au visage, ce qui n'est pas très loin de la vérité.

On me regarde. On me pointe du doigt. Et pas très discrètement.

Je sens monter en moi une rage meurtrière. Je cligne des yeux. Non, ils n'ont pas bougé. Personne ne rit. C'est on ne peut plus curieux. À travers mon malaise alcoolisé, je commence à me demander si je n'ai pas la berlue. Mon cœur fait des cabrioles, sautant une mesure de temps en temps. J'ai des chaleurs comme si l'andropause me prenait à la tête et je ne peux réprimer ces frissons d'Inuit qui courent le long de ma colonne vertébrale. Une mouche tourne autour de moi. Le sol vibre.

— Est-ce que quelqu'un peut me servir un petit *refill*, s'il vous plaît ? Où est-ce qu'on est ici ? Un monastère ? Je ne vois que des putes et des macros, lancé-je à la ronde, m'attirant les regards incendiaires de la part des quelques autres hôtes de ce bouge miteux.

C'est Hermann, le grand patron de la place, baraqué comme un frigo des années cinquante, qui prend la relève. Il a noté le regard exaspéré de Madeleine qui me désigne du bout de son nez un peu trop relevé. Selon toute vraisemblance, je suis descendu au troisième sous-sol du dernier de ses soucis.

— Qu'est-ce qui se passe, Poitras ? Encore en train de noyer ta peine pour ta petite *chaudrée* de malheur ? As-tu vraiment besoin de faire passer tes colères sur mes invités ? Et sur la Madeleine, qui plus est ! Tu n'as pas honte ? Pourquoi tu ne vas pas cuver tes larmes amères dans ton petit condo, *mmh* ? Tu pourrais te faire un petit feu de tes souvenirs au milieu du salon et jouer à cache-cache avec ton Boswell. Nous, on sera plus qu'heureux de t'accueillir un autre tantôt.

Je le regarde droit dans les yeux, l'*hermine*. Il a des yeux de gai malgré sa carrure de mastodonte. Je ne peux m'empêcher de zyeuter ces grandes mains tout aussi musclées que le reste de son corps. Des mains qu'il adore soumettre à mille tortures gymnastes, histoire d'arrondir tout ce qu'il a de muscles autour de ses os. Sa peau est presque de bronze, dure comme du cuir de vache, imberbe. Ses cheveux courts lui donnent un air de sergent baveux qui aime donner des coups de cravache en chantant un YMCA sado-maso.

Lui aussi, je l'imagine mal avec une femme. Pourtant il est fier de se promener, bras dessus bras dessous avec sa petite Nicole, rondelette et douce comme une patate du même genre. Le type de fille qui sent bon même après avoir été chier. Une haleine de fruits confits. Une *binette* de *Barbie* gonflée à l'hélium, mais certifiée naturelle à cent pour cent. Ils ont même dernièrement eu droit à un cadeau du ciel : la naissance d'un chérubin tout féminin, une porcelaine aux yeux d'azur qui ne pleure jamais la nuit et qui a hérité des gènes odorants de sa maman.

Tout pour me faire suer, je vous le dis. Hermann ne s'impatiente jamais. Il ne répète jamais deux fois la même chose et si on ne l'écoute pas, il vient tout doucement vous prendre un bras et touche un nerf en le pinçant quelques secondes.

Je sens qu'il s'apprête à contourner le zinc pour venir m'adresser ses doléances tactiles dans les quelques secondes qui suivront. Puis, quelque chose change dans ses yeux. Il les lève au-dessus de mon épaule et je suis son regard en tournant légèrement la tête. Nicole vient d'entrer et certains habitués se lèvent et la saluent en baissant les yeux, comme si la pauvresse était la reine du royaume de Chambly.

L'atmosphère s'est adoucie par une brise de printemps accompagnée d'un léger soupçon de lait caillé. L'apparition me frôle ce qui me donne l'envie de me mettre à pleurnicher comme un gamin qui vient de souiller la page des soutiens-gorges du catalogue *Sears* au moment où sa maman entre sans frapper dans une garde-robe aux fantasmes décolorés.

— Je te donne une dernière chance, Poitras. Tu te lèves, tu salues Nico, tu te comportes comme un adulte et je te promets que quand tu auras digéré ton excès de martini et que tes esprits seront revenus au bercail, tu sauras me remercier. Nico, ma chérie, quelle belle surprise ! Mais regardez-moi ce petit bout de chose qui me fait des sourires…

Et le proprio de s'éloigner en affichant son sourire de crucifié béatifié, les épaules recouvertes de ce bonheur épais et gluant. Je pousse un soupir de déprime de niveau *9* sur l'échelle *Tristesse*.

Mado, qui n'a pas le choix d'aller cueillir quelques citrons dans la réserve, me fait un regard de pitié accompagné d'un hochement de tête d'une lenteur étourdissante, ce qui n'est pas bon signe. Elle s'éclipse un court moment puis revient devant moi avant même que le citron ne remonte dans le *Bloody Mary* du quidam qui le réclame entre deux rots impertinents.

— Écoute Norm. Tu as ta dose pour ce soir, tu ne penses pas ? Je te fais venir un taxi. Tu m'appelleras demain. Je serai à l'appartement jusqu'à dix-huit heures. On va jaser sans feu d'artifice, sans s'arracher des larmes. J'aurai de la limonade et des bretzels.

Puis, elle se penche vers moi et me susurre des mots qui me scient le cerveau : « Tu fournis les condoms, moi, mes oreilles, OK ? »

Je me demande si je rêve. Elle affiche maintenant un sourire de femme amoureuse. Quelle sorte de piège me tend-elle ? Ai-je bien entendu ? Je marmonne quelque chose d'insignifiant à travers les vapeurs bleues de mon délire. Je vois le comptoir se précipiter vers moi. Il monte vers mon visage fatigué puis j'entends une exclamation. Ensuite, c'est le noir le plus total qui m'enveloppe, comme une grande lumière vide qui n'éclaire plus rien et qui m'aspire vers l'abîme de mes sens.

Le bruit d'une mouche me réveille. Le *bzzz* incessant m'agace. L'odeur humide de genévrier vinaigré mêlée de bile me soulève le cœur.

Il y a d'autres bruits, mais je n'arrive pas à les identifier. Peut-être est-ce le ronron d'un climatiseur ou celui d'un moteur de camion stationné tout près.

Les muscles de mon corps me commandent de bouger un peu. J'ai l'impression d'être plié en six dans un espace très étroit.

Je commence à percevoir l'environnement dans lequel je me trouve. Le levier de vitesse fait pression sur mes côtes. La rigidité de la ceinture de sécurité empêche mon corps de s'affaisser complètement.

J'ai la tête appuyée sur mon épaule droite, suspendue, en quelque sorte, au-dessus du vide de l'autre siège. J'ai les paumes tournées vers le ciel, comme un Saint qui attend d'être béni par la grâce d'un dieu ou d'être aspiré vers les profondeurs de l'enfer.

Le bruit, c'est celui du moteur de ma voiture qui tourne au ralenti.

J'ouvre enfin les paupières. Les clefs se trouvent encore dans le commutateur. Malgré les vitres embuées par mon haleine d'ivrogne, je distingue devant moi quelques arbres gris et froids. La lumière de l'un des phares forme un étrange halo dans la nuit froide.

La radio joue du Ray Charles en sourdine.

A song of you
Comes as sweet and clear
As moonlight through the pines
Other arms reach out to me
Other eyes smile tenderly
Still in peaceful dreams I see
The road leads back to you

Une curieuse impression me monte à la tête en entendant ces paroles. Comme si quelque chose venait de se produire et que cela changera ma vie à tout jamais.

La mouche se pose sur ma joue, comme dans un film de Sergio Leone. Je tente de la chasser en grognant, en soufflant et en secouant la tête. L'insecte revient toujours se poser au même endroit. Je l'imagine en train de pondre ses œufs dans la plaie béante qui déchire mon visage. Un festin de chairs ensanglantées gluant offertes gratuitement à la petite bête sortie de son hibernation.

Il faut me relever, m'extirper de mes douleurs, reprendre le volant. C'est la seule idée qui m'interpelle, quel que soit ce qui s'est passé durant ce passage à vide.

Les derniers mots doux de Madeleine me reviennent à l'esprit. J'ai probablement rêvé. Il est impossible qu'elle jette son dévolu sur un pauvre type comme moi qui ne pense qu'à son Audrée. Il est tout autant impossible qu'elle se prostituerait gratuitement afin de taire mes jérémiades de vieux cocufié.

Mon drame devient de plus en plus épais et je m'y perds. Ma vie est un labyrinthe sans issue.

Je suis plus que jamais décidé à cesser de boire. Je suis étourdi et le mal de tête qui me scie le crâne annonce de violentes nausées. Je transpire toute la merde que j'ai consommée.

Je tâte mon veston à la recherche d'une cigarette, mais je me rappelle avoir cessé de fumer il y a plus d'un an. Je trouve un bonbon à moitié déballé au fond de la poche droite. Un poisson à la cannelle. Blanc. Je grimace en le déposant sur ma langue. Le goût amer ne fait rien pour me convaincre que tout va pour le mieux. Si, au moins, le poisson était rouge…

J'abaisse la glace pour le cracher au loin. Je sens alors l'odeur d'huile chaude et j'entends le cliquetis d'un moteur fatigué qui va bientôt rendre l'âme.

Mes yeux s'ajustent à cette étrange pénombre où les ombres se mêlent à la lumière artificielle du seul phare encore en fonction. Je découvre avec effroi que la tôle du capot présente des ondulations qui n'ont rien du design original de ma vieille Pontiac Sunbird. Je jure entre mes dents. Du coup, tous mes maux s'effacent. L'adrénaline se faufile partout dans mon corps endolori.

Je me redresse, mes membres soudain raidis par la peur. Je détache la ceinture de sécurité de mes doigts tremblants. Je cherche la poignée pour ouvrir la porte. Je tremble. Je fixe les arbres nus qui déchirent la nuit en me disant que je ne vais pas m'en sortir vivant si cette foutue portière ne cède pas à mes coups d'épaule. Puis, dans un grincement métallique qui ressemble à la plainte d'une femelle en chaleur, elle s'entrouvre. Ignorant les cent milliards d'extrémités nerveuses qui envoient des signaux de détresse à mon cerveau exténué, je m'extirpe de l'habitacle de la voiture.

Au début, je ne vois rien d'autre que de la tôle froissée. L'automobile est de travers, à quelques centimètres du ravin en bordure de la route. Comme je le craignais, un des phares est endommagé. Le clignotement rouge des feux de position alterne avec les teintes indigo de cet étrange décor. Je m'entends répéter des *non, non, oh, mon Dieu, non,* tandis que je marche au ralenti vers l'avant de la voiture.

Quelque chose au fond de moi — *une voix d'enfant* — me dit de m'enfuir en courant, de quitter au plus vite cet endroit malsain. Et pourtant, mes pas m'entraînent inévitablement vers la triste réalité de mes pérégrinations d'alcoolo.

Sur le sol, dans la poussière et le sable mouillé, il y a une ombre allongée. Cette forme étendue, inerte, m'apparait humaine. Je vois des jambes et des bras entremêlés. Les angles de ces appendices n'ont rien d'esthétique ni de rassurant.

Je jure en levant les yeux au ciel. Je ne peux davantage supporter cet atroce spectacle.

Je cherche à repérer des étoiles dans le ciel obscurci par les nuages afin de leur adresser une ultime prière. S'il y a un dieu là-haut, il doit se taper les genoux en me voyant pleurnicher sur ma déchéance.

Sur ma droite, je crois apercevoir une faible leur bleutée entre les branches encore nues. Je perçois comme une rumeur, un long grondement étouffé qui en émane. C'est donc fameux ronronnement entendu lors de mon retour à la conscience. Est-ce une voiture qui approche ? Un fermier insomniaque qui retourne la terre avant le lever du soleil ?

Je recule d'un pas puis j'avance de deux, histoire de me rapprocher de la calandre.

C'est bien une personne qui est là. Elle ne bouge pas. Je pousse un soupir aux allures d'un martyr.

Qu'est-ce que j'ai fait, pour l'amour du ciel ? Je suis un meurtrier…

Je regarde derrière moi. La route est déserte. Je suis seul avec ma honte et un cadavre à mes pieds…

Un coup d'œil à l'écran de mon cellulaire m'apprend qu'il est plus de trois heures du matin.

Je regarde à nouveau cette forme étendue et le contenu de mon estomac noué remonte dans ma gorge. Je fais quelque pas vers le ravin et je vomis à en mourir. Je pousse un grognement de frustration. L'acide me brûle la gorge. Je crache trois fois et je m'accroupis, histoire de reprendre mon souffle et retrouver ce qui me reste de lucidité.

La nuit est d'un silence mortel. Je m'imagine que je vais basculer dans la démence d'un instant à l'autre. Cette pauvre victime de ma décadence se lèvera et se joindra à moi dans une valse funeste. On me trouvera à ses côtés, le regard dans le vide, victime d'un arrêt cardiaque, la bave de gin sur le menton.

Ci-gît Normand Poitras, ivrogne et meurtrier. Publicité autorisée et payée par le gin Bombay — rappelez-vous de consommer avec modération, mais de déguster avec passion.

Je secoue la tête. Il faut que j'agisse et vite.

Plus question de rester planté là devant cet amer constat de mes écarts de conduite. Ma première impulsion est donc de me réfugier derrière le volant, reculer et fuir le lieu de l'accident. J'ai un copain qui opère un *body shop*. Pour quelques centaines de dollars, il pourrait se débarrasser des traces de l'accident sans déclarer quoi que ce soit à l'assurance ou encore à la police.

Je me ravise. Ce n'est pas moi qui parle. C'est cet imbécile d'ivrogne qui préfère fuir la réalité. Je l'envoie chier, mais il ne me répond pas. Il pleure.

Je vais affronter la musique. Pour regagner mon ciel, je dois traverser l'enfer de mes erreurs.

Il me faut sauver cette personne. Elle est peut-être encore vivante. Sûrement qu'elle est vivante…

Je m'approche lentement de mon gâchis, m'imaginant les pires scénarii. Je m'attends à voir du sang, des membres tordus, un regard vide de vie… Je suis prêt à recevoir les foudres du ciel sur l'occiput dès que je reprendrai ma respiration.

Le corps qui gît là est plus grand et plus long que la moyenne des gens. Je distingue des reflets brillants sur un vêtement léger presque transparent. Je cligne des yeux. Je crois distinguer que la peau foncée de cette personne est bleue. Voilà que la nuit me joue de vilains tours.

Je me rapproche davantage. Le phare éclaire bien la scène : la peau est vraiment teintée de bleu. Un vertige s'empare de moi. Depuis combien de temps est-ce que je somnole au volant avec un cadavre sous la calandre ? Et qu'est-ce que je fous dans ma voiture avec un taux d'alcool qui frôle le quintuple de la limite légale ? Madeleine n'a-t-elle pas mentionné qu'elle allait appeler un taxi avant que je ne sombre dans un coma éthylique ?

Je réalise alors l'absurdité dans laquelle je baigne. Il me manque des pièces essentielles dans ce casse-tête à rabais.

Je me suis habitué à l'éclairage du phare orphelin. Je constate avec horreur que cette personne est de sexe féminin, ce qui ajoute à ma panique. Je distingue des formes féminines à travers un vêtement fort étrange. Transparent, il émet une faible lueur qui s'étiole puis se ranime, comme si la chose respirait.

Mais je ne suis pas au bout de mes peines. Loin de là.

Le corps n'est pas disloqué comme je l'ai cru au départ. Par contre, sous mes yeux, il y a bien quatre bras au lieu de deux. Plus bas, je distingue deux jambes croisées mais cela ne me rassure pas du tout. J'étouffe un cri : *et s'il y a deux personnes ?* Mon esprit tordu corrige aussitôt : *avait*.

Ce cadavre — ou ces cadavres — est simplement couché sur le dos, le regard vitreux fixé vers le ciel.

Contre toute attente, un léger râle émane de ce qui doit être une bouche. Je vois que la poitrine de la femme se soulève et redescend en douceur.

Je remercie le ciel : elle respire !

C'est un miracle, une bénédiction.

Mais dès que je pose un doigt sur l'un de ses bras, je suis surpris de sentir la froideur de la peau. Je le retire rapidement en retenant de justesse le cri qui monte dans ma gorge. Un cadavre qui respire, ce n'est pas de bon augure. Ou bien je nage en plein rêve ou bien je viens d'entrer dans une autre dimension, comme dans ces vieilles émissions en noir et blanc que je regardais collé contre ma mère les soirs d'été où il faisait trop chaud pour dormir.

— Madame, risqué-je en tendant de nouveau un doigt vers le vêtement au tissu argenté. Madame, je m'excuse, j'ai perdu le contrôle de ma voiture et…

Elle bouge un bras. Des borborygmes baveux sortent de sa bouche.

Je crois voir que son visage est couvert de plis et je distingue que la pupille de ses yeux est fortement dilatée. Ces derniers flottent dans une espèce de crème laiteuse qui déborde sur les côtés.

Le visage n'a presque rien d'humain. Sur le coup, je mets cela sur le compte de l'émotion. Après tout, cette femme souffre peut-être d'une grave maladie de peau.

Je me souviens avoir vu une jeune femme rondelette qui marchait rapidement droit devant moi dans le couloir du métro. À un moment donné, elle s'était retournée. Je ne vis que de la pure horreur : un visage boursouflé et une peau teintée d'une couleur lie de vin. Ses yeux étaient à peine visibles tant ses joues gonflées. Deux grosses lippes brunes faisaient office de bouche à peine souriante. J'avais voulu détourner les yeux, mais en même temps, j'ai été attiré par l'inusité du spectacle que m'offrait ce monstre humain. Est-ce la gêne ou la pudeur qui nous fait fuir ces gens différents ? Ils sont pourtant tous autant humains que nous ? Ils pensent, rient, mangent et respirent comme nous. Ce n'est pas plus mal que d'avoir la peau noire ou… *bleue.*

Cependant, cela n'explique pas les quatre bras de cette femme couchée sur le sol devant moi.

La femme tente de relever la tête. Je lui fais signe de relaxer :

— Ne bougez pas. Je vais appeler les secours, une ambulance…

Elle tente de se lever. Elle ne comprend probablement pas ma langue.

Elle marmonne quelque chose qui se rapproche d'un chuintement de vieille bouilloire en métal. Des claquements de langue ponctuent ce verbiage étrange.

Je la regarde se débattre pour se lever alors que je déplace ma main au-dessus de sa poitrine. Je fige devant cette étrangère, incapable de détourner mon regard.

Les vapeurs de l'alcool se remettent à me hanter. J'en suis à m'imaginer que cette greluche est sortie tout droit d'un vaisseau spatial, immigrante de Vénus ou d'une planète terrée dans une lointaine galaxie.

Je secoue la tête en riant.

Décidément, je dois cesser de prendre un coup. Je perds les pédales. Je me noie dans le délire.

Comment disent les intellos du plateau ? *Delirium tremens* ? On va me retrouver recroquevillé dans un coin, la tête remplie de mes idées folles, de ces images de psychose qui chasseront celles d'Audrée, de Madeleine et de mon chien Boswell. Ma banale quotidienneté sans relief que je cherche à fuir à coup de martinis se perdra tout doucement dans les manches d'une camisole de force.

J'extirpe le téléphone cellulaire de ma poche de pantalon et un mouvement du pouce illumine l'écran. Je jure entre mes dents : aucun signal.

Ces bidules électroniques, merveilles du 21e siècle, dit-on, ne font que m'enrager. Ils raccourcissent les distances entre les gens. Ils rendent tous les autres instruments de la grande vague des inventions du 19e et 20e siècle aussi désuets que la première roue ou la première pierre aiguisée qui servit d'arme aux hommes des cavernes.

Et pourtant, voilà qu'à quelques kilomètres de Montréal l'antenne ne capte pas de signal. Je ne suis pas en Transylvanie à ce que je sache. Il n'y a pas de pylône électrique au-dessus de moi et je ne suis pas non plus au treizième sous-sol de l'enfer. Je suis en bordure d'un petit boisé pas très loin de chez moi, à proximité de Chambly. Je réalise pourtant que je n'ai aucune espèce d'idée où mon cerveau engourdi a bien pu me conduire durant ce coma cauchemardesque.

J'appuie sur le bouton pour éteindre l'écran de l'appareil inutile et je jure de me convertir à la télégraphie, au morse ou aux signaux de fumée dès demain matin.

Ce n'est que lorsque la femme bleue me fixe de ses yeux globuleux que je réalise que ce délire prend une tournure de burlesque mal écrit.

Elle esquisse une grimace qu'on pourrait interpréter pour un sourire. Les losanges noirs, que je distingue maintenant dans ces globes laiteux, rétrécissent. On dirait des yeux de chat. Je déglutis : *les yeux d'une chatte.*

Elle me dévisage comme une bête prête à m'attaquer.

Avant que je ne puisse les éviter, deux de ses quatre bras se tendent vers moi. Ils m'enveloppent avec la force d'une matrone de prison. Je suis littéralement aspiré contre elle.

Je bascule et je tombe à plat ventre sur son corps. J'en ai le souffle coupé.

Sur le coup, une odeur d'eau de Javel assaille l'intérieur de mon nez. C'en est fini de mon odorat, me dis-je en essayant en vain de retenir ma respiration.

J'ai la bouche sèche et la langue collée contre le palais. J'essaie de me relever, car le haut-le-cœur qui me prend est sur le point de faire remonter tout le liquide et le peu de solide que j'ai ingurgités au cours des dernières heures. Je voudrais au moins pouvoir tourner la tête pour lui éviter le triste spectacle de mes vomissements, mais je suis complètement à sa merci. Son étreinte m'empêche même de cligner des yeux.

De fait, l'étau de ses bras se resserre contre moi. Je peine à respirer. L'odeur me parait moins amère, plus musquée et légèrement sucrée. Un de ses autres bras tâte tour à tour mes épaules, ma colonne vertébrale, mes jambes, mes fesses, mon cou, mes cheveux et mes pieds.

Il n'y a plus de doute : cet être, qui n'a rien d'humain, va me broyer dans quelques secondes. L'idée de mourir d'un instant à l'autre fait doucement son chemin dans ma tête.

Je suis lové contre une femme extraterrestre que je viens de happer sur une route déserte et qui, selon toute apparence, se cherche un partenaire. Et, je dois reconnaître que ce n'est pas pour se livrer à un tango interstellaire, mais bien pour s'accoupler !

Déjà ses doigts s'immiscent dans mes oreilles, dans ma bouche, couvrent mes yeux et se faufilent là où je ne permets qu'à mon médecin de le faire. Elle tâte puis serre mes testicules sans retenue, ce qui inonde mes yeux de larmes de douleur.

En me voyant grimacer, elle cesse momentanément son manège en poussant un sifflement qui s'étire en decrescendo.

L'instant d'après, le quatrième bras court lui aussi sur ma peau. Son corps se meut contre le mien dans une danse qui n'a rien d'érotique, je vous le jure. Je tente encore de me défaire de cette attaque contre ma personne, mais son étreinte se resserre aussitôt.

— Madame, je vous en prie, il faut que vous arrêtiez. Je ne suis pas votre genre. Je suis alcoolique. Je suis homo. J'ai le sida.

Je pourrais lui raconter n'importe quel bobard : elle ne comprend rien de toute façon. Je suis en train de me faire violer par une extraterrestre et je m'attends au pire. Que restera-t-il de ma pauvre personne au terme de cette sauvage agression ?

Puis, sans que je ne sache trop pourquoi, elle interrompt son manège et s'assoupit. Ses yeux se ferment doucement et ses deux paires de bras retombent de chaque côté de son corps.

Elle est peut-être décédée, ou pire, elle feigne la mort pour tromper ma vigilance et se prépare à me sauter au visage pour mieux me dévorer.

Je me relève avec prudence. Je défroisse mes vêtements du mieux je le peux. Une substance gluante recouvre ma chemise. J'ai le vertige. Je recule devant cette vision d'horreur qui sommeille comme si de rien n'était.

Je me dirige vers la voiture, sans la quitter des yeux. Je m'attends à ce qu'elle se jette encore contre moi d'un moment à l'autre. J'étouffe un sanglot.

Les mains derrière le dos, je touche enfin le métal froid de mon auto. Je soupire. Je m'assieds sur le siège. Je tire la portière vers moi, mais elle se plaint avec bruit. Le grincement du métal mal graissé fait même écho dans la lourdeur de ce petit matin. Je regarde devant, tout en tirant d'un coup sec sur la poignée.

Devant, rien ne bouge.

Je verrouille. Les clefs sont toujours dans le commutateur, mais le moteur est éteint.

Je n'ai qu'une idée en tête : quitter cet endroit au plus vite avant que je ne perde définitivement la raison.

Je ne vois pas pourquoi je devrais déclarer cet accident. Je suis convaincu qu'elle va prendre la poudre d'escampette dès que les gyrophares des ambulanciers ou ceux des policiers éclaireront l'orée du bois. Si je me fie aux lectures que j'ai faites au cours de mon adolescence, personne ne croit vraiment aux rencontres du troisième type. La plupart du temps, elles se déroulent dans des endroits peu fréquentés ce qui n'ajoute jamais beaucoup de crédibilité aux dits témoignages.

Et je dirai quoi ? Que j'étais saoul et que j'ai frappé une femme venue de l'espace ? On va me recommander de suivre une bonne cure de désintoxication et de consulter un psychologue. Quelques rires et une bonne tape dans le dos scelleront mon statut d'illuminé. J'hériterai d'une contravention salée pour conduite avec facultés affaiblies mais sans plus.

Oublie ça, mon vieux. Ce sera mieux pour tout le monde.

Je tourne la clef, prêt à passer à la marche arrière sans hésiter afin de fuir ce cauchemar. Évidemment, l'alternateur envoie une décharge électrique dans les circuits mais l'humidité, qui n'a jamais fait bon ménage avec ma voiture, empêche le moteur de démarrer. Ça toussote, tressaute puis crache un hoquet désespérant. J'essaie de nouveau, jurant entre mes dents. Le moteur gronde enfin dans un concert de cliquetis et de râles mécaniques. Je déplace le levier de vitesse à la position de marche arrière et la voiture obéit. Je recule l'auto vers la route après que les pneus eussent glissé sur la terre encore détrempée par les fortes pluies des jours précédents. Le corps ne bouge pas. Elle est peut-être morte pour vrai. Je m'en fous. Il me faut partir d'ici et oublier tout cela avant que je ne devienne complètement cinglé.

Je tourne le volant tout en passant à la première vitesse. Un dernier regard sur le corps inanimé et je m'engage sur la route.

L'ombre de la femme immobile s'étiole dans les vapeurs résiduelles de cette nuit d'enfer.

Je réalise soudain que j'ai besoin d'uriner. Je me dis que ça peut attendre mais quelques secondes plus tard, je stationne ma Pontiac sur le bord de la route et je sors me vider la vessie dans un grand soupir de soulagement. J'ai encore la tête qui tourne et tout ce que je veux maintenant, c'est me retrouver mon petit chez moi avec mon chien déprimé.

Je remballe ce qui dépasse de mon pantalon lorsque j'entends des pas qui me parviennent champ jonché de graminées asséchées, droit devant moi. Je tends l'oreille. C'est peut-être un raton laveur ou une moufette. Ces petites bêtes nocturnes se font un plaisir de gambader à travers les champs. Je regarde du côté d'où je viens. Je suis trop loin de l'accident pour distinguer quoi que ce soit. Je hausse les épaules.

Je retrouve confort de ma bagnole assez vite et je redémarre.

Il me faut au moins trois ou quatre minutes pour repérer l'endroit exact où je me trouve.

Il s'agit d'une route secondaire que j'empruntais souvent au cours de mon adolescence béatifiée afin de folâtrer avec mes petites amies du moment. À cette époque, à quelques kilomètres de là, il y avait une ferme abandonnée qu'on atteignait au bout d'un chemin en terre battue. Les bâtiments de ferme se trouvaient sur une petite colline qui dominait les champs de maïs. On pouvait souvent y voir des renards, des lièvres ou, rarement, des chevreuils, ce qui fascinait les filles à tout coup.

Nous étions quelques aventuriers à fréquenter cet endroit. Nos ébats étaient d'innocents batifolages sans importance. Des baisers mouillés ou des mains furtives qui tâtaient des formes interdites dans un noir total et derrière des vitres embuées. Ces moments si extraordinaires à l'époque me semblent aujourd'hui d'une pathétique banalité.

Cette route, maintenant un cul-de-sac, est souvent enveloppée d'une brume épaisse qui flotte au-dessus de l'asphalte chaud dès le coucher du soleil ou très tôt le matin, alors que l'air est immobile et frais.

Mais qu'est-ce que je foutais sur ce chemin sans issue au beau milieu de la nuit ? Je me demande bien ce qui m'a attiré ici. Bien que la nostalgie soit mon sport national dès que je dépasse le taux d'alcoolémie réglementaire, mes pensées vont plutôt vers Audrée et ses yeux d'émeraude.

Dieu merci, la route est encore déserte à cette heure-ci. J'arrive bientôt à l'intersection où quelques rares voitures roulent sur le boulevard en direction de Montréal.

C'est un samedi matin comme les autres pour la plupart des résidents de ce patelin anonyme. Mais pas nécessairement pour moi.

La jeunesse se façonne par des crissements de pneus, des condoms enfilés en vitesse, des lignes de cocaïne ou des bouffées de *pot* dans les coins ombragés. Cette période me paraît si éloignée de mon présent alors que je roule doucement, jetant de temps à autre des coups d'œil inquiets dans le rétroviseur.

Ce qui m'attend droit devant, c'est la vieillesse agrémentée d'une sénilité grimpante avec laquelle je devrai vivre encore pendant longtemps.

Qui me croira, bon sang ?

J'attends un instant à l'angle de la rue et du boulevard, cherchant dans ce qui me reste d'humanité quelque regret d'avoir abandonné ainsi le cadavre d'une femelle venue d'ailleurs sur le bord d'un fossé. Il n'y a que le battement accéléré de mon cœur qui me le rappelle inlassablement.

Je pose un dernier regard dans le rétroviseur. Devant moi, les masses sombres des édifices se démarquent sur un fond de ciel qui tourne doucement à l'indigo, telles des ombres chinoises sans nom.

La vie normale reprend son cours. Je me surprends à chantonner *Je t'oublierai*, un vieux succès d'Isabelle Boulay, un écho de ma vie d'avant avec Audrée. Sentant que mes yeux me refont le coup du reflux lacrymal, je me tais en jurant entre mes dents. J'appuie sur l'accélérateur pour m'engager enfin sur le boulevard. Je me trouve à moins de trois kilomètres de mon condo et à une année lumière de mes malheurs. C'est du moins ce que je crois.

J'y serai dans quelques minutes. Bientôt, je me retrouverai sous la douche. Je ferai une prière que je connais par cœur, celle de l'alcoolique anonyme repenti. Je me retrouverai dans la bienveillante solitude du chasseur misanthrope, revenu bredouille de son escapade de l'autre côté du miroir.

Je ne me sens ni déprimé ni bienheureux. L'angoisse de cette folle hallucination s'estompe peu à peu. La banale neutralité du moment présent s'installe sournoisement à la suite de ces événements stressants qui m'ont secoués à en perdre la raison.

Je roule sur la pente en direction de la porte du garage souterrain du condo. J'engage la voiture dans l'espace qui m'est réservé. La porte métallique descend doucement derrière moi dans un vacarme qui va certainement réveiller les dormeurs qui achèvent leur nuit en toute quiétude.

Je ne bouge pas pendant un moment, les mains serrées sur le volant.

J'entends un drôle de glissement au-dessus de ma tête. Inquiet, je me penche vers l'avant. Je réalise la stupidité de ma réaction : je ne peux pas voir le dessus du toit à partir de l'intérieur de ma voiture.

Je me libère de la ceinture de sécurité et je pose une main sur la poignée. Du coin de l'œil, je vois une ombre glisser sur la lunette arrière.

J'écarquille les yeux. J'attends un moment. Aucun autre bruit ou mouvement ne vient troubler le silence. J'avale ma salive en grimaçant. Je goûte encore cet acide amer qui me brûle la gorge.

Je sors de ma voiture et je recule de quelques pas. Rien derrière ni devant. Rien dessus ni dessous. Je dois délirer, encore affecté par ce réveil brutal au le bord de la route. Je me pivote sur moi-même, mais personne ne déambule dans le garage à cette heure tardive.

Je me rappelle du capot cabossé et le phare broyé. Je tâte la calandre et la tôle légèrement froissée. Çà et là, une texture gluante strie le métal et le plastique. Pas de sang, ou du moins rien qui y ressemble.

Je soupire. Un coup de chiffon et je laisserai la voiture à Dan Langlois pour les réparations d'usage.

Des explications alambiquées se forment dans ma tête. Je les chasse aussitôt, les jugeant inutiles. Elles m'incrimineront davantage qu'elles ne me disculperont. Les quelques heures de sommeil qui vont suivre me donneront suffisamment de temps pour en imaginer une qui soit assez crédible.

De toute façon, il n'est pas du genre curieux, le Daniel. Il ne me demandera même pas comment j'ai pu froisser ma belle Pontiac

Sunbird 1993 à toit ouvrant. Il tendra simplement sa main droite, des signes de dollar à la place des pupilles, afin de couvrir ses frais et surtout acheter son silence. Il est malin, mais je l'aime bien. Tant qu'il réparera les bobos de mes excursions nocturnes sans ouvrir son dentier jauni par la cigarette, je me sentirai libre.

Mon regard est alors attiré par une lueur bleutée qui illumine le ciel alors que je verrouille la portière. Ce ne sont pas là les rayons d'un soleil paresseux qui forcent le verre de la fenêtre carrée percée dans le mur de ciment. Peut-être est-ce la lumière des phares d'une voiture qui vient de faire demi-tour dans l'entrée asphaltée. Ou encore les vapeurs atomiques d'un engin qui voyage dans l'espace…

Je m'étire comme un vieux matou enrhumé. Décidément, mon cerveau est au neutre à cette heure étrange.

Dodo ! me crie mon cerveau fatigué.

Je traîne mon corps épuisé vers les portes de l'ascenseur. J'appuie sur le bouton d'appel qui me fait aussitôt des clins d'œil. Je l'ignore.

L'ascenseur est lent comme d'habitude. J'imagine un moine cistercien au crâne tondu et nu-pieds, assis quelque part dans une ouverture de la cage de l'ascenseur. Il tourne doucement une manivelle en bâillant, relisant un passage de sa Sainte Bible aux pages écornées. J'entends les cordages qui braillent, des poulies qui se plaignent. Mon désespoir de vivre me reprend aux tripes.

J'ai remarqué que moins il y a d'étages à parcourir en ascenseur, plus celui-ci est lent. Je suis convaincu que c'est une conspiration des manufacturiers d'élévateurs. Il faut tout autant de temps pour gravir les seize étages d'une tour à bureaux du centre-ville que de me rendre au cinquième étage de mon immeuble. Cette attente me paraît plus éprouvante que l'escalade des marches à pied.

J'appuie encore sur le bouton avec impatience.

Les portes coulissantes s'ouvrent enfin et je pénètre dans le cube qui sent la fumée de cigarette bon marché. Les deux panneaux ferment doucement après les deux minutes d'attente programmée, comme si cet ascenseur s'attendait à recevoir quinze personnes à chaque arrêt.

En quatre ans de vie singulière dans ce mouroir, je crois avoir partagé le petit habitacle avec une vieille juive édentée, une adolescente percée et tatouée en visite chez son papa cocu et un homme d'affaires qui joue du pouce sur deux téléphones cellulaires à la fois, des oreillettes *Bluetooth* soudées à chaque oreille. L'anonymat de ma vie se marie bien à l'inutilité d'un ascenseur de condo à peine fréquenté.

C'est à croire que je vis dans un manoir hanté des créatures mortes-vivantes.

C'est un désert brumeux qui me sied bien. Dans la foule, parmi les regards insidieux, ceux du dédain comme ceux du désir, je me sens étranger. La fuite vers la solitude est ma seule porte de sortie, mais également mon cul-de-sac. Sinon, comme au bar, je me recroqueville sur moi-même et je me mets à observer cette faune étrange qui m'entoure. Surtout les femmes. Les hommes eux, ils me dégoûtent comme je me dégoûte moi-même.

J'appuie sur le bouton du cinquième. Il ne s'allume pas. J'appuie trois fois de suite et il s'illumine enfin.

L'ascenseur entame son éternelle ascension, mais il ne va pas se rendre jusqu'au paradis. Juste au cinquième, pas très loin de la terre. Juste au niveau de mon enfer, le mien, le nôtre, à nous tous, êtres esseulés estampillés d'un bonheur périmé.

Quand je me remémore les lectures du petit catéchisme, l'idée de l'Enfer et du feu éternel ressemble davantage à ce qu'on a découvert dans les camps de concentration à la fin de la Deuxième Guerre mondiale. La triste réalité de notre époque, c'est que l'enfer, il ne se trouve pas dans les confins de la terre, mais bien à sa surface et il pullule de monstres de toutes les espèces. Et pas seulement de ceux qui arborent une moustache carrée.

Il y a quelque chose de fondamentalement malsain à vivre sur cette planète. On n'a pas à chercher de midi à quatorze heures pour comprendre le désir des humains de s'envoler, d'explorer l'espace, d'aller au-delà du soleil ou encore de chercher un endroit dans l'univers où pourrait se terrer ce paradis tant vanté. Mais à bien y réfléchir, où se situe-t-il cet enfer sinon dans le cœur des hommes et des femmes ? On gratte un peu et on le déniche dans leur ego, dans leur soif de se défoncer, leur soif d'aimer pour mieux se séparer, leur soif de gagner toujours plus d'argent pour s'endetter davantage. Et pour apaiser cette soif, il faut boire pour oublier, puis boire encore pour oublier d'oublier.

C'est dans cet état d'esprit que je réalise soudain que la cabine s'est immobilisée tout doucement. Les néons clignotent trois fois et s'éteignent.

Quelque part dans la tour bétonnée, au-dessus et en dessous de l'ascenseur, une lamentation étrange parvient à mes oreilles. Je perçois un glissement derrière la paroi. Puis, quelque chose martèle le dessus de la cabine de l'ascenseur. Trois ou quatre coups brefs puis rien.

La faible lueur de la lumière d'urgence se meurt elle aussi.

J'attends, le cœur battant. J'ai l'estomac noué. J'ai à nouveau ce goût amer de la peur dans la bouche. Je suis exténué et mes respirations se font de plus en plus rapprochées. J'aimerais bien avoir une flasque de scotch à portée de gosier pour chasser cette réalité, mais je ne peux que m'abreuver de l'incertitude qui n'est certes pas grisante.

La lumière revient par flashes, comme des clins d'œil que la vie m'envoie. La cabine tressaute et tous les boutons s'illuminent en même temps. J'appuie de nouveau sur le 5. Il s'éteint alors que les autres demeurent éclairés. Puis, les lumières s'éteignent et le 5 s'allume. La longue remontée reprend son allure bonhomme sans autre incident.

Depuis combien de temps suis-je resté là, la bouche ouverte dans l'attente de voir la faucille de la mort transpercer le plafond ? Mes malheurs s'éternisent. J'ai l'impression d'avoir trébuché sur les fils du temps, fils que je traîne avec moi en les tenant par le mauvais bout. Ma vie se détricote.

Les portes s'ouvrent enfin sur le cinquième étage après ce nouveau passage à vide dans mon esprit.

Comme d'habitude, le corridor est désert. Je le salue en faisant une grimace à la place d'un sourire, mais ce geste anonyme tombe dans le vide des murs blancs recouverts de plâtre granuleux.

Je marche avec le triple de mon poids dans mes souliers. J'entends le râle qui se faufile dans ma gorge. J'espère seulement être en mesure de me rendre jusque chez moi avant de m'évanouir.

Deux ampoules sont grillées près de la porte d'entrée de mon appartement. Je regarde à gauche et à droite : toutes les ampoules du voisinage sont fonctionnelles.

Je pose une main sur la poignée, tandis que l'autre s'affaire à déverrouiller la serrure. Le métal est visqueux, comme si quelqu'un l'avait recouvert de crachats. Je me dis que je devrais en profiter pour me sauver à toute allure… mais je suis exténué. Mon cerveau ne répond plus aux signaux de détresse que m'envoie la réalité. Quelque chose me dit que derrière cette porte se terre un mystère bien plus grand que celui auquel je suis confronté au quotidien.

Le verrou cède et je tourne la poignée. Je pousse la porte.

Rien. Comme d'habitude, ce rien m'accueille aussi froidement que l'air qui s'échappe du frigo au moment où j'entrouvre la porte.

La banalité de mon logis et la froideur des lieux m'ont donné l'occasion de poursuivre ma dépression dans l'anonymat. Tout y est toujours rangé. Rien ne traîne. Seules mes pensées encombrent l'atmosphère. Leur transparence mystique n'accumule pas la poussière. Je peux donc marcher de long en large sans y trébucher, surtout si je ne ferme pas les yeux.

Le salon comporte un long sofa modulaire en cuir, récupéré chez mes parents après leur décès, une longue table basse en verre et un téléviseur à écran plat accroché au mur. La seule décoration que je me suis permis, ce sont deux bouquets de fleurs artificielles qui accumulent la poussière.

Je remarque que l'ampoule de la lampe sur pied est allumée.

Je jette le trousseau de clés dans l'horrible assiette colorée à la main achetée par Audrée dans une vente de débarras. Un coq bleu et jaune sur un fond bariolé de rouge. Un souvenir douloureux pour mes yeux, mais c'est le seul que j'ai conservé pour je ne sais quelle stupide raison.

Je vais vers la cuisinette. Elle est étroite et équipée d'électro-ménagers en inox dernier cri. Je ne les aime pas, mais ils étaient inclus dans la vente de la propriété. Je déteste le métal brossé. Effacer les traces de mes doigts sur la surface grise est un exercice qui m'épuise.

Ici aussi, les deux ampoules *DEL* au-dessus de la cuisinière illuminent la plaque de verre.

Je reviens sur mes pas, entre les deux pièces. La faible lumière du soleil qui émerge paresseusement de l'autre côté du monde s'accroche aux murs blancs du salon et uniformise la pièce double. Elle se fond à la lumière artificielle des ampoules silencieuses.

Même l'odeur de ces pièces est neutre. Je respire pour m'en approprier, afin d'en chasser les odeurs de peur et d'alcool imprégnées dans ma tête et dans ma gorge.

Le silence m'étreint, comme une gentille femme au foyer qui m'a attendue toute la journée et qui m'embrasse en me disant qu'elle s'est ennuyée.

C'est d'un kitsch tellement pleurnichard que l'envie de boire me reprend. Mais je n'ai pas de bouteilles d'alcool à la maison. Je préfère être ailleurs quand je m'évade dans les vapeurs de l'oubli. C'est plus sain, plus vrai que dans l'anonymat solitaire de ces quatre murs de béton qui m'entourent.

Je rentre peut-être saoul, mais au matin, je ne me réveille qu'avec moi-même. Dans l'intimité de son enfer, personne ne sait ce qu'il va trouver au réveil d'une cuite en solitaire. La dernière chose que je veux, c'est de m'y replonger. Alors, je me garde une certaine gêne dans mon refuge.

Je traîne mes pieds jusqu'à la salle de bain. Mon corps suit péniblement. Il n'a pas le choix de toute façon. Seul le contenu de ma tête tarde à me rejoindre, perdu dans une autre dimension.

La pièce est vide, tout aussi froide que le reste de ma caverne de gros mignon.

Tiens, ici aussi, le néon au-dessus du miroir est allumé de même que l'ampoule près de la cuvette et du coin de la douche.

Je me déshabille tout en lenteur. J'arrache cette peau artificielle qui m'étrangle. Je me glisse sous la douche, histoire de me laver de mes péchés, quels qu'ils soient à ce moment de ma vie.

Pourquoi toutes les lumières sont-elles allumées ?

Je ferme les yeux sous le jet tiède afin de les tamiser en pensée.

Je hausse les épaules. Je dois avoir oublié de les éteindre avant de partir travailler hier matin.

Mais les ai-je vraiment toutes allumées ?

Le jet de la douche m'enveloppe comme les douces caresses d'Audrée le faisaient quand je tremblais de froid.

Je frissonne à l'idée de voir un bout de son épaule imaginaire surgir de la couverture.

Je laisse la douleur sourde de ma peine s'estomper avec celle de l'eau à peine chaude. Je perçois chaque larme suintant de ma peau tendue, livrée à un combat perdu d'avance. *Exit* l'effet purificateur de cette source.

Je rêvasse maintenant de bords de mer, de femmes frivoles et de fougueuses étreintes sans lendemains.

Je tends le cou et j'étire mes muscles endoloris. Les effets de l'alcool s'étiolent. Je reviens tout doucement à la dure réalité de ma vie.

La température de l'eau augmente. Elle est presque bouillante. La chaleur excessive me blesse. Je recule, pestant contre cette plomberie d'enfer. J'augmente la proportion d'eau froide et déjà je me sens revivre. Je crois même que je vais dormir sans les ombres de ce cauchemar pour hanter mon repos. Voilà qui est de bon augure.

Je savonne mon corps avec vigueur. Je m'attarde sur mon ventre. Je tourne autour du nombril.

Il me recentre, ce petit truc vide. Il me rassure. Il me ramène là où je n'avais rien d'autre à faire que d'être. Ni pensée, ni douleur, ni haine ou solitude. Dans ce passé lointain, j'étais tout et je n'étais encore rien de ce que je suis devenu. Dans cet espace concave, il n'y a rien d'autre que mon état originel, intact comme au début des temps. J'aimerais pouvoir plonger là-dedans pour m'y retrouver tel que j'étais.

Je glisse la mousse du savon sur mon sexe tranquille et il demeure insensible à ma caresse lubrique. Il n'y a plus de désir de jouissance dans ce bas du corps qui m'est devenu étranger. Il m'a trahi, ce vieux boyau flétri, tout autant que ma tête remplie d'espoirs bafoués.

Je termine ma toilette sans y penser davantage. Je ne ternirai pas ce petit bonheur vaporeux par sombres pensées inutiles. Je respire profondément. Je me retrouve. Je goûte le moment.

J'éponge mon corps tandis que naissent sur ma peau de petits frissons jouissifs. Ce moment ne dure pas, comme d'habitude.

Je jette un regard furtif vers le miroir embué. J'y distingue un visage triste et épuisé.

Je passe la serviette sur le verre comme si ce geste allait me rendre plus fort. Je note alors que mes muscles, jadis gonflés de fierté et d'exercices réguliers, se sont ramollis.

J'ai la peau d'un cadavre ambulant, grise comme une neige printanière sur le bord du boulevard métropolitain.

Ces yeux qui me regardent ne m'appartiennent plus. Je ne me reconnais plus depuis longtemps. J'y vois deux trous noirs ouverts sur le vide intersidéral de ma vie. Ces deux puits sans fond sont entourés de peau flasque et de crevasses cendrées sculptées par la fatigue et le désespoir de vivre.

Je regrette de m'être ainsi dévoilé à moi-même dans un geste aussi puéril. Que croyais-je y trouver ? L'enfant que j'étais ? Un homme transformé ? Je détourne le regard, écœuré de voir cette ombre me faire des grimaces sans démontrer la moindre pudeur.

J'éteins toutes les lumières et seuls les rayons du soleil s'imposent dans la pénombre.

Il ne reste qu'une seule source de lumière artificielle : celle de ma chambre. Celle que j'ai tenté d'ignorer depuis mon arrivée, comme si je savais d'avance ce qui s'y cachait.

Ce qui m'y attend…

Celle qui m'y attend…

Je pousse la porte déjà entrouverte.

Ma femme en bleue est là.

Au début, je crois qu'elle est endormie.

Elle est étendue, là, sur le lit, les yeux fermés. Elle porte toujours ces vêtements moulants faits de paillettes dorées et argentées qui couvrent ses formes féminines : hanches larges, poitrine proéminente, deux longues jambes... Une femme. Et pourtant, elle est indéniablement un être venu d'un autre monde.

Elle a bien quatre bras recouverts d'une peau bleue et ridée. Ils n'ont rien de rassurant, ces appendices. Je distingue clairement de petites griffes noires qui courent le long de ces membres menaçants, de fines lames plus longues et pointues près de ses poignets. Ses doigts allongés se terminent par des billes d'une teinte plus pâle, mais sans griffes. À moins qu'elles ne soient rétractées, comme celle d'un chat. Le seul attribut que je trouve plutôt agréable à regarder, c'est cette chevelure ondulée aux reflets dorés. Elle fait certes contraste avec la peau bleue, mais elle est en mouvement, comme si chacun de ces cheveux dansait doucement autour de sa tête.

Une odeur d'eau de javel agresse mon nez dès les premières secondes où je pénètre mon antre de célibataire. Je grimace, car ce parfum mortel me torture jusqu'au plus profond de mon cerveau.

Mon cœur s'emballe. Je ne sais plus si je dois fuir ou tenter de la convaincre de partir en usant de mon charme empoussiéré.

Que fait-elle là ? Qu'attend-elle de moi ? Comment m'a-t-elle suivi ?

Mille et une questions demeurent sans réponses alors que je retiens ma respiration.

Elle s'est peut-être accrochée à ma voiture quand j'ai quitté les lieux de l'accident. Je crois même qu'elle s'est arrangée pour me retrouver lorsque je me suis arrêté pour pisser.

D'autres questions m'assaillent :

Comprendra-t-elle ma langue ? Et si elle n'avait pas de bonnes intentions à mon égard ?

Après tout, je l'ai happée et laissée pour morte sur le bord de la route.

Imaginez un instant que vous débarquiez sur une planète pour y faire un peu de tourisme ou pour y ramasser des échantillons à titre de scientifique. Si un véhicule piloté par une personne d'une couleur bizarre fonçait sur vous à vive allure, est-ce que vous considéreriez cette introduction comme amicale ou hostile ? Je ne pense pas que la première option soit très populaire, quelle que soit notre origine dans ce vaste univers.

Et puis, qui me dit que cette créature est venue seule ? Peut-être que d'autres individus l'ont accompagnée. Ils n'attendent que son signal pour me pulvériser de leur laser à neutrons inversés. Je les imagine ensuite en train d'anéantir la planète entière à cause d'un crétin d'alcoolique comateux qui conduit sa voiture de guerre pour assassiner les visiteurs d'outre-Terre.

Je me retrouve dans de beaux draps et je n'ai pas le goût d'être dans ceux qui recouvrent mon matelas, plus spécifiquement aux côtés de cette chose gluante.

Elle a beau avoir des attributs on ne peut plus féminins, je préfère passer mon tour. Vous pouvez me traiter de raciste tant que vous voulez, mais je me limiterais à la gamme de couleurs déjà offerte sur la terre. C'est déjà assez difficile de faire son choix, alors, pour le bleu glacial, on repassera un peu plus tard, merci !

Une idée folle me traverse l'esprit : pourquoi ne pas tenter de faire la paix et d'expliquer mon irresponsabilité sociale ?

Je secoue la tête. Je m'imagine en train de lui parler dans ma langue, elle qui ne connait peut-être que le martien du sud-est, de la région de *Terra Promothei*. Elle me regardera éructer des phrases incongrues qui ne feront aucun sens et elle me tranchera la gorge d'un coup de coude griffu avant de se nourrir de mes entrailles encore chaudes. Et quel festin fera-t-elle ! De l'humain mariné au gin fermenté…

Je pourrais aussi appeler la police. Je suis certain qu'en regard de l'exceptionnel apport que je ferai à la société en dévoilant la présence d'une extraterrestre sur le sol québécois, on me pardonnera mes écarts de conduite.

De toute façon, mon crime, outre celui d'avoir conduit mon automobile avec un taux d'alcoolémie dix fois supérieur à la limite, ne saurait être admissible en cours au regard de l'état actuel de la loi. Quel avocat de la couronne pourrait sérieusement m'accuser d'avoir heurté une extraterrestre ? Cela soulèverait un tas de points de droit qui foutraient en l'air la jurisprudence en la matière.

Je serais plus célèbre que Chris Hadfield ou Julie Payette. Je pourrais même devenir un important ministre comme Marc Garneau. Je rencontrerais Steven Spielberg pour discuter du film qui raconterait ma vie. Audrée me verrait sur toutes les chaînes de la télé et sur *YouTube*, et elle reviendrait auprès de moi, jalouse parce que cette femme en bleu m'a serrée dans ses bras comme une digne amante de la gent humaine.

Je me sens rasséréné.

Pourtant, la curiosité l'emporte sur toutes ces élucubrations. Même si la perspective de devoir m'approcher de ce corps me rebute, j'avance de quelques pas. Elle n'est pas horrible à proprement parler, mais sa seule présence est suffisante pour jeter un froid entre nous deux. Et quel froid !

Je suis à moins d'un mètre de la femme qui sommeille. L'odeur est moins tenace, comme je l'ai perçue l'instant d'avant. Comme si cette infecte phéromone qui lui sert de bouclier aromatique pour éloigner les prédateurs — ou attirer ses victimes — se modifiait une fois que son effet a provoqué la réaction chez l'autre.

C'est une tout autre odeur : plutôt mielleuse et chaude.

C'est ce qui m'inquiète le plus. Je suis convaincu que ce parfum est plutôt un piège qui bousille les sens afin de mieux capturer sa victime. Je suis une abeille qui s'apprête à butiner dans une plante carnivore.

J'avale la salive amère qui m'inonde la bouche.

Une petite voix me hurle *Cours, Normand, cours !* comme dans *Forrest Gump*.

Je tends une main tremblante vers l'épaule de la créature.

Je m'attends au pire.

Il y a dans le calme actuel de la pièce un vague fond d'horreur que je tente désespérément de repousser. Le cadran lumineux indique **4:47**. C'est déjà le matin et qui sait comment cette créature réagira quand les rayons du soleil envahiront ma chambre.

Je repense à tous ces films d'horreur que j'ai vus en mangeant du maïs soufflé. À coup sûr, je riais de ces scènes absurdes où on sait très bien que la bête va sortir du ventre de l'astronaute ou que la hache va s'abattre sur la tête de la jolie minette en soutien-gorge. Je ne sais plus si je dois avoir peur ou me tordre de rire devant l'incongruité de la scène.

Un de mes doigts touche la peau. Elle est aussi froide que dans mon souvenir. Je ne rêve certainement pas.

On ne rêve pas de cette froideur, de cette singulière sensation de froid brûlant.

Non, assurément, ce cauchemar que je vis n'est pas en train de se dérouler pendant mes heures de sommeil.

J'essaie tout de même de me souvenir si je n'ai pas eu quelque fantasme délirant à propos d'une héroïne de bandes dessinées au cours de ma jeunesse. Il y a bien eu des femelles extraterrestres de ce type au fil des pages colorées que j'ai lues.

Mais supposons un instant que tout ceci n'est qu'un rêve. Ce que je suis en train de *rêver* serait donc une transposition d'un dessin qui aurait laissé une trace dans mon cerveau fatigué vers une réalité onirique. Peut-on vraiment humaniser, voire rendre plus réelle une illustration entrevue dans une case de bandes dessinées ? Qui plus est, je suis certain de n'avoir jamais vu cette femme en bleu dans mes lectures d'adolescent.

Et puis, il faut considérer la durée du rêve. En général, m'a-t-on dit, un rêve ne dure que quelques secondes, voire tout au plus quelques minutes. Notre cerveau s'amuse à tromper notre vigilance à cet égard en prolongeant les images, comme si on avait rapidement allumé et éteint une ampoule et que la lumière restait imprégnée sur notre nerf optique. Elle y demeure pendant un bon moment puis s'estompe.

Or, depuis mon réveil vers les trois heures du matin jusqu'à ce moment précis, j'ai eu de nombreuses occasions de m'extirper de ce prétendu rêve en hurlant de terreur. Un rêve ne s'étire pas des heures et des heures comme le film *Le Seigneur des Anneaux* ou *Le Parrain*.

Je ne me souviens pas de m'être senti aussi mal de toute ma vie, depuis mes tripes jusqu'à la surface de ma peau. Je vis un retour du balancier avec ce mal de tête à m'arracher le cerveau. Une acidité brûlante digne de Pompéi bouillonne dans mon estomac. Un tremblement compulsif m'empêche de penser et de poser le moindre geste. Je suis incapable de me faire à l'idée que je sois en train de rêver.

Peut-on rêver qu'on est en train de rêver ?

J'ai vécu la même chose avec mon ex. Depuis la nuit de son départ, je m'attends à tout moment à me réveiller en sursaut dans le lit, ma petite puce à mes côtés. Je l'imagine en train de me rassurer, me disant que ce n'était qu'un mauvais rêve et qu'elle ne me laissera plus jamais. Mais un cauchemar comme celui-là ne dure pas deux semaines ni un mois. Après un moment, on se dit que la réalité a tout d'un cauchemar et qu'on doit l'accepter. Si on attend de se réveiller, on le fera assurément trop tard, pour réaliser qu'on nageait déjà dans la dure réalité depuis un bon bout de temps.

De quoi ne plus vouloir rêver…

J'ai toujours un doigt posé sur l'épaule de la femme inerte. Je pousse un peu. Elle ne bouge pas.

Pourtant elle respire. Ses narines sont légèrement plus larges que les nôtres sous son nez aplati. Elles s'ouvrent et se referment de façon régulière.

Je me décide enfin à couvrir son épaule de ma main. Je perçois une vibration au centre de ma paume. Un mouvement presque imperceptible, comme une chaleur irradiante, ce qui est ridicule, car je ne crois pas que le mouvement soit en soi une source de chaleur. Et pourtant, je perçois toujours la froideur de la peau.

Je la secoue un peu plus fort, prêt à reculer au fond de la chambre si elle tente quoi que ce soit de brusque ou de violent. Elle ne bouge toujours pas. Seules les narines s'ouvrent et se referment, mais plus rapidement.

Émerge-t-elle doucement de son coma ? J'imagine qu'elle se fait peut-être le même genre de réflexion, ne sachant plus où elle se trouve, se croyant en train de rêver.

— Madame, dis-je sachant très bien qu'elle ne comprendra pas un mot de ma langue. Madame, réveillez-vous. Je… Je suis désolé pour l'accident…

Elle ouvre ses yeux.

Je m'attends au pire. On s'attend toujours au pire avec les femmes lorsqu'elles vous regardent, mais celle-ci m'inquiète davantage.

Quand je vois une esquisse de sourire se dessiner sur sa bouche, je ne peux m'empêcher de frissonner de la tête aux pieds. J'ai le réflexe de retirer ma main.

Un de ses bras droits se soulève lentement pour venir rejoindre ma main. Ses doigts se mêlent aux miens. Mon tremblement cesse presque aussitôt.

Une étrange sérénité monte du fond de mes tripes, un calme que je croyais tout à fait banni de mon existence depuis plus de vingt ans.

Tout à coup, le monde autour de moi me paraît plus lumineux. J'entends un vent tiède — oui, je sais, c'est complètement dément, mais c'est que je l'entends littéralement. Ses yeux brumeux sont rivés aux miens. Je me laisse porter par la musique des vibrations qui me bercent tout doucement. Je me crois de retour au creux des bras de ma mère.

Je voudrais pleurer, mais cette ivresse soudaine m'en empêche. Me voilà submergé de nouvelles émotions que je ne peux m'expliquer.

Ce n'est pas la peur, car celle-ci a l'habitude de me jeter un sort qui s'exprime par la colère ou la rage. C'est plutôt une sensation qu'on ressent en chute libre au-dessus d'une prairie verdoyante, une seconde avant de mourir.

Ce n'est pas non plus de l'amour. Cette folie a la manie de me plonger dans un état benêt d'esclave dépendant pour ensuite me jeter contre un mur de catastrophes imbriquées. C'est plutôt une renaissance, un second souffle. Je renais. Je suis témoin de ces vagues d'énergie qui vrillent de nouvelles sensations à l'intérieur de moi.

Je n'ai plus cet arrière-goût de fin du monde. Le désir de boire ne m'empoisonne plus les neurones.

Je suis à la fois roi du monde et partie intégrante de chacune des particules subatomiques qui le compose. Je suis un tout dans un univers si vaste qu'il n'existe plus rien d'autre. Le vide cosmique de la plénitude.

Bienvenue chez toi.

Sur le coup, je n'entends pas ces mots. Je les sens en moi.

Il y a une forme rose qui flotte dans la brume de mes yeux.

Je réalise que je ne touche plus le sol. Mon corps se retrouve à l'horizontale juste au-dessus du sien. Normalement, je devrais paniquer, mais il y a dans cette acrobatie quelque chose d'à la fois divin et érotique.

Une brise me caresse le corps d'une chaleur neutre. Je me sens comme si j'étais plongé dans un bain où la température de l'eau est identique à celle de mon corps.

Peu à peu, le vent se fait murmure. Il me berce et je m'y abandonne.

Je tente de voir d'où viennent ses mots. La bouche souriante de mon intruse ne fait rien d'autre que de m'attirer. Ses lèvres sont immobiles. Les paupières autour de ses yeux se rapprochent l'une de l'autre. Elle est concentrée sur moi comme une bête qui s'apprête à attaquer sa proie.

Je suis à quelques centimètres de faire contact avec son corps.

Bienvenue en toi.

Sa voix est la mienne. Je devine qu'elle me parle à travers moi.

Nous ressemblons à des acrobates de cirque qui se tiennent par les mains, l'un au-dessus de l'autre, dans un improbable équilibre. Deux amants séparés par un coussin d'air s'échangent des ondes subliminales dans un accouplement virtuel.

Maintenant, je la sens partout en moi. Ce ne sont plus ses doigts qui font contact, mais l'ensemble de son corps. Ce ne sont plus seulement les ondes ou l'énergie qui m'électrisent. Un milliard de fibrilles tentaculaires s'immiscent en moi, pour pénétrer au cœur de chacune de mes veines, voire de mes cellules, une par une.

Elle me possède et je n'y peux rien. Mon corps est secoué de spasmes nerveux, dans un concert de doux orgasmes.

Aucun être vivant ne survivrait à un tel électrochoc jouissif. L'orgasme normal d'un homme ne dure que quelques secondes. À un moment donné, un plateau est atteint. Puis le lent déclin s'enclenche vers le retour à la normale. J'imagine que la nature fait bien les choses, car une telle énergie ne pourrait que mener à la mort si elle s'éternisait.

Mais je suis là, flottant à deux ou trois centimètres de ce corps étranger. Nos corps vibrent à l'unisson. Je me sens à la fois impuissant dans mes gestes et puissant dans l'énergie qui me transperce.

Je n'ai aucun contrôle sur ce que je vis. Je suis son esclave dans une boucle infinie de plaisirs réconfortants.

Puis, je sens l'emprise relâcher, doucement comme au bout d'un soupir. Mon corps bascule avec lenteur sur le côté. Je suis aussitôt pris d'un vertige.

Elle me tient toujours les mains et me fixe dans les yeux. J'ai envie de lui crier de ne pas interrompre cet échange. Ce serait suicidaire, je le sais. Mon cœur bat probablement deux fois plus vite que la normale. Il ne saurait supporter ce rythme fou plus longtemps sans flancher. Il est déjà affaibli par mon manque d'exercice, ma consommation excessive d'alcool et mon passé de fumeur à la chaîne. La femme en bleu a perçu ma faiblesse humaine et m'a épargné, si tant est que ce soit là son intention première.

Combien de temps cet exercice a-t-il duré ? Deux minutes ? Une heure ? Je n'ose pas regarder le cadran sur la table de chevet.

Je ne peux détacher mes yeux des siens. Je suis encore sous son emprise, hypnotisé par cette profondeur insaisissable.

Que vient-elle de faire au juste ? Est-ce là leur façon de faire l'amour ou a-t-elle simplement tenté d'entrer en contact verbal avec moi ?

J'exclus presque d'emblée la copulation. Je n'ai pas éjaculé. À moins qu'elle n'ait eu accès à mes ressources par un moyen différent au-delà de ce que nous appelons *relation sexuelle humaine*.

Je dois lui paraître primitif à l'extrême.

Je repense à ces mots que j'ai entendus lorsqu'elle m'a touché. Que voulait-elle dire au juste ? Je suis moi, je suis en moi, je n'ai pas besoin d'être le bienvenu en moi. *Je pense, donc je suis*, disait Descartes. Ce n'est pas bien compliqué à comprendre. C'est d'une évidence criante.

Rien n'est vraiment changé. Je suis fatigué, mais quelque chose dans ma tête s'est transformé.

Mon corps descend à ses côtés pour enfin reposer sur le matelas. Je sens alors tout le poids de mon propre corps, comme si je revêtais une veste anti-balles après une visite dans une chambre antigravitationnelle.

Je glisse en douceur sur les draps. Je respire régulièrement et mon cœur ralentit après cette course folle.

Je me sens bien.

J'ai l'impression de me réveiller d'un douloureux cauchemar. Je ne ressens plus cette soif qui m'étreignait depuis si longtemps. Je n'ai plus non plus de douleur là où je croyais qu'Audrée m'avait poignardé.

J'ai de nouveau un cœur qui bat, comme le bûcheron en fer blanc du merveilleux monde d'Oz. Je cherche en vain une raison de me plaindre, mais le matin naissant a pris des couleurs qui n'ont rien à voir avec le noir de la nuit précédente. Je souris à la femme.

— Qui es-tu ? lui demandé-je à mi-voix.

J'entends encore sa voix dans ma tête, celle que j'ai confondue avec la mienne, un peu plus tôt.

Elle fait sûrement de la télépathie. Je vais devoir m'y habituer.

Cette voix se fait entendre comme un écho de la mienne, au milieu de ma tête :

Je suis tienne.

Je ne sais pas trop comment accueillir cette parole. Personne ne m'a jamais dit ça. En tout cas, pas de cette façon. Je devrais paniquer, m'énerver, et pourtant je lui souris :

— Tu as certainement un nom. Comment t'appelle-t-on chez toi ?

Chez moi ? Je suis l'univers. Je ne comprends pas.

Soyons honnêtes. Ce genre de phrase ésotérique n'est pas ce qui est de plus romantique, surtout après avoir partagé quelques caresses intimes avec une femme de ce calibre dans l'intimité de mon lit. Je suis tenté de lui signer son quatre pour cent vite fait. *Merci, bonsoir, elle est partie !*

Il y a tant de cinglés sur notre Terre. Des tas de gens passent encore leurs dimanches à vénérer un gars crucifié par des conquérants romains deux mille ans après les faits. Des fanatiques se teignent le milieu du front en mémoire d'un père enragé qui a tranché la tête de son fils parce qu'il l'a dérangé pendant qu'il baisait sa mère. D'ailleurs, la petite dame a remplacé ladite tête par celle d'un éléphant, on se demande bien pourquoi.

Pourquoi est-ce que ces histoires d'horreur donnent des droits de déité supérieure à des humains comme nous qui étaient à la mauvaise place au mauvais moment, je vous le demande ?

Je n'ai rien contre les religions comme telles, mais là, on nage dans le spéculatif et l'invention sans bouée de sauvetage.

Si on se lève le matin et qu'il pleut, et bien, c'est parce qu'il pleut, tout simplement. C'est la nature qui déverse son trop plein d'humidité sur nos têtes. Oubliez le vieux bonhomme barbu, assis devant une console de jeu cosmique qui envoie de la pluie à St-Mathieu-de-Belœil, du soleil à Chicoutimi et de la neige à Marseille.

Toute cette bouillie spirituelle et religieuse émane de notre cerveau, un point, c'est tout. Il y a sous cette coquille de noix de *cocologie* des tas de neurones, des synapses, de l'énergie nourrie par du sang, de l'oxygène et des tas de produits chimiques. Le corps humain les produit et les malaxe pour faire carburer notre boîte à penser. Un hamster schizophrène qui tourne dans sa petite roue, c'est ça, un cerveau humain.

Ce n'est pas Allah ou Jéhovah qui va décider de te punir si tu as envie de penser comment ce serait de baiser la Joconde ou avec la voisine, surtout si sa pelouse est plus verte que la tienne. Ce n'est pas Bouddha qui va te bouder si tu médis sur le compte de ton ministre de la santé. Ce n'est pas *Dieu le père tout-puissant* qui va te laver de tous tes péchés sous une pluie de *pater noster* psalmodiés à coup de flagellations sur le dos.

Je n'ai jamais cru à une puissance suprême. Dans le fond, on est tous des dieux et des déesses. On est aussi des démons et des anges. Que demander de plus dans notre vie ? Pourquoi se la compliquer davantage ?

La réincarnation, la résurrection, les prières, les mantras ou les incantations…

S'il y avait consensus universel, ce serait l'idéal.

Hélas, au lieu de ça, on a mille et une sectes ou des dizaines de religions officielles et leurs branches hypocrites. Chacun croit à sa propre version. Ces pratiques spirituelles te chantent que tu n'as pas le contrôle sur ce que tu vis et que tu es dans le champ. Elles te mènent par le bout du nez, surtout si tu gardes le profil bas, coupable de tous les péchés tant que tu ne te confesseras pas ou que tu ne te feras pas sauter avec une ceinture de dynamite autour du nombril. Et encore…

Seule la lecture d'un livre sur la méditation et son contexte bouddhiste a su me toucher. Avec cette approche, le brouhaha singulier généré par notre gentille machine à penser et les manifestations extérieures sont mis de côté afin de pouvoir se concentrer sur le présent et sur notre respiration. À partir de là, m'a-t-on dit, il est possible d'atteindre le bien-être, une sorte de nirvana intérieur en harmonie avec le vivant. Mais pour le découvrir, je n'ai pas l'intention de devenir un moine enfermé dans un temple de pierre quelque part au sommet d'une montagne au Népal. Je préfère regarder les fleurs pousser dans mon jardin et essayer de m'en émerveiller. Ce qui n'a pas fait partie de mes priorités ces derniers temps.

— Tu es l'univers ? Écoute. Moi non plus, je ne comprends pas. Je suis Normand. C'est mon nom. Normand Poitras. Et toi ? Tu as sûrement un nom.

Elle ne répond pas tout de suite. Elle me fixe de ce regard envoûtant dont je ne peux me défaire. Je réalise que je lui parle d'un concept qui lui est étranger.

Normand… Tu es l'univers toi aussi.

Ses mains se resserrent contre les miennes. Je sens la lumière me pénétrer à nouveau. Il n'y a rien d'autre que ses paroles dans ma tête.

Tu es l'univers.

Je me sens transporté non pas dans l'espace, mais dans une

dimension multicolore. Je réalise que je flotte de nouveau au-dessus du lit. Je n'ai pas eu conscience de ce déplacement.

L'univers est en toi, en moi, mon ami, mon amour. Nos univers convergent. Nous donnerons naissance à un autre univers. Nous entrons dans l'expansion des mondes.

Je suis confus. Est-ce que ce sont là ses mots ou les miens que je confonds avec sa pensée ?

Mes pensées s'entremêlent dans ce flot de mots qui viennent d'ailleurs. Je ne peux les repousser, mais mon cerveau se bat pour les rejeter. Je me sens impuissant devant ce vide où toutes mes pensées sont plongées dans les siennes.

Je ne sais pas comment faire pour me détacher de l'étreinte de cette femme. Elle vient de m'annoncer de façon assez abrupte que je suis un univers et que je vais en créer d'autres. Ça commence à sentir la démence.

Est-ce qu'elle essaie de me dire que nous allons avoir des enfants ? Est-ce que nous sommes désormais liés par une sorte de mariage de sang ou d'énergie ?

Je suis pris d'un autre vertige. Je secoue la tête pour distinguer ses pensées des miennes.

Je retombe brusquement sur le lit. Nos mains se séparent.

La noirceur derrière mes yeux fermés me frappe violemment. Un goût amer s'insinue dans ma bouche. J'ai l'impression de nager de nouveau dans le désespoir plus sombre que celui que j'ai cru avoir évacué. Mes douleurs refont surface. J'ai encore soif. Je suis davantage gris qu'ivre.

Elle me regarde, un peu triste. Je suis maintenant rebuté par sa chair étrangère. L'envoûtement qui m'enveloppait s'est subitement effacé et me ramène les deux pieds au cœur de la dure réalité.

Je m'en veux de lui avoir seulement permis de me toucher de la sorte.

J'ai été manipulé, bafoué, trompé… Son hypnose a dressé d'étranges murs étouffants autour de moi.

Je ne désire qu'une seule chose : m'enfuir.

Puis, je réalise que je n'ai pas vu mon vieux chien Boswell en entrant dans le condo. Il n'est pas venu m'accueillir avec son air un peu détaché. D'habitude, il pousse un jappement étouffé comme un aïeul édenté qui hésite entre régurgiter sa soupe poulet et nouilles ou avaler son dentier. Chaque nuit, il me renifle les orteils et s'en retourne déprimer dans le coin du salon sans même demander une caresse ou une part de viande en boîte. Pauvre bête !

Je me sens abandonné de toutes parts mais je n'ai pas de pensées pour cette satanée Audrée.

Je tente de me redresser, mais déjà une de ses mains froides recouvre mon bras. Cette fois, une partie de mon cerveau ne se laissera pas berner par cette emprise.

Je distingue cette chaleur étrange qui jaillit en moi. J'observe des voiles de couleurs qui dansent devant mes yeux. Il me faut déployer des kilogrammes d'efforts pour contrer cet insidieux envahisseur.

Sa voix me frôle, comme une caresse pleine de griffes :

Tu ne peux pas partir. Je suis tienne désormais.

Je veux hurler, mais le peu de force qui subsiste en moi m'abandonne lentement. Je tombe finalement sur le lit, complètement enveloppé par la lumière. L'espace d'un instant, je me crois mort. Mais il n'en est rien, car mon cœur s'emporte et cogne contre ma poitrine, comme s'il voulait en sortir.

Cette fois, c'est elle qui se meut au-dessus de moi.

Ses mains arrachent mes vêtements. Au toucher de ses membres nerveux, une brûlure me saisit, tel un souffle chaud sur un corps surgelé. Une vibration me secoue tout le corps.

Soudain, elle retire tous ses vêtements avant que je puisse le réaliser. Il n'y a pas à douter, voilà une femme qui ressemble étrangement aux nôtres. Et en tant que digne représentant de la gent masculine, je ne peux m'empêcher de détailler son corps.

La pigmentation bleue de sa peau m'intrigue, celle qui me répugnait tant au départ. Des lueurs tracent des sillons lumineux sous sa peau. Je me demande si elle n'est pas radioactive.

Ses mains se déplacent au-dessus de ma peau sans y toucher. Elle s'attarde près de mon cœur et fait mine de l'envelopper en esquissant un sourire entendu. Mon rythme cardiaque augmente rapidement, comme tout à l'heure.

Un flot de sang me monte au visage et je sens mon sexe se gonfler brusquement. J'en éprouve une certaine gêne. La chaleur environnante et les lumières qui courent dans ses veines me donnent envie de me lover contre elle. Je n'ai pas honte de dire que je veux vivre ce mystère sans me poser de questions. M'abandonner…

Je tends les bras à mon tour. Je suis prêt à passer mes mains sur sa taille. Mais je stoppe mon geste. Elle n'a visiblement qu'un seul but : celui de prendre ma semence pour nourrir son ventre et mettre en œuvre sa folie de galaxie en gestation. Au-delà du plaisir que ce genre d'exercice va m'apporter, il y aura une pelletée d'inconvénients et des miettes d'avantages. Et puis, je ne suis plus certain de vouloir l'aider à enfanter un petit bébé bleu et rose ou un système planétaire qu'on nommera en ma mémoire.

J'ai trouvé la source, l'entends-je dire alors que se dessine sur ses lèvres un étrange sourire de contentement.

Je n'ai maintenant qu'une idée : me défaire de cet envoûtement sordide. Je dois me retirer du lit et fuir le plus loin possible de mon condo, de cette ville… Mais le pourrais-je seulement ?

Je bande mes muscles afin de me préparer à la repousser, mais à la vue des griffes aiguisées à quelques millimètres de ma peau, j'abandonne mon plan de fuite.

Sa tête est à quelques centimètres de mon pénis et j'écarquille les yeux d'horreur : une fine langue orangée se déroule de sa bouche et tâtonne mon membre raidi. Mon copain d'en bas n'a pas l'air de vouloir perdre de sa vigueur, malgré toute l'horreur ressentie devant cette scène démente.

Le contact avec le filament n'est ni chaud ni froid. La chose glisse le long de mon prépuce et le serre légèrement. Elle s'enroule autour de mon pénis, partant du haut et se dirige vers le bas. Cette langue glisse comme le ferait la peau huilée d'une vipère autour de sa victime. Le bas de mon corps est secoué de spasmes. Ma semence fait des feux d'artifice. Mes yeux sont rivés sur le fil vivant qui se tortille tandis que je me vide comme une fontaine de jouissance.

Moi qui ai toujours prétendu avoir le contrôle sur cette petite bête entre mes jambes… me voilà presque rendu précoce ! Pas une seule goutte n'est perdue. Le filament se déroule. Il court sur chaque millimètre de peau souillée par ma semence. Il entre et sort de la bouche de la femme alors que mon esprit cherche un moyen de fuir. Et cette érection qui n'en finit plus…

Je balbutie des inepties :

— Écoute, je m'excuse de t'avoir frappée. J'étais saoul, dans mon tort, je le sais. Mais ce n'est pas tout à fait le moment de faire dans l'intimité. On se connait à peine. Et ma femme va bientôt rentrer. C'est vrai. Je te jure que si elle te trouve penchée comme ça, sur moi, sur mon… elle va…

Ayant terminé le nettoyage, la langue se déroule et s'engage dans le méat avant que je ne puisse réagir.

Que fait-elle là ?

Je hurle : *Non, ne me tue pas ! Je ne veux pas mourir !*

Je suis incapable de bouger. Ses yeux me fixent avec intensité. Je suis certain qu'elle va maintenant me dévorer de l'intérieur tout en me regardant mourir lentement.

Toujours cloué dans cette position, je sens l'organe fouiller l'intérieur de ma queue jusqu'aux testicules. Un bruit de succion me fait paniquer :

— Arrête, je t'en prie. Tu vas me tuer. Arrête, pour l'amour de

Dieu !

Je hurle encore et elle cesse son manège de succion. Mais la langue est toujours là, à l'intérieur de mon corps, au cœur de mon intimité.

Elle fronce ces étranges plis et poils au-dessus de ses yeux. Je sens enfin que la langue se retire sans se presser.

Je respire à nouveau.

Elle se relève et je sens son emprise sur moi s'étioler. Je tente de me lever, mais je me sens trop faible. Le simple fait de bouger un doigt exige de moi un effort surhumain.

Un nouvel étourdissement me force à laisser tomber ma tête sur l'oreiller. Je ferme les yeux et la lumière du jour cède la place à la noirceur. Je m'endors en songeant qu'à mon réveil, elle sera peut-être partie.

Si je me réveille.

J'émerge de mon coma en douceur. J'ai enfilé une série de rêves tout à fait débiles. Encore une fois, j'ai trop bu. Dire que je le regrette est une bien faible affirmation.

Il y a quelques secondes, je batifolais avec deux étoiles du cinéma dans un écrin de satin, en compagnie de nulles autres que Marilyn Monroe et Jane Mansfield. Je regardais leurs corps somptueux onduler devant moi, exhibant leur nudité dans des positions que je n'oserais jamais décrire en public. Je ne me demandais même pas pourquoi elles étaient en noir et blanc. On ne peut réellement savoir qu'on est en train de rêver que lorsqu'on se réveille, quelle que soit l'incongruité de la scène vécue.

Il faut dire que ce rêve-là était plus que bienvenu après le cauchemar qui le précédait. Je n'ai jamais vraiment rêvé de monstres et de petits bonshommes verts après l'âge de douze ou treize ans.

Mes rêveries, à cet âge ingrat de mon adolescence, se limitaient à des films érotiques présentés tard à la télé, le samedi soir. C'était bien loin des acrobaties pornographiques d'un écran d'une sombre salle de cinéma fréquentée par de louches individus. Puis, même ces élucubrations nocturnes se sont estompées avec le temps pour faire place à des voyages exotiques sur des plages aux couleurs brillantes. La mise en scène de la réalité de mes fantasmes a vite fait de nettoyer ces nuits agitées.

Mais rêver d'une fellation exécutée par une femme à la peau bleue à la suite d'événements rocambolesques, cela dépasse l'entendement. Cela me ramène à une période de ma vie empoussiérée de ridicules fantasmes d'adolescent.

Marylin et Jane ont tout fait pour effacer ce passage à vide de mon cerveau imbibé d'alcool. C'est comme si mon esprit tordu avait effectué un tatouage permanent quelque part dans ma matière grise en décomposition.

Je sors donc de ce rêve lubrique sans trop savoir où je me trouve, avec l'air d'un abruti tombé du treizième étage au milieu d'une structure gonflable. Je rebondis en attendant que ça se calme. J'ai la nausée.

Mon premier contact avec la réalité est provoqué par une vibration suivie d'un grognement sourd que je crois sortir de la gueule de Boswell. Ce satané épagneul aime se plaindre chaque fois qu'il me croise du regard.

Il ne peut pas être là, me dis-je en reniflant tout de même une odeur plus que désagréable.

Mon chien ne vient jamais dormir dans ma chambre et surtout pas dans mon lit. Cette bête est aussi déprimée que moi. Elle préfère sa propre compagnie à la mienne. Voilà ce que ça donne, une belle paire de vieux mâles esseulés dans un appartement trop étroit.

Je sens comme une odeur d'œuf pourri qui me rappelle mon adolescence à Pointe-Aux-Trembles, du temps où les hautes cheminées des pétrolières crachaient leurs horreurs dans le ciel de notre belle ville. C'est ce parfum de soufre insistant qui me donne le tournis. Curieusement, il me ramène au rêve de cette nuit…

Les yeux toujours fermés, je ressens un pincement au nez alors que l'intérieur de mes narines devient tout à coup hypersensible, comme si je venais de respirer du chlore.

Un haut-le-cœur plus tard, je suis assis, le dos droit, les jambes repliées sur mon thorax. Je tire la couverture sous mon menton, soit par un ridicule excès de pudeur, soit par un pur instinct de survie.

Il y a bel et bien quelqu'un d'autre à mes côtés. Cet être n'est pas humain : c'est cette femme et elle est teintée de bleu. Ce monstre est tout droit sorti de mon rêve schizophrène. Elle est à quelques centimètres de mon corps.

Ce n'est pas vrai, nom de Dieu ! C'est un maudit cauchemar !

Je redécouvre avec horreur ces teintes bleutées de la peau ridée aux crevasses foncées. Pour ajouter à ma détresse, une fine couche laiteuse en suinte, accompagnée d'un crépitement comme de la guimauve surchauffée au-dessus d'un feu de camp. Je crois même que son étrange chevelure aux reflets dorés est en mouvement elle aussi.

Je me recroqueville au bout du lit, les yeux rivés sur les quatre bras qui ont l'air de tentacules griffées et les globes vitreux qui fixent le plafond. Je sens un filet d'urine glisser entre mes cuisses tandis que je tente tant bien que mal de réprimer la bile au fond de ma gorge.

Il ne m'en faut pas plus pour chuter du lit comme un vieux matou obèse, les jambes raides et les cheveux dressés sur mon crâne glacé. Je ne ressens plus aucune douleur, car mon corps est engourdi par la terreur.

Je tâte derrière moi pour enfin prendre appui sur la poignée de porte, afin ne pas tomber à la renverse.

A-t-elle bougé ?

Ai-je bien vu des griffes grises se replier sur elles-mêmes tout le long d'un de ces tentacules ondoyants ou bien est-ce un simple effet de lumière ? Un jeu d'ombres contraste avec le rai matinal qui se faufile entre les lattes du store vénitien mal fermé. Tout est possible.

Elle a bougé.

Je suis tenté de recouvrir d'un drap toute cette peau bleue qui occupe mon lit. Mes yeux la parcourent avec obsession, en quête du moindre signe d'éveil.

Elle ne bouge pas.

Ai-je vraiment ressenti du désir pour cette chose dégoûtante ?

Elle bouge !

Je fais trois pas en avant. Je tire le drap pour cacher ce corps qui n'a plus rien d'attirant pour moi. Je recule ensuite de trois pas aussi vite que possible.

Où est caché ce vieux cabot de Boswell ? Son odeur de chien manque douloureusement à l'appel. Je dis son nom, mais le son aigu de ma voix me terrifie. Je suis en train de perdre la boule.

Ma main est crispée sur la poignée derrière moi. Je ne peux détacher mon regard de cette forme horrible qui respire à peine. Je tourne la poignée alors que les battements de mon cœur décuplent à m'en faire éclater la cervelle.

Un craquement sur le plancher soulève un nuage de fines poussières, ajoutant de petites étoiles devant cette vision de terreur.

Rien ne bouge à part le mouvement à peine perceptible de la respiration sous les draps.

— Boswell ! crié-je enfin, prêt à foncer dans l'escalier si ce monstre bleu fonce sur moi pour m'attaquer.

C'est alors que je vois les vêtements éparpillés sur le sol : des tissus luminescents, des soies translucides et pêle-mêle, mon pantalon retourné, des bas roulés, un caleçon et une chemise lacérés…

Lentement, l'horreur de la nuit et de la matinée revient me hanter. Rien pour améliorer ma santé mentale déjà fragile. Je me sens brisé de l'intérieur, comme si un camionneur s'était amusé à m'écraser le corps à plusieurs reprises avec son mastodonte à dix roues.

Ce n'est pas vrai, tout ça. C'est ma tête qui le fabrique !

Le sentiment d'épouvante m'étreint toujours avec violence.

Contre toute attente, je me rapproche du lit à pas de loup. Je sais que c'est illogique, stupide et dangereux mais je le fais sans hésiter.

J'ai le regard toujours vissé sur les formes écailleuses. Chaque pas dans cette direction me renvoie des images déformées par les vapeurs d'alcool qui flottent dans mon cerveau déprimé.

Oui, tout me revient maintenant.

Je tombe à genoux sur le tapis carré, entre la porte et le lit. Je laisse ma tête tomber dans mes paumes ouvertes. Je pleure, nu comme un vermisseau qui a trop longtemps trempé dans la téquila. Les rayons du soleil me brûlent l'âme.

Je dois désormais affronter mon destin, quel qu'il soit. Je ne pourrai plus retourner en arrière pour réparer les torts que j'ai causés à tant de personnes. À moi, en premier.

Elle n'est donc pas partie. Je la découvre une seconde fois.

Je me souviens de tout. Tout…

La mémoire a le don de nous remettre le nez dans la merde qu'on aimerait oublier.

Je m'en veux d'être demeuré sur place lorsque je l'ai vue étendue dans mon lit. Je n'aurais pas dû la laisser entrer en contact avec moi. J'ai été fou de m'être laissé bercer par sa magie ou son pouvoir. J'aurais dû me sauver sans me retourner.

Mais avais-je le choix ? Aurais-je pu me tirer de ses griffes ? Et si c'eût été le cas, en serais-je sorti vivant ?

Le soleil est levé. Toute cette lumière éclaire la pièce dont le drap sur ce corps étranger et nu.

Je tente de me relever, les muscles de mes jambes bandés. Je grimace. Je ne peux pas bouger. Les forces m'ont abandonné. Je me sens si vieux tout à coup.

On ne peut pas dire qu'elle soit particulièrement laide. Je pourrais m'habituer à sa couleur de peau, aux plis de son épiderme écaillé et à ses grands yeux globuleux. Après tout, elle a des fesses, des seins, des hanches et des cheveux.

Je frissonne à l'idée d'avoir eu cette pensée. Je me sens tellement stupide.

Elle bouge un peu. Je recule. Un œil s'entrouvre. Elle m'a aperçu et elle me sourit.

Quelques notes discordantes sortent de sa bouche. Je lui dis bêtement que je ne comprends pas.

Ses bras se tendent vers moi. Heureusement, je suis trop loin pour qu'elle m'atteigne.

Je recule en traînant les genoux. Je fais un effort surhumain pour me lever, prenant appui sur la commode. Les muscles de mes jambes envoient des signaux de détresse à ma tête qui a d'autres soucis plus importants à gérer.

Elle me fait signe de venir près d'elle avec un air de chatte attendrie.

Je refuse en secouant la tête. Elle fait une moue. Elle tente de se lever, mais elle voit que je recule encore. Je suis à nouveau le dos contre la porte. Le sang revient dans mes jambes, ce qui me rassure.

Son regard change. Le bleu de son visage se transforme en pourpre. Les narines s'élargissent et forment un V.

Ne te mets pas en colère, ma petite dame, je t'en prie.

Je crains le pire. J'ai deux options : la fuite ou la soumission. Je peux courir afin de m'éloigner au plus vite de ce monstre, ou encore m'approcher et tenter de calmer le jeu en feignant le gentil garçon docile, du moins pour un moment, histoire d'évaluer mes chances de vivre centenaire.

Je suis fondamentalement curieux de nature. Les insectes ont toujours constitué pour moi un attrait des plus fascinants de la vie sur terre. Surtout les sauterelles. Mais je ne pousserais jamais ce mélange d'excitation et de mystère à un point de non-retour suicidaire. Même si mon comportement des dernières semaines, voire des dernières années, peut laisser penser le contraire.

C'est pourtant la curiosité qui l'emporte. Je me dis que je vais trouver une façon de lui signifier que je ne désire pas qu'elle installe sa soucoupe volante dans le garage de l'immeuble. Si elle veut discuter de la couleur de la chambre de nos enfants rose et bleu, je pourrai toujours me mettre à hurler à la Lune — ou à Mars.

Je m'approche donc en douceur, la main tendue. La teinte de son visage redevient normale. Un beau bleu sain, moins colérique, je dirais. Elle respire régulièrement. Je touche le bout de son doigt en songeant au film *E.T. l'extraterrestre*. Je souris, car elle est un peu plus jolie que cette chose fripée qu'a imaginée Spielberg pour plaire aux enfants.

Elle tente de s'emparer de mon bras, mais quand je fais mine de me retirer, elle acquiesce. Elle se laisse toucher sans manifester d'autre réaction qu'un battement de paupières.

Le contact déclenche à nouveau des petits flashes de lumière qui courent sur sa peau. Une chaleur m'enveloppe et me ramène à un état plus réceptif. Je me sens moins sur la défensive. Et pourtant, encore manipulé.

Où tu iras, j'y serai désormais. Notre union est faite de cette éternité qui règne chez les dieux. Tu auras de beaux enfants.

— Des enfants ? Mais…

Tu les porteras ici jusqu'à la prochaine grande syzygie.

Elle pointe le bas de mon ventre, à peine un centimètre au-dessus de mon sexe flasque.

Porter des enfants, moi ? hurle une voix intérieure qui, cette fois, est la mienne. *Qu'est que c'est que ça, une grande syzygie ? Je dois avoir mal compris. Il y a de la friture sur la ligne, mademoiselle !*

— Écoute, dis-je après avoir ravalé ma salive. On en reparlera, d'accord ? Je dois partir maintenant. Je dois aller travailler, tu comprends ça ? Je vais revenir. Tantôt. C'est promis.

Je mens. C'est samedi et c'est mon jour de congé. Et qui plus est, il est très tôt. Je cherche un moyen de me sortir de cette étreinte démoniaque. Ce contact me cimente à elle et si je demeure ainsi près d'elle, je vais m'abandonner à ses griffes ou encore, je n'ose y penser, sa langue.

Désormais, où tu iras, j'y serai, répète-t-elle avec le même sourire étrangement serein.

Elle supprime ce contact entre nous deux. La réalité me rattrape aussi vite qu'elle m'a happé.

Je recule et je ramasse ce qui me reste de vêtements. Tout est déchiré. J'ouvre quelques tiroirs de la commode et je trouve ce qu'il me faut : un caleçon propre, une paire de bas, un jeans trop serré et une chemise. Je ne la quitte pas des yeux.

— Je vais sous la douche. Je reviens.

Bien qu'elle me parle dans sa langue à travers mon esprit, je doute qu'elle puisse être en mesure de comprendre les subtilités de la nôtre. Elle conserve ce sourire béat accroché au visage, ce qui me terrorise.

Ne sachant plus que faire, je la salue brièvement et je m'éclipse dans la salle de bain.

Je verrouille la porte d'une main tremblante. Je doute que cela l'empêche de venir me rejoindre mais le geste me rassure un brin.

J'ouvre la porte vitrée de la douche et je me glisse dans la cabine. Je tourne le robinet et j'ajuste le jet à la température la plus chaude que je puisse endurer. L'eau sort par jet de la douchette et je ferme les yeux, concentré sur la réalité de ce massage qui m'extirpe de ce mauvais rêve.

Une buée dense envahit la pièce. Je frotte mon sexe avec vigueur. Je passe du savon sur le méat, mais je sais très bien que je ne peux atteindre cet endroit où elle a fouillé mon intimité. Y a-t-elle déposé des œufs ou ses propres ovules fécondés ? J'imagine ce long fil vivant orangé qui s'est faufilé en moi. Je frissonne.

Pourquoi fallait-il que je boive autant ?

J'urine. Pas de douleur. Malgré tout, la panique monte en moi. Je respire de manière saccadée. Je m'étourdis en hyperventilation.

Je m'appuie sur les tuiles humides pour ne pas m'effondrer. L'absurdité de la situation me rend claustrophobe. Les murs de la douche se rapprochent de mon corps.

Ça ne se peut pas. Je ne peux pas porter ses enfants. C'est tout simplement impossible.

C'est d'un ridicule que j'en viens à croire que je suis en plein dans un épisode psychotique. J'ai pété les plombs. J'ai perdu la raison. J'ai tout imaginé. Je nage en plein délire.

J'arrête le débit d'eau. Je m'enveloppe d'une serviette, retenant avec peine les frissons qui me traversent.

Au moins, elle n'est pas venue me rejoindre comme le faisait Audrée pour me taquiner.

Je crois que j'aurais hurlé. Je hurle déjà, mais c'est tout condensé par en dedans.

Je me regarde dans le miroir embué. Il ne reste plus rien de cet homme déprimé de la veille. J'y vois de l'angoisse. Mes yeux bougent de gauche à droite, incapables de se fixer sur l'image que je projette. Je tente de me motiver, mais ce sourire que je vois n'est qu'une façade.

Je m'habille sans attendre. Le silence dans le condo m'effraie. La disparition de Boswell m'inquiète. Il ne peut pas être bien loin.

Je passe devant la porte de ma chambre et je vois les formes ondulées sous la couverture. Elle est bien là. Encore là. Elle me tourne le dos.

Dort-elle ?

À la cuisine, j'ouvre les tentures. La lumière envahit la pièce.

Je soupire. Boswell est là, couché sous la petite table, près du barbecue enveloppé dans sa housse de protection hivernale.

J'ouvre la porte-fenêtre et il lève la tête en maugréant quelque reproche dans sa langue. Je le salue à mon tour.

— Qu'est-ce que tu fais dehors à cette heure-ci, vieux croûton ? Tu as passé la nuit couché sous la table ou quoi ?

Il pousse un long soupir et bâille. Je lui fais signe d'entrer, mais il m'ignore, comme d'habitude.

« Entre donc. Je te donne un peu de pâté et on va aller faire un tour. Je suis certain que ça ne te tente pas de jaser avec mon invitée toi non plus. »

Il se lamente un peu, étire ses membres fatigués et se secoue tout le corps avant de passer le seuil.

Il grogne dès qu'il pose un pied sur les tuiles de la cuisine. Il regarde en direction de la chambre puis pose son regard sur moi.

« Je sais vieux. Mais c'est compliqué… »

Je passe le bol en inox sous le jet d'eau chaude. Les restes de pâté ont séché sur le métal. Je m'en veux d'être aussi négligent envers mon fidèle compagnon. On a beau être tous les deux en mode dépressif, je devrais faire au moins l'effort de m'occuper un peu de lui. Peut-être qu'il me rendrait la pareille.

Il ne quitte pas la porte de ma chambre du regard. Et pour être honnête, comme lui, j'ai un œil sur ce coin de ma vie qui risque d'éclater en drame à tout moment.

Je nettoie le bol à l'aide d'une éponge savonneuse et j'y dépose le contenu d'une boîte de viande. Boswell renifle le tout avant d'y plonger sa gueule. Il mange avec appétit et ça me rassure.

Derrière les portes du frigo, je fais l'inventaire des victuailles qui sont encore consommables. Le bilan est plutôt négatif et coloré.

Je me demande ce qu'elle mange.

J'enfourne un bout de pain accompagné d'une tranche de fromage orange fluo. Je malaxe ce mélange plutôt fade dans ma bouche pour réaliser que je me meurs de faim moi aussi. J'ai une envie de pizza végétarienne. Plutôt surprenant, surtout si on sait que je n'ai jamais faim le matin. Puis, j'imagine des ananas flambés au cognac.

Que m'arrive-t-il ?

Je pousse la porte du frigo pour réaliser que Boswell a non seulement terminé son festin de luxe au bœuf, riz et fromage, mais qu'il a déposé son postérieur tout près de la porte d'entrée, une patte posée sur la laisse. Il n'a pas quitté des yeux le coin dodo de son maître.

Je ramasse mon trousseau de clés et j'enfile un coupe-vent avant de l'entraîner en dehors de notre cher condo aux mille mystères sans même dire au revoir à ma Schtroumphette vénusienne.

J'endure la lente descente de l'ascenseur avec la nervosité d'un coureur de marathon une seconde avant le signal du départ.

Je trottine vers la voiture avec Boswell à mes côtés. La pauvre bête regarde derrière elle comme si elle se sentait poursuivie.

Je constate que les dommages sur ma bagnole sont minimes.

Le phare est bel et bien bousillé. Le capot est bosselé et la calandre est fendue. Rien de grave. Rien, en tout cas, qui fera sourciller qui que ce soit.

Je démarre et je recule sans regarder dans le rétroviseur. Au point où j'en suis rendu, le ciel peut me tomber sur la tête, les nuages avec, je n'en ai rien à cirer.

Je n'ai qu'une seule idée en tête : passer voir mon ami Mathieu Lachapelle. Je l'ai rencontré à l'université, lors de ma première et dernière session en médecine. Devinez qui d'entre nous deux a reçu tous les honneurs en obtenant son doctorat en médecine les deux doigts dans le nez ? Le perdant a vivoté entre une job de plongeur dans un bistro enfumé et un emploi sous-payé de représentant publicitaire.

Mathieu, c'est le bon vieux docteur de famille, anachronique jusque dans l'âme. Il aimerait bien prendre sur ses épaules toutes les familles abandonnées dans le système de santé bancal, sans médecin attitré. Une réalité tiers-mondiste dans notre bel occident pourri.

Une fois sur la route, j'hésite entre la clinique et sa résidence cossue de la rue des Roses. Il est sept heures du matin. Il doit se préparer à faire sa journée, lui qui travaille l'équivalent de dix jours sur sept.

Je décide de passer devant sa clinique avant tout, puisque c'est le chemin le plus rapide. Je suis de l'autre côté du boulevard lorsque j'aperçois sa Lexus dans le stationnement presque plein.

Je coupe les deux voies en ignorant les klaxons des frustrés qui me suivent de trop près. Qu'ils aillent se faire voir : ils ne savent rien de mon état physique et mental.

Je fais demi-tour et je me retrouve dans le stationnement où j'immobilise la voiture dans un crissement de pneus. Les pigeons et les mouettes qui festoient dans le conteneur ouvert se plaignent à bec écarquillé. Quelques-uns osent même passer au-dessus de ma tête pour voir s'il n'y aurait pas moyen de piquer un peu mon crâne à moitié dégarni. Je les chasse par de grands gestes désespérés. J'invite

Boswell à sortir, mais il s'est terré au fond de la banquette arrière et me boude.

Je constate qu'il y a une longue file de gens qui attendent devant la porte de la clinique. La maladie, c'est rassembleur. Tu as beau avoir l'impression d'être seul au monde avec ta grippe qui te scie le cerveau en deux, il y aura toujours une angine de poitrine ou un ongle incarné pour te tenir compagnie en attendant l'ouverture de la caverne des *Ali Baba* de l'assurance-maladie.

C'est alors que je réalise que je suis peut-être en train de commettre une erreur. Comment vais-je expliquer toute cette histoire à mon meilleur ami sans soulever une multitude de questions sans réponses ?

Je dois vivre en plein cœur d'une véritable psychose. Je m'imagine des choses. Toute cette folie n'est peut-être qu'une escalade de visions élaborées dans mon imaginaire en phase surréaliste. Je ne devrais peut-être pas imposer ça à un bon copain. Il est, du reste, la seule personne, à part peut-être Madeleine, qui prenne encore le temps de m'écouter sans me rejeter comme un corbeau noir en manque de Poe.

Je m'extirpe enfin de la voiture avec un léger sentiment d'inquiétude. Que vont penser ces gens si je passe devant eux ? Je risque de déclencher une émeute en tentant de profiter de mon statut d'ami au lieu d'attendre sagement derrière comme tout le monde le fait depuis six heures du matin. Je constate que toutes les tentures sont ouvertes sauf celles du bureau de Mathieu. Je jette un bref coup d'œil en direction du stationnement : la voiture de mon ami est bien là.

J'hésite à faire un pas vers la bâtisse.

Mais il y a urgence et plus j'attends, plus je risque de compromettre ma santé mentale. Je dois en avoir le cœur net.

Alors que je marche vers la porte vitrée, chaque pas ralentit ma démarche. Mon corps s'alourdit.

Me croira-t-il ?

Mon histoire n'est pas des plus simples et je risque gros en lui parlant de cette femme en bleu. Cette histoire de gestation est insensée. Avec le passé récent de ma dépression post-Audrée et mes épisodes de beuveries incontrôlables, il va plutôt me conseiller une petite boîte de pilules ou une cure de désintoxication à la Maison Jean-Lapointe.

Le hall d'entrée se retrouve dans l'ombre de ce côté-ci de l'édifice. Je passe à côté des derniers patients encore à l'extérieur, bredouillant des excuses, ce qui soulève davantage de questions sur mon comportement. Dans la salle d'attente, il y a déjà beaucoup d'effervescence. Une centaine de patients attendent avec leur numéro en main, le regard fixé dans le vide.

Malgré les regards un peu de travers, je tire sur la poignée de la porte.

Je frissonne malgré la chaleur du soleil qui s'impose doucement.

Je sens un souffle chaud dans mon cou. Je me retourne brusquement. Personne ne se trouve près de moi. Et pourtant, j'aurais pu jurer que quelqu'un me soufflait son haleine dans le cou. Je secoue la tête.

Décidément, je perds la boule.

Je me maudis d'avoir détruit ma vie par l'alcool. Encore une fois, je jure de me mettre au régime de limonade ou de thé glacé, quitte à me taper seulement de l'eau de source dans un verre à martini pour aider à l'illusion.

Qu'est-ce que ça goûte de l'eau de roche avec des olives farcies ?

Je grimace. J'ai honte d'avoir substitué cette idée de pureté avec les saveurs subtiles du gin et du vermouth qui me titillent si facilement les sens.

Comme d'habitude, la clinique est d'une propreté impeccable. Les revues sont placées dans des petits paniers d'osier, les jouets dans les casiers et les comptoirs reluisent. Cet endroit transpire quelque chose d'à la fois obsessif et rassurant.

On sent la santé, l'absence d'agent négatif. Pourtant, tout cet artifice de l'ordre et de la propreté cache un malaise qui transperce la quiétude des lieux. Comme si on voulait à tout prix que vous vous y sentiez mieux avant même d'avoir vu le docteur.

Les médecins associés à Mathieu sont du même acabit. Ce sont des praticiens attentionnés qui privilégient les conseils en prévention plutôt que de vous assommer avec les effets secondaires de la malbouffe ou de tel médicament. Ils partagent entre eux des revues scientifiques comme d'autres s'échangent des baisers. C'est leur passion. On ne peut guère leur en vouloir.

Mais malgré ce sentiment de responsabilité, la pression tombe sur les épaules du visiteur dès que l'un des médecins ouvre la bouche.

Le problème avec la majorité des gens, c'est qu'ils viennent voir le toubib pour se faire prendre en charge et obtenir une prescription. C'est l'éternel abîme entre le patient malade et le médecin préventif.

Je m'approche du comptoir d'accueil et la préposée, une jeune fille que je n'ai jamais vue auparavant, lève les yeux vers moi. Je sais qu'elle prépare sa réplique parce qu'elle m'a vu passer devant la trentaine de patients en attente devant la porte et dans le corridor.

J'ouvre la bouche et elle déballe son baratin habituel :

— Monsieur, vous devez attendre dehors. Ça ne devrait pas être trop long.

J'ai envie de lui servir ma réplique de vieil oncle alcoolique qui a besoin de sirop de sapin pour arrêter de cracher ses poumons, mais je suis sauvé par l'arrivée d'un visage connu.

Le collègue et associé de Mathieu, le docteur Jean-Yves Dugas hâte le pas en me voyant impuissant devant la jeune fille.

— Salut, Normand. Tu ne peux pas mieux tomber. Mathieu est enfermé dans son bureau depuis hier après-midi en fin de journée. Il ne veut voir personne. Ça ne va vraiment pas. Tu dois lui parler.

Je lui demande ce qui se passe, mais Dugas baisse les yeux et me dit qu'il préfère que ce soit lui qui m'en parle.

— Mais parler de quoi, bon sang ? Ce n'est pas Annabelle, j'espère ?

Il secoue la tête et me tire par la manche de ma chemise en direction du cabinet de Mathieu pour m'éloigner des oreilles tendues au moindre soupçon de drame.

« Je préfère que ce soit lui qui t'en parle. Tu es son meilleur ami… »

Voilà quelque chose qui ne me rassure pas le moins du monde.

Il frappe trois coups brefs. J'entends grogner de l'autre côté.

Moi qui pensais arriver avec mon incroyable nouvelle de visiteur de l'espace, je suis bien servi. Avec ce mystère qui s'ajoute à ma journée, je crois vraiment être en train de rêver.

Le docteur insiste, mais Mathieu nous répond avec brutalité :

— J'ai dit : laissez-moi tranquille. Je ne veux voir personne ! C'est pourtant clair, il me semble ?

Je frappe à la porte à mon tour.

— Mat, c'est moi, Normand. Il faut que je te parle. C'est vraiment important.

Mon ami grogne encore, mais j'entends des pas se diriger vers nous de l'autre côté du panneau.

— Normand, tu vas aller voir quelqu'un d'autre pour tes maudits problèmes. J'en ai plus qu'assez de tes délires d'alcooliques. Disparais ! Et toi, Jean-Yves, t'es vraiment pas très fort dans tes choix de messagers…

Dugas hausse les épaules. Il sort un trousseau de clés de sa poche et s'apprête à déverrouiller la porte. Je lui fais signe d'attendre un moment.

Je traverse le hall d'entrée et je sors à l'extérieur de la clinique, bousculant une ou deux personnes sans prendre le temps de m'excuser.

Je contourne l'édifice. Je saute par-dessus la haie au feuillage encore naissant. Je suis devant la fenêtre où se trouve le bureau de Mathieu. Les rideaux sont toujours tirés. Quelque chose de vraiment grave se trame derrière cette fenêtre et j'ai l'intention de tout faire pour tirer cela au clair.

Il m'a dit un jour que cette grande vitre lui donnait l'impression de s'ouvrir sur le monde. De toute évidence, cela mettait sa clientèle à l'aise avant de passer derrière les tentures pour se faire ausculter.

Devant ladite fenêtre, deux immenses saules pleureurs centenaires ont l'air de deux soldats hippies légèrement penchés, comme s'ils prenaient appui l'un contre l'autre. C'est une illusion d'optique, évidemment, car les arbres sont séparés de plusieurs mètres. Mais cette mise en scène subliminale est suffisante pour réconforter ses patients : il est là pour les aider, les supporter, ce cher docteur Lachapelle.

À défaut d'être une version mâle de la sainte Mère Teresa, Mathieu préfère soigner ses concitoyens qu'il considère comme ses amis. Il aime croire que son approche préventive lui attire une clientèle à la recherche de réconfort plutôt que de soins diagnostiques. Ses consultations durent un peu plus longtemps qu'avec n'importe lequel autre médecin de la région.

Il prend le temps d'écouter. Il réfléchit. Ses conseils et ses recommandations sont prodigués avec des mots directs, sans flaflas. Ils ne lui font jamais défaut et, de fait, le patient se retrouve dans un état de confiance renouvelé. Même les plus hystériques — comme moi — en ressortent généralement réconciliés avec la vie.

Près de lui, on sent battre notre cœur, on visualise le sang passer à cent kilomètres à l'heure dans l'aorte, poussé dans nos organes pour y être nettoyé et oxygéné. On se sent plus intelligent en entendant des expressions étranges comme artériosclérose, ossification des fonta-nelles et nécrose des hépatocytes. C'est un vulgarisateur de génie.

Mais toute cette énergie qu'il transmet avec autant de générosité à ses patients le draine. Il est un peu plus âgé que moi et il pense déjà à sa retraite. Il aimerait bien s'occuper davantage de sa propre santé. Comme cette dernière, sa pratique aussi s'essouffle peu à peu, bien qu'il ne se l'avouera jamais.

Il doit également conjuguer avec la complexité de sa vie familiale. Il est le père de deux adolescents rebelles, issus d'un premier mariage plutôt catastrophique. Il aimerait consacrer davantage d'heures à son jeune garçon, Timothée, fruit de l'amour entre lui et sa jeune femme, Annabelle. Il doit y consacrer beaucoup d'énergie qui n'est pas toujours au rendez-vous. Leurs carrières respectives font en sorte que les deux tourtereaux ont l'impression d'en perdre des bouts et de manquer à leurs devoirs.

— En plus, m'a-t-il avoué lors de ma dernière visite chez lui, un peu après le temps des Fêtes, j'ai peur que ça affecte notre couple, et ça mon vieux, je ne veux pas perdre ça. C'est trop précieux.

Peut-être se comparait-il avec moi qui étais déjà dans un piteux état.

Ce cher Mathieu. Ne pensera-t-il jamais un peu à lui ? Mais qui suis-je pour le juger, moi qui me vautre dans la dépression dès que je pense à Audrée ? Je n'ai certainement pas de leçon à lui faire à cet égard.

J'hésite à frapper contre la vitre. Malgré ce qu'en pense mon cher frère Raymond, il est rare que je m'insinue dans la vie des gens. Je les laisse plutôt venir à moi.

C'est le cas pour les rendez-vous avec Matthieu. On se croise au café ou chez le pharmacien et il me donne une date et une heure avec un sourire entendu. Il voit ma déconfiture et prépare le laïus qu'il me servira avec des gants de fer.

C'est la même chose avec le dentiste ou le garagiste :

— Il y a longtemps qu'on s'est vu, m'sieur Poitras. Vous devez être dû pour une visite. Appelez-moi donc qu'on arrange ça.

Je cogne doucement contre la vitre. Je ne distingue rien derrière la tenture tirée. Aucun mouvement ou ombre ne trahit sa présence.

Je frappe un plus fort. Toujours rien.

Quelle que soit la raison pour laquelle il s'obstine à ne pas vouloir voir personne, je considère cette attitude carrément inusitée de sa part. Il faudra qu'il ait une sacrée bonne raison de vouloir s'isoler au point de ne vouloir voir personne. Et qu'en est-il d'Annabelle ? A-t-il donné des instructions pour qu'elle se tienne loin de lui ? Décidément, le mystère s'épaissit et voilà que, bien malgré moi, je me trouve au cœur de ce problème.

Je regarde mon visage reflété dans la fenêtre. Je fais peine à voir avec ces yeux cernés et cette chevelure hirsute. J'ai l'air d'un cadavre ambulant. Je ferais peut-être mieux d'aller m'acheter un litre de gin et me soûler de nouveau afin d'oublier ma vie une fois pour toutes.

Je secoue la tête. Trop d'idées déboulent dans ma cervelle. Ce sont les pensées négatives qui me hantent le plus. Ce n'est pas bon signe.

Je rebrousse chemin. Je marche jusqu'à la voiture et j'ouvre la portière. Boswell me regarde avec l'air de me dire « tu me déranges, chose ! ».

Je jette un autre regard vers la fenêtre, toujours inquiet.

Le rideau s'est entrouvert. Il m'observe de loin, peut-être pour s'assurer que je vais partir.

Le rideau retombe.

Je reste immobile, debout à côté de mon auto.

Pourquoi diable ne m'invite-t-il pas à entrer ?

Je referme la portière en faisant signe à Boswell de rester tranquille. Mon fidèle compagnon souffle et pose de nouveau sa gueule entre ses pattes, complètement désintéressé par mon sort ou celui de mon ami.

Il me vient parfois des idées tout à fait saugrenues. Je remarque quelques pierres décoratives au pied des fenêtres de cette section de l'édifice. Je me dirige de nouveau vers le bureau voilé de Mathieu et j'arrache une de ces pierres de son environnement. Je m'approche de la fenêtre et je cogne.

— Mathieu, si tu ne m'ouvres pas ta porte, je vais passer par la fenêtre. Regarde la belle grosse roche que je tiens entre les mains.

J'attends une seconde puis je vois le rideau s'entrouvrir. Mathieu me fait signe de ne pas faire ça et incline la tête pour m'indiquer la porte de la clinique.

J'ai gagné.

Après avoir remis la pierre à sa place puis franchi les quelques pas vers l'entrée principale, c'est le docteur Dugas qui m'accueille avec un air visiblement soulagé.

— Je ne sais pas ce que tu as fait, mais ça a marché. Il t'attend.

Je passe la salle d'attente alors que les patients qui n'ont pas le nez englué sur l'écran de leur portable remarquent mes mains couvertes de terre.

Une fois devant la porte de son cabinet, je cogne en douceur. Il m'invite à entrer.

Malgré la pénombre des lieux, je constate sa mine déconfite. Ses traits tirés m'inquiètent. Ses vêtements sont froissés. Aussi incroyable que cela puisse paraître, il a bel et bien dormi dans son bureau.

— Peux-tu me dire ce que tu veux, Normand Poitras ? Allais-tu vraiment briser la fenêtre de mon bureau avec cette pierre ?

— Ça va très bien, merci. Merci de t'inquiéter de ma santé. Et toi, bougre d'âne, qu'est-ce que tu fous enfermé tout seul dans ton bureau alors que ta clinique déborde de patients ? As-tu décidé de te convertir à la réclusion perpétuelle et volontaire ? Tu as l'air de sortir d'une boîte de *Cracker Jack* post-nucléaire.

Il pousse un long soupir tout en regardant à gauche et à droite, comme s'il s'attend à ce qu'une unité d'intervention lui saute dessus. Je trouve la situation assez insolite. Ce devrait être mon attitude en regard des événements des dernières heures.

— Ferme ta gueule et assis-toi. Je n'ai pas l'intention de te laisser poireauter dans mon bureau trop longtemps, si tu veux le savoir.

Je pourrais lui lancer une couple de mes phrases assassines, mais à lui voir son air dépité, je le prends en pitié.

« Tu as des couleurs, ça me rassure. As-tu enfin digéré le départ d'Audrée et eu un rendez-vous intime avec Angelina Jolie en personne, c'est ça ? »

— Va chier, Mathieu Lachapelle. Angelina ne s'intéressera jamais à un gars étiqueté « perdant » de la tête au pied.

Mathieu sourit avec difficulté, mais ce n'est qu'une façade, je le sens bien. Quelque chose cloche et ce n'est pas un joyeux carillon.

Il verrouille de nouveau la porte.

Je regarde un peu autour de moi. Le décor est surréaliste.

Dans un coin, je distingue un matelas gonflable et des draps froissés en boule. Je soulève un sourcil en voyant un plateau de plastique avec quelques emballages de *MacDonald* et les restes de ce curieux festin. Mon niveau d'inquiétude décuple lorsque je vois une bouteille de *Jack Daniel's* à moitié vide au milieu d'un nuage de mouchoirs usagés.

Mathieu voit bien que mes yeux balayent ce drame silencieux. Il me tapote l'épaule. S'il veut me rassurer, il s'y prend bien mal. Il affiche un air entendu, faussement serein, qui ne me berne pas. Les poils hirsutes de sa barbe obscurcissent son visage.

— Qu'est-ce qui se passe ici, Mathieu ? Pourquoi fais-tu du camping et bouffes-tu tout ce poison ? Ce n'est pas ton genre…

Il m'observe, hésite, soupire, mais se tait obstinément.

Tout pour m'inquiéter davantage.

Je suis venu ici pour lui demander de l'aide et j'ai l'impression que les rôles ont été inversés. Ça ne me rassure pas du tout. Je me lève pour être à son niveau, car il n'a plus du tout l'air d'être à la hauteur de ce qui se trame ici. Je m'assieds sur le coin du bureau, me préparant au pire.

Il regarde les tentures fermées puis le plancher. Il détourne le regard. Il essuie sa bouche du revers de sa main et se frotte les yeux. Il a l'allure d'un homme défait.

Je me demande quel effet je lui fais. Je dois avoir l'air tout aussi démoli que lui. Rien n'est plus désarmant que de mettre dans une pièce deux hommes en plein désarroi. L'un décourage l'autre qui est déjà démoralisé par le premier.

Il n'a pas l'air d'être conscient de ma situation. Il est habitué à mes crises existentielles, surtout lorsque je viens le voir le lendemain d'une bonne cuite à faire brailler des clowns.

Nous ouvrons la bouche en même temps pour dire la même chose :

— Écoute, ça ne va pas trop…

On arrête de parler.

Il se met à rire. C'est le genre de rire que je ne lui connais pas, un brin sarcastique, un brin épuisé. Il tousse et prend une profonde inspiration :

— Vas-y, dis-moi ce qui ne va pas, Normand. Je t'écoute…

— Non, non. Ce n'est rien. Ça n'a pas vraiment d'importance. Je ne vais pas ni mal ni mieux depuis une semaine. Je passais simplement devant la clinique et j'ai eu envie de te voir. Quand j'ai vu les rideaux tirés, ça m'a inquiété, c'est tout.

Je mens mal. Ça sonne faux comme une réplique d'une pièce de théâtre du secondaire après avoir fumé un pétard. J'ai envie de crier que ça ne va pas, mais, dans les circonstances, ce serait très déplacé.

Il regarde ses ongles et secoue la tête de gauche à droite. On dirait qu'il va se mettre à brailler comme un veau.

Je ne le reconnais plus. Il tremble. Ses épaules tressautent. Il respire avec difficulté.

— Tu me connais, Normand, dit-il enfin. Je ne suis pas du genre à passer par quatre chemins, mais là, c'est au-dessus de mes forces. Je…

Il craque. Il pleure. Il cache son visage comme s'il avait honte de pleurer, comme si un homme, ça ne peut pas pleurnicher.

Quand Audrée m'a quitté pour de bon, je suis resté assis sur le coin du lit pendant une bonne heure ou deux. Mon visage de glace ne faisait peur à personne d'autre qu'à mon ombre. J'affichais un air de bête sauvage assise sur le bord d'une falaise au couchant de la fin du monde. Boswell n'agitait même pas la queue tant il redoutait ma colère. Peut-être percevait-il ma peine, je n'en sais rien.

J'ai longuement regardé chaque centimètre de la chambre. Tout me parlait d'elle. Je capturais furtivement un léger parfum, une odeur de sueur ou celui d'une fleur séchée accrochée au miroir de la commode. J'ai retrouvé des revues de mode et une boîte de chocolat vide derrière la porte accordéon entrouverte de la garde-robe à moitié vide. Tant de choses qui ne signifiaient plus rien.

Puis, ça m'a pris tout d'un coup.

J'ai eu envie de brailler pour le reste de mes jours. Moi, le macho frustré, je sombrais dans la déprime instantanée. J'ai gratté trois têtes de squelette sur le billet de loterie de ma vie.

J'ai eu honte de cette montée de larmes et j'ai tenté en vain de la résorber.

J'ai entendu la voix de mon père qui me disait : « *Normand, arrête de pleurer comme ça. Les gars, ça ne braille pas !»* J'ai envoyé promener ce fantôme entre mes dents serrées par la colère. Le barrage hydraulique de ma peine a alors explosé dans le silence pesant de la chambre.

J'ai pleuré sans arrêt au moins deux jours.

C'est là que j'ai décidé d'aller boire un coup pour le reste de ma vie.

La boisson, ça calme les émotions. Ça jette un baume sur les cicatrices du cœur. Un beau pansement pour masquer le vide laissé par les souvenirs enfuis.

Évidemment, l'éternité à boire, ça ne dure pas longtemps. Une nuit accoudé au bar m'a suffi. Je me suis dit qu'à répéter l'exercice, l'éternité me rattraperait et j'oublierais ma douleur dans les vapeurs du bon vieux gin.

Au petit matin, après avoir dégrisé de ma nuit remplie de cauchemars, je me dirigeais sagement à l'imprimerie et je travaillais comme un zombie jusqu'à l'heure du dîner. Au resto, je me commandais une bière que je buvais à peine, pour éviter de sombrer encore dans le mélo.

Je tenais à une certaine lucidité pour mon travail, mais les quelques heures qui me séparaient de la fin de la journée s'avéraient toujours un cauchemar. Le houblon ne faisait que tamiser l'extrême solitude qui me pesait. J'étais devenu un pilier de bar. Je maigrissais à vue d'œil et Mathieu s'en inquiétait de plus en plus.

Mais cette fois, c'est à mon tour de m'inquiéter pour mon ami.

Je me dirige vers lui pour déposer une main sur son épaule,

histoire de le rassurer un peu, quel que soit le drame qu'il vit.

Égoïste, je me dis que ses malheurs ne peuvent être pires que les miens.

Je me trompe effrontément. Il inspire sans se presser puis me jette son verdict au visage sans enfiler de gants blancs :

— J'ai un cancer. L'estomac. Stade 4. Ça n'augure rien de bon, mon vieux. Lundi, je vais commencer les traitements de chimiothérapie.

Je suis estomaqué, quoique l'expression soit plutôt mal venue dans le contexte.

Un médecin malade ? Est-ce que ça a du sens ?

L'idée ne m'a jamais traversé l'esprit. Un vrai bon docteur, c'est l'image de la santé par excellence. Ça vieillit, ça prend sa retraite le plus tard possible puis ça s'éteint doucement, comme la braise d'un feu de camp au petit matin.

Je réalise avec effroi qu'il est aussi humain que vous et moi. Il a droit à ses bobos et ses dérèglements comme nous tous.

Mais pourquoi ça arrive à un médecin champion de la prévention comme lui, je vous le demande ? Celui-là même qui ressent une jouissance profonde lorsqu'on publie une nouvelle étude sur les aliments qui combattent naturellement le cancer ou toute autre maladie sournoise du genre. Celui qui jubile tout autant que son patient lorsqu'il lui annonce que ce dernier vient de passer de la rémission à la guérison.

Je cherche quelque chose d'intelligent à lui dire, mais mes pensées s'entremêlent.

Ce n'est pas vrai que ce gars-là va mourir bêtement au détriment de tout ce qu'il a accompli pour servir son prochain. Lui qui prône l'équilibre de la santé mentale et physique, et qui sort le fouet si on ne va pas au badminton le mercredi soir pour brûler des calories en trop.

Ce chevalier servant a affronté non seulement des Goliaths têtus comme moi, mais des gens désespérément malades qu'il a tirés des griffes de la mort. Celui-là même qui verse une larme toute pleine de compassion quand l'un de ses patients meurt.

Et cet homme droit et fier va maintenant s'écrouler sous le poids de l'insidieuse maladie du siècle ?

Ma déprime et mes problèmes avec une extraterrestre nymphomane sont bien banals en regard du destin fragilisé de mon meilleur ami.

— Je ne sais pas quoi te dire, mon vieux. Je suis désolé.

Je m'approche de lui et je l'entoure de mes bras. L'instant est lourd et je ne peux m'empêcher de verser des larmes en sa compagnie. Il se laisse aller sans retenue tout contre moi.

Mathieu est bâti comme une armoire à glace. Sa carrure d'athlète en a toujours imposé. Cette fois, il a du mal à se redresser pour affronter ce monstre qui lui ronge l'intérieur.

Il se ressaisit et s'excuse, comme s'il était coupable de quoi que ce soit. Il me remercie, timidement et esquisse à nouveau un sourire à peine senti.

« Est-ce qu'Annabelle est au courant ? » lui demandai-je.

Il secoue la tête. Il pousse le plateau de victuailles douteuses du bout de son pied. Il ramasse la bouteille de bourbon et avale une gorgée du liquide ambré avant de m'offrir le goulot. Je refuse poliment.

— Je suis incapable de lui dire. Elle va se rendre malade et va en mourir avant moi.

— Mais je vais m'en sortir, n'est-ce pas, Normand ? me dit Mathieu avec un air faussement rassuré.

Qu'est-ce qu'on doit répondre à ça ?

Je voudrais être à cent kilomètres de sa clinique. Je souhaiterais ne pas avoir entendu cette nouvelle. Je réalise à quel point je suis égoïste à outrance de ne penser qu'à mes propres malheurs comme s'ils étaient le centre de l'univers. Peut-on si facilement ignorer le malheur qui frappe les autres ? C'est bête et méchant, mais sans moyens, je suis un cancre de la pire espèce.

J'ai honte de prétendre être son meilleur ami et ne pas être en mesure de lui dire les bons mots pour l'encourager. C'est idiot comme je deviens crapet devant la mort.

La mort, c'est la récolte d'un immense vide de réalité. On n'a jamais assez de poches pour la cacher. Elle fait des trous partout. Dans le cerveau, dans le cœur, dans le futur. Elle fait enfler le passé, lui donne des couleurs sépias, des regrets, des mots qu'on aurait dû taire ou ceux qu'on aurait dû dire. On devient jaloux aussi de la libération, de la fin de la souffrance. C'est à la fois de l'égoïsme et de la lâcheté qui m'habitent en cette dure minute où je tais mes craintes.

Il tape violemment sur la table du plat de la main :

— Pourquoi est-ce que ça m'arrive à moi ? Je ne comprends pas.

Il est rouge de colère. Le voir agir de la sorte me scie les jambes. Je me sens tellement impuissant devant lui.

Qu'est-ce qui fait qu'un corps en santé bascule comme ça, sans prévenir ? Pourquoi une couple de cellules mongoles décident-elles tout à coup de briser la chaîne et se ramasser en groupe pour en bousiller l'équilibre ?

Je n'ai aucune connaissance en médecine. J'ai de la misère à faire la différence entre un biceps et un triceps. Je sais que ce sont des muscles, mais c'est à peu près tout.

J'avoue que de voir un médecin comme lui s'effondrer et réagir comme un humain est aussi désarmant que triste. Je ne peux m'imaginer ce qui doit se brasser dans sa tête en ce moment, lui qui connaît à peu près tout ce qu'il y a à savoir sur le sujet.

Je suis tellement las de cette vie en montagnes russes. Ça doit se lire dans mes yeux autant que dans les siens. Deux épaves qui s'entrechoquent sur des flots sombres, ce n'est pas une image trop gaie malgré le soleil éclatant.

Il n'existe pas de plus grand vide entre deux amis malades, surtout si l'un des deux est un médecin atteint d'un cancer.

Entre nous, le pont de notre amitié est solide. C'est le gouffre qui devient de plus en plus profond.

L'image du vide me ramène encore à Audrée. Sauf qu'au lieu d'un pont solide, il n'y a qu'un mince fil de nylon. Très solide, mais je ne peux pas m'y accrocher, car il écorche mon cœur et mes mains.

— Regarde-toi, Normand. Tu te bourres la gueule de martinis aux olives farcies, tu bouffes du *fast food* en intraveineuse, tu ne dors presque plus et tu pètes de santé.

« À part ta petite dépression dans laquelle tu te complais, tu vois ta mort venir quelque part, toi ? La mort dans l'âme, c'est bon pour le mélodrame et ça se soigne. La mort dans le corps, c'est pour les autres. On diagnostique, un coin de l'œil humide, surtout si on connaît le patient. On lui recommande les meilleurs oncologues, la meilleure clinique et on se sent un peu maître du monde. Un petit peu.

« Puis un beau matin, après avoir mangé des céréales bio, fait un peu de course à pied et embrassé tendrement sa petite fleur ensoleillée, on se regarde dans le miroir et c'est la face de la mort qui te fait signe d'avancer. »

— Tu n'es pas encore mort, Mathieu. N'exagère pas. Tu n'as pas commencé tes traitements. Tu n'as pas vu les résultats de ces traitements. Tu n'as surtout pas un embaumeur derrière toi prêt à prendre tes mensurations. Tu es là devant moi, bien vivant. Ça ne te ressemble pas de baisser les bras comme ça. Il dit quoi Jean-Yves de tout ça ?

— La même *crisse* d'affaire que toi. Tout ça, je le sais. Je les connais par cœur les leitmotivs pour remonter le moral de mes patients.

« Mais ce n'est pas très amusant de voir le panneau de la dernière sortie foncer droit sur soi. Il y a quelqu'un qui a modifié mon kilométrage de vie à la baisse et je ne suis pas prêt… »

Je prends le temps de le laisser digérer ses propres paroles. Quant à moi, elles me bloquent la gorge.

Ne l'est-on vraiment jamais ? ai-je envie de lui répondre.

Il y a bien un vide entre nous deux.

Il regarde le plancher comme s'il avait honte de s'être mis à nu devant moi.

Je me sens parfaitement nul avec mes insanités psychotiques de femme en bleu venue des confins de l'espace. Pour autant que je sache, je n'ai peut-être que rêvé ce cauchemar, si je puis me permettre ce pléonasme indigeste.

J'empoigne la bouteille et dévisse le bouchon :

— Ça ne s'attrape pas le cancer, tu es sûr ? lancé-je.

— Tu es le type le plus vulgaire et irrespectueux que je connaisse. Si tu n'étais pas mon meilleur ami, je te planterais mon poing sur la gueule.

« Sers-toi, mais ne la vide pas. C'est ma dernière en réserve. J'ai aussi soif que toi, pauvre crétin ! »

Il pousse un grand soupir et s'écrase dans son fauteuil de cuir.

C'est fou. On a beau avoir une passion pour sauver le monde avec la grosse paie qui vient avec, au bout du compte, on est toujours tout seul à affronter notre terrible destin.

Je ne l'envie pas, mais je suis presque jaloux. Depuis le temps que je fais du sur place avec mes malheurs, le sol commence à dangereusement s'effriter sous mes pieds. Avec tout ça, je doute qu'un jour je sois en mesure de me remettre à courir sans trébucher de nouveau.

Il y a une douzaine de pigeons qui roucoulent derrière la fenêtre. Ça jase sans se préoccuper de savoir qui sera le prochain à mourir. Il n'y a même pas de jaloux quant à savoir qui va bouffer le meilleur croûton. Ça roucoule comme s'il n'y avait pas de lendemain.

On devrait peut-être tous faire de même. Roucouler en se secouant la tête comme des débiles.

Un pavé dans la mare fait des ondes et tout redevient à la normale jusqu'au suivant. Ainsi va la vie sur cette terre de merde.

Je lui tends la bouteille en disant :

— Je n'ai plus vraiment soif, je crois. On peut rester ici jusqu'à ce que tu meurs, si tu veux. Ou jusqu'à ce que j'accouche…

Il ne réagit pas. Il est plongé dans ses réflexions, celui de ses enfers à venir. Il ne desserre pas les dents. Puis, il fronce un peu les sourcils.

— Tu as raison, tout comme Jean-Yves d'ailleurs. Je ne resterai certainement pas ici à attendre de crever. Je vais me battre comme un démon dans de l'eau bénite.

On rit tous les deux.

Cette vieille expression de nos grands-mères me ramène en arrière, du temps où le Bon Dieu avait le dos large et les goussets pleins.

Comme tout nous semblait moins compliqué pour nos aïeules à cette époque.

Lorsqu'on les entendait parler de la Grande Guerre, de la Seconde, du chômage et de la pauvreté dans les villages de notre petite province étouffée par les Anglais et par le clergé, tous ces malheurs nous apparaissaient terribles. On se demande comment elles ont pu survivre à toutes ces misères. Et pourtant, elles nous racontaient ça avec une lumière dans les yeux. Ce passé leur appartenait et elles ne manquaient pas de nous rappeler que la vie était tellement plus simple dans ce temps-là.

La simplicité. On ne peut pas prétendre vivre dans la simplicité avec nos petits cellulaires multifonctionnels et nos écrans géants aux mille chaînes spécialisées branchés sur le monde vingt-quatre heures sur vingt-quatre.

La douleur d'aujourd'hui vient de la solitude des âmes. Dès qu'un de nos gadgets ne fonctionne plus, ou s'il est désuet, on le jette. On le recycle, devrais-je dire pour faire bonne figure.

C'est la même chose avec nos amours.

On se dit cent mille fois des je t'aime remplis de passion dès le premier rendez-vous, de loin et de près, en dehors et en dedans de nous, de soi ou de l'autre. Au premier faux pas, on remet tout en question, évitant de chercher la vraie signification de ce malaise.

Pourquoi discuter et essayer de trouver le pou qui pique. Jetons l'eau du bain et le bébé avec. On a accès à des tas de psys à gogo pour nous fournir la *Crazy Glue* de neuroplasticité qui collera nos peaux cassées. Du bonheur à la carte.

Sauf qu'il arrive un moment où la carte se démagnétise. Il n'y a plus de crédit. On a beau faire la queue pour passer au programme suivant, quand on arrive au caissier, il n'y a plus de place dans la salle. Meilleure chance la prochaine fois. À la loterie du bonheur, le taux de participation est très élevé, mais il y a de moins en moins de gagnants. Au pire, on se partage les meilleurs lots en mille morceaux. Les autres grattent et découvrent leurs échecs en forme d'icônes de plus en plus éparses et dissemblables.

Mathieu éclate de rire en me voyant sortir de ce tourbillon de pensées. Je dois encore avoir l'air de sortir de nulle part. Par contre, la lumière qui brille dans ses yeux me rassure. J'admire la facilité avec laquelle il tourne la page malgré la lourdeur de ce qui l'attend. Je sais qu'il va se battre et qui sait, peut-être va-t-il gagner. Ça ne me surprendrait pas.

Il s'approche de moi et il me prend dans ses bras.

— Arrête de penser tout le temps, Normand. Tu n'es pas un mauvais gars. Je t'aime moi, et tu devrais en faire de même. T'aimer, ça va te sortir de pas mal de problèmes.

Je hausse les épaules. Il me vient toutes sortes d'émotions quand je l'entends parler de la sorte. Ce n'est pas la première fois qu'il me le dit. Ma mère me le répétait souvent, elle aussi.

— C'est juste que je ne sais pas comment tu fais, lui dis-je en hochant la tête. Tu as toute cette pression dans ta vie et là, cette merde… J'aimerais bien avoir un dixième de ta force pour traverser mes problèmes.

Il ramasse les emballages vides et dégonfle le matelas. Je l'aide à plier les draps.

Alors que nous finissons de ranger, il ouvre enfin les tentures pour faire entrer la lumière. Je cligne des yeux. La brillance du soleil vient toucher mon nerf optique et j'ai aussitôt une douleur lancinante qui me frappe au milieu du crâne. Je vacille.

Mathieu me voit tanguer et m'attrape avant que je ne m'écrase sur le sol.

— Assieds-toi un peu, Normand. Tu n'as vraiment pas bonne mine. Tu as encore passé la nuit à picoler et pleurnicher, je suppose ?

— À ton avis ? Remarque que tu n'es pas nécessairement la meilleure personne pour me faire ce reproche ce matin, non ?

Il croise les bras sans répondre. Il m'observe avec son air de médecin, prêt à de me tartiner de ses conseils judicieux.

— Bon, dit-il enfin. Tu vas aller chez toi, prendre une douche et te raser. Tu vas te reposer et surtout me promettre d'aller à ces rencontres des Alcooliques Anonymes une fois pour toutes. Ç'a assez duré, tes lamentations, mon cher. Te rends-tu compte que tu es en train de bousiller ta vie ? Un de ces jours, tu vas finir par commettre l'irréparable et là, je ne pourrai plus rien faire pour t'aider.

Je baisse les yeux, l'air honteux.

— Je pense que c'est déjà le cas… Mais je ne veux pas t'embêter avec tout ça. Tu en as déjà assez sur les épaules. Je vais être capable de m'en sortir. Je pense. Peut-être les *AA*. Mais au point où j'en suis rendu…

Je me lève. Même si je suis particulièrement fier d'avoir pu un peu contribuer à la remontée en surface de Mathieu en ce petit samedi matin ensoleillé, je regrette d'avoir pensé qu'il puisse pouvoir m'aider. Je me suis fourré dans un guêpier et c'est à moi de vivre avec les piqures qui viennent avec.

Mathieu me retient. J'essaie de me dégager, mais la force de sa main sur mon épaule m'empêche de bouger.

— Arrête de dire des conneries et raconte-moi ce qui t'arrive. Laisse-moi juger si je suis en mesure de t'aider ou pas.

J'hésite à me laisser aller à une confession aussi hallucinante. Je redoute sa réaction. Il est peut-être mon meilleur ami, mais ce que je m'apprête à lui raconter va certainement le convaincre que je n'ai plus toute ma tête.

La petite partie de ping-pong des émotions qui vient de se terminer me fait reculer. Je voudrais oublier mon aventure avec une extraterrestre et son dépôt volontaire. Le drame de Mathieu remonte à la surface comme le liège d'une canne à pêche artisanale. Je n'ai pas envie de mélanger les deux drames. Ça ne passera pas. Un peu comme de l'huile de frein et de l'eau de Cologne.

« Alors, tu accouches ou pas ? »

Je ravale ma salive. Touché !

Je ne peux plus m'esquiver, alors je fonce la tête baissée :

— Parlant d'accouchement… Est-ce que tu crois qu'un homme peut accoucher, toi ? murmuré-je sans vouloir qu'il m'entende vraiment.

— Accoucher ? Qu'est-ce que tu racontes ? Je ne suis pas sûr de te suivre.

Je lui raconte mon histoire sans prendre de pause. Plus je parle, plus il me regarde avec son air de thérapeute découragé plutôt que celui de praticien attentionné.

Je vois son sourire plein d'empathie se dégonfler au fur et à mesure que mes mots déboulent. Je m'écoute et je ne me crois pas non plus.

Il ne sourit plus du tout. Il croise les bras et hoche la tête à chaque phrase où je me noie de plus en plus dans le délire. Il doit chercher la manière de m'annoncer en toute politesse que je suis passé de la dépression amoureuse à la schizophrénie alcoolique.

Avant même que je finisse mon récit, il détourne les yeux. Il se lève et se dirige vers la fenêtre. Il est dos à moi. Sa silhouette forme un trou noir devant la tache lumineuse du jour. Je me tais. Il ne m'écoutera plus. C'en est fait de cette histoire impossible.

Il fait les cent pas devant les fenêtres, les bras toujours croisés, concentré davantage sur le paysage extérieur que sur moi.

J'aurais dû me taire. Il n'y croit pas.

C'est normal : *je suis dingue* !

Mais je continue à m'enfoncer dans mes propres élucubrations :

— Tu dois venir la voir. Elle est couchée dans mon lit en ce moment même. Elle est aussi vraie que moi je suis là.

Mes yeux se sont habitués à la lumière éclatante du jour. Les branches alourdies de feuilles vertes juvéniles des deux saules s'entrelacent dans un langoureux tango. Le bleu du ciel est douloureux. Il est vide. Vide de ces pages d'imagination que j'ai dessinées avec ma dépression. J'ai touché le fond du baril.

Et le pire, c'est que je n'ai pas encore parlé de cette histoire de langue et d'ensemencement. C'est en fait pour cela que je suis venu le voir. Il est le seul à pouvoir valider — ou invalider — ce que je crois être un viol cosmique envers ma personne.

— Je ne crois pas que ce soit une bonne idée que j'aille chez toi. Tu sais très bien ce que je pense de cette histoire. Tu as un passé farci de fantasmes et de visions. Sans te dire que tu te complais dans une psychose, je dirais que certains événements de ton passé concordent avec ce que tu me racontes. Ce qui est sûr, c'est que tu dois te faire soigner, Normand.

Le sort en est jeté, disait le bon Jules de la célèbre salade !

En effet, je me rappelle de l'avoir consulté il n'y a pas si longtemps pour une histoire aussi saugrenue. J'étais convaincu qu'il y avait un groupe de cinglés en robes jaunes rassemblés dans le stationnement du bloc de condos qui psalmodiaient des vers dans une langue que je ne connaissais pas. Sans oublier les araignées géantes que je voyais dès que je fermais les yeux.

J'avoue être tombé dans l'intoxication extrême récemment. La prescription de Mathieu était très simple : lâcher prise sur Audrée. Et, comme de raison, passer à l'eau de source pétillante au plus sacrant.

Je l'ai écouté : j'ai bu beaucoup d'eau aux légers parfums de fruits et j'ai plasmodié une série de mantras pour contrer mes hallucinations récurrentes. Au petit matin, je me répétais vingt fois de suite que Scarlett Johansson n'était pas vraiment sous la douche tandis que je nous préparais des croissants au beurre.

Ça n'a pas fonctionné. Pas plus qu'avec Demi Moore, Isabelle Adjani et Céline Dion d'ailleurs.

Je suis gentiment revenu aux martinis sous la supervision de Madeleine qui faisait le décompte et me jetait à la porte du bar dès qu'elle estimait que j'en avais suffisamment épongé.

Je voudrais tant qu'il me croie que j'insiste encore un peu, même si c'est pour m'enfoncer davantage dans mes fantasmes à ses yeux :

— Je sais que c'est difficile à avaler, mais je suis convaincu que tout ça m'est réellement arrivé. Je pensais, ce matin, en me réveillant, que j'avais fait un cauchemar. Mais j'ai eu beau me pincer, prendre une douche pour me réveiller, elle était encore là à me regarder comme si elle allait me bouffer tout cru.

« Et tu ne connais pas l'histoire de la langue. Un truc mince et long qu'elle a fait entrer dans mon pénis. Elle a semé ses œufs dans mon ventre, tu m'entends ? Je ne suis pas fou. »

J'étouffe un sanglot. Je serre les poings. Je voudrais m'enfuir aussi loin que possible de cet endroit dans un claquement de doigts.

Mathieu s'approche de moi, l'air grave du *pratico-praticien* :

— Écoute-moi bien, Normand. Je ne crois pas à cette histoire. Tu es encore sous l'effet de la boisson, ça se voit dans tes yeux et ça se sent par ton haleine. Je te le répète depuis trop longtemps : arrête de boire et décroche. À ce rythme-là, tu vas mourir avant moi.

Je n'arriverai pas à décrocher tant qu'il ne m'aura pas examiné. Il est ma seule ressource. S'il confirme le contraire, je me livrerai à la camisole de force ou la lobotomie sans hésiter.

— Prend le temps de m'examiner, au moins. Cinq minutes. Si ce que je te raconte n'est qu'un fantasme tricoté dans mon imaginaire d'alcoolique, je me rends à Montréal pour une cure de désintoxication à la Maison Jean Lapointe dans l'heure qui suit. Croix de bois, croix de fer !

— Es-tu vraiment sérieux, là ? Tu crois vraiment à ce que tu me racontes. Je te savais déjà fragile, mais cette fois, tu vas devoir tenir ta promesse.

Il me fait signe de la main : « Déshabille-toi de l'autre côté. Je vais regarder ça. Rien n'est plus con que ce que tu me racontes. Tu as attrapé une syphilis, tu délires et tu n'arrives pas à l'admettre… »

Je marche vers la salle d'examen en reniflant. J'ai des frissons, mais je ne peux pas m'empêcher de sourire un peu. Une petite victoire malgré le doute qui me submerge.

Je me demande s'il va trouver quoi que ce soit.

Il est vrai que je n'ai jamais cru à mes précédentes visions surréalistes de lendemains de veille. Après les avoir racontées, je me mettais toujours à pleurer et rire en même temps. Je m'en retournais chez moi avec le courage du nageur aveugle qui va affronter l'immensité d'une mer de solitude en essayant de boire toute cette eau qui menace de le noyer.

Mais cette fois, le délire ne se défile pas. Ses ramifications sont nouées avec une solidité inégalée. Un mince fil d'une déconcertante réalité passe à travers la trame de mes fantasmes.

Je me déshabille dans la salle froide. Je ne me suis jamais senti aussi lucide une fois nu devant l'absurdité de ma vie.

Je réalise que je suis passé d'un fantôme d'amour à une extraterrestre teintée de bleu. Ce n'est certainement pas logique et ce n'est rien pour me remonter le moral.

Je m'assieds sur la table d'examen recouverte d'une feuille blanche qui ressemble à du parchemin ciré. Le froissement ne fait rien pour calmer ma nervosité et mes tremblements décuplent. J'ai l'impression que mon corps va se recroqueviller en une boulette froissée qu'on va jeter après usage.

Mathieu me rejoint. J'ai envie de lui dire de laisser tomber. Son regard reflète une telle lassitude que je m'en veux de lui imposer mes élucubrations sordides alors qu'il s'apprête à livrer le combat de sa vie.

Mais c'est un professionnel et il est convaincu que cette fois je devrai faire amende honorable et me payer une vraie cure de désintoxication pour me sortir de ce bourbier.

Il me demande de me lever. Il m'ausculte en silence. Il tâtonne mes ganglions, m'examine les yeux, les oreilles et l'intérieur de la bouche.

Un lourd silence s'impose entre nous. Je suis redevenu son patient tout comme il a repris son rôle de médecin consciencieux.

J'observe son visage. Aucun signe d'inquiétude ne s'affiche. Le blanc de ses yeux rougis est le seul signe de la nuit qu'il vient de traverser.

Il me demande enfin de baisser mon slip. Il s'excuse en tendant la main vers mon sexe. Il tâte les testicules, les soupèse. Il appuie un peu partout, au-dessus, en dessous, tout autour, cherchant des égratignures, des enflures ou des irrégularités. Il s'exécute sans intérêt, se préparant mentalement à déclarer ma défaite. J'ai peur qu'il ne fasse tomber cette triste vérité trop rapidement, sans chercher à savoir ce qui se terre en moi.

Il me fait signe de me coucher sur le dos.

— As-tu déjà eu une cystoscopie ? me demande-t-il le plus sérieux du monde.

À me voir hésiter la bouche ouverte, il m'explique ce que ça implique.

Je suis pris d'un étourdissement. Je revois la langue de la femme en bleu s'immiscer en moi. Rien ne s'est rapproché de près ou de loin de cette expérience pour le moins traumatisante du matin. La seule idée qu'on puisse à nouveau insérer un truc aussi mince que de la soie dentaire dans mon totem fatigué me rebute.

— Est-ce vraiment nécessaire ? demandé-je en me relevant sur mes coudes.

— Absolument pas. Mais si tu veux me prouver que ce que tu me dis est vrai, il faut que tu fasses ce sacrifice.

Sacrifice ? Seigneur tout puissant ! Deux fois de suite dans la même journée… Ne serai-je donc jamais au bout de mes peines ?

Je déglutis un peu d'air dans ma gorge sèche.

— Ça peut attendre à lundi, à l'hôpital. Je pourrais prendre un rendez-vous, on m'y anesthésierait, je ne sais pas, un peu de chloroforme, quelque chose. Je ne suis pas si pressé, tu sais.

— Lundi, je vais commencer mes traitements. Penses-tu que je vais avoir la tête à tes problèmes quand on m'aura injecté un cocktail de produits chimiques dans le corps.

— Je comprends, dis-je comme si je n'avais pas entendu sa réponse. Mais tu ne verras probablement rien. Si j'ai des petits bonshommes verts dans le ventre, ils sont probablement gros comme un grain de sable. Ça ne se verra pas tout de suite. Je vais me rhabiller et on oublie ça, d'accord ?

Il me dévisage gravement :

— Tu te laisses examiner ou j'appelle au centre de désintoxication tout de suite ?

Je m'allonge de tout mon long en soupirant. J'entends le tic et le tac du cadran au-dessus de ma tête. Voilà que je transpire abondamment.

Il dépose une couverture de coton sur mon corps puis il sort de l'espace d'examen. Il me prend l'envie de jeter la chaise contre sa belle fenêtre bucolique et m'enfuir.

Je l'entends baragouiner quelque chose au téléphone. Trois minutes plus tard, quelqu'un frappe délicatement contre la porte. Il ouvre et remercie la personne qui a répondu à sa demande.

Il revient alors en poussant devant lui deux appareils sur roulettes. Les deux sont munis d'un petit écran noir et blanc. Sur la tablette de l'un, je distingue ses instruments de torture. Ne me demandez pas de les nommer, j'en ai encore des vertiges. Il branche les appareils et on attend quelques secondes avant que tout soit prêt.

Je suis chanceux dans ma malchance. Cette clinique compte un urologue parmi ses médecins. Cet emprunt lui permet de faire son petit tour de passe-passe afin de m'impressionner ou me décourager, selon le résultat.

Il m'enduit le bout du pénis d'un désinfectant à l'aide d'un bâtonnet.

— Je vais introduire l'endoscope. C'est une caméra. Tu vas sentir une légère brûlure au niveau du méat et probablement une fois que ça passera dans le canal urinaire. Pas besoin d'anesthésie. Tu dois rester détendu et tout ira bien.

Tu parles, j'en jouis déjà.

Je ferme les yeux et je ne peux empêcher deux larmes de couler sur mes tempes. Il soulève le drap et je sens ses doigts tripoter mon pénis, entrouvrir le méat, mettre une substance grasse sur le pourtour, le tout d'un calme muet.

Puis, je ressens une sensation identique à celle de la langue de la femme en bleue. Je n'ai pas mal comme tel. Je sens très bien l'objet mais la brûlure attendue est minime.

L'opération ne dure que quelques secondes.

« Je vais maintenant remplir ta vessie d'eau stérile pour bien voir l'intérieur. »

Il travaille avec minutie et m'envoie un petit sourire qui se veut rassurant, comme si j'étais un gamin de dix ans.

Une fois mon gavage de liquide terminé, il se tourne sur sa gauche et observe l'écran.

Je l'entends murmurer un *hum* lourd de perplexité et je le vois tripoter les boutons. Je n'ose surtout pas regarder l'écran. Le plafond est plus intéressant. Je compte les minuscules trous dans les panneaux décoratifs suspendus.

Mon cœur bat plus vite.

— Et puis ?

— Je vois définitivement quelque chose. Peut-être des pierres, ou des fibromes. Ou des caillots. Désolé, pas de jambes ou des yeux de lézards.

Pas encore, murmure une petite voix dans ma tête.

« Tu veux regarder pour être sûr ? »

En temps normal, j'aurais trouvé ça très drôle. L'humour de Mathieu est délicieux. Si ce foutu cancer d'enfer qui le gruge finit par gagner, c'est la première chose qui va me manquer. Son humour et sa gaieté, sa joie de vivre et son amour de la vie sont des caractéristiques qui le définissent. Le genre de qualités que je n'ai jamais su développer dans la vie.

— Je vais passer mon tour, si ça ne te dérange pas, dis-je en secouant la tête.

J'ai toujours eu les émotions en montagnes russes. Ces derniers temps, je fréquente davantage les soubassements des humeurs noires que les vertiges des plaisirs en hauteur.

Ça me fait de la peine de le voir souffrir ainsi en silence. Il endure ma folie tandis qu'à l'intérieur de lui, non seulement les cellules saines de son corps se battent à armes inégales, mais son esprit doit gérer la nouvelle comme un journaliste zen sous une pluie de bombes.

Mathieu doit foncer, tête baissée, ogive anticancéreuse en tête et tout balayer. Ça presse.

Alors que moi, si cette insémination involontaire s'avère véritable, j'aurai peut-être neuf mois à regarder le bas de mon ventre grossir. À moins qu'on réussisse à pratiquer un avortement, ce qui est improbable dans les circonstances.

— Bon, ça va être maintenant l'heure de l'échographie, dit-il en retirant doucement l'endoscope.

Il dépose le matériel sur le plateau sans même se préoccuper de le protéger ou de le nettoyer, ce qui ne lui ressemble pas. Il empoigne un machin en caoutchouc et graisse généreusement la partie visible du lecteur.

— Attention, ça va être froid, murmure-t-il en appliquant une généreuse portion de gel sur ma peau.

Il balade ensuite l'instrument sur le bas de mon ventre, juste au-dessus de mon membre qui rétrécit à vue d'œil, le pauvre.

J'ai soudain une terrible envie d'uriner alors qu'il appuie plus fortement. Je me tais, de peur de le déconcentrer.

Il observe l'écran où des lignes brouillées apparaissent. Il fronce les sourcils. Je crois qu'il a vu quelque chose, mais qu'il n'ose rien dire avant de bien comprendre ce qu'il voit.

— J'aimerais bien que le docteur Cuellier voie ça. C'est vraiment curieux. Vraiment inusité.

Je connais bien cet énergumène âgé de soixante-dix ans. C'est un gynécologue qui a vu tant d'entrecuisses féminins que je me demande s'il arrive encore à avoir une érection lorsqu'il voit celui de sa femme. Audrée l'a consulté à plus d'une reprise pour des douleurs menstruelles récurrentes. Je l'imagine en train de se gratter la base des narines après un examen minutieux des organes génitaux de ma blonde. Comme je voulais lui imprimer les reliefs de mes jointures sur sa face de jouisseur silencieux.

— Qu'est-ce que tu vois ? Je peux voir moi aussi ?

J'essaie de regarder l'écran, mais l'angle de l'appareil reflète la lumière du soleil qui se faufile à travers le rideau à moitié tiré.

Mathieu tourne l'appareil vers moi et bouge à nouveau le lecteur.

« Tu peux m'expliquer ce que c'est ? Moi, je ne vois que des taches, comme des ombres. Tu devrais arrêter de bouger parce qu'on dirait qu'elles tournent sur elles-mêmes. »

Je n'ai jamais compris ce que les médecins pouvaient déchiffrer sur ces écrans. Ça ressemble plutôt à une image embrouillée d'une vieille émission de télé en noir et blanc. Je la compare à la chute d'une multitude de symboles verts sur l'écran noir de la salle du cinéma au début du film *La Matrice*. J'ai l'impression qu'ils nous font croire n'importe quoi.

Il ne parle plus. Ce silence m'inquiète.

Il retire le lecteur et il l'essuie sommairement. Il l'enduit de nouveau de gélatine. Il éteint ensuite les écrans pour les rallumer aussitôt.

Toujours la même image. Il ajuste un cadran et penche la tête vers la droite.

Il appuie sur un bouton et l'imprimante s'active. Une image noir et blanc s'imprime lentement tandis qu'il ajuste encore une fois la résolution. L'image est agrandie. Il déplace un peu le lecteur. Il appuie encore sur le bouton d'impression.

Il me tend une serviette.

— Essuie-toi et rhabille-toi, Normand. Je veux te montrer quelque chose sur les clichés.

Il a vu quelque chose.

Je n'ai plus envie de pisser.

Il dépose tous les instruments et ses gants sur le plateau sans prendre la peine d'éteindre les appareils. Il extirpe les clichés de l'imprimante et pousse le rideau sans m'adresser la parole.

Je me lève, le dos trempé de sueur. Mon corps transpire la peur. J'essuie mon ventre encore badigeonné de cette gélatine visqueuse et j'enfile mes vêtements.

Pas besoin de vous dire que ce vertige qui m'habite s'est incrusté dans ma tête comme dans mon corps tout entier. J'ai l'impression d'être à nouveau plongé dans une autre dimension.

Malgré que je sois convaincu que cette femme à la peau bleue existe vraiment, j'espérais que cette folle théorie d'embryons implantés dans mon corps — ou de quoi que ce soit d'autre — ne résulte que d'une pure spéculation. Certes, cette étrange langue orange m'a pénétré d'une manière pour le moins singulière, sans mon expresse autorisation. Les propos de la femme ont également suggéré la présence possible dans mon ventre de rejetons en gestation. Mais de là à y croire…

C'est comme si j'espérais que Mathieu me confirme que tout ça n'est qu'un rêve et que je mérite une cure de désintoxication, accompagnée d'une sérieuse mise en demeure de sa part, histoire de sauver les restes de notre amitié éprouvée.

Le sérieux qu'il affiche en sortant de l'aire d'examen et son silence en disent plus que ce que je désespérais d'entendre. Ce mystère qu'il laisse planer n'augure rien de bien bon.

Je le rejoins devant son bureau. Il est debout et penché sur les bouts de papiers imprimés. Il me fait signe d'avancer alors que je reste adossé au mur.

— Regarde ça. Tu vois ces petites lignes foncées ? Observe au bout de celle-ci et puis de l'autre.

Il me montre les traits du bout de son crayon.

Je ne suis pas certain de savoir ce qu'il aimerait que je voie. Il y a là des traits fins et des points aux tons de gris qui varient à l'infini. Je vois des taches un peu plus grosses, foncées, suivies d'un fil mince et embrouillé. Ça me rappelle les photographies de nos ancêtres, où parfois un visage apparaissait embrouillé parce que la personne avait bougé pendant l'exposition prolongée.

— Je ne suis pas certain de comprendre. Qu'est-ce que c'est ? Des embryons ? Des serpents ? Ne me dis pas que ce sont des serpents. Je déteste les serpents.

Il secoue la tête.

— Ça ne ressemble pas à quelque chose de vivant, du moins selon mes connaissances. Ce point-là, par exemple. C'est à peu près gros comme un grain de riz. Ce que tu vois derrière, la traînée, c'est cette même chose, mais une fraction de seconde avant. La caméra a capturé le mouvement.

Je dois avouer que je ne comprends rien. Un grain de riz qui bouge très vite, ce n'est pas ce à quoi je m'attendais.

Mais quelque chose n'est pas normal.

Je ne peux empêcher cette chaleur poignante de me traverser la cage thoracique jusque dans les testicules. J'ai envie de vomir. Je suis pris d'un étourdissement qui me fait vaciller. Je prends appui sur le dossier de la chaise à côté de moi. Je ferme les yeux.

Quand est-ce que ce cauchemar va se terminer ?

— D'après ce je peux voir, six petites masses se trouvent à l'intérieur de ta vessie. À peine deux ou trois millimètres tout au plus.

Mais elles bougent. On dirait qu'elles sont en mouvement, qu'elles tournent en cercle, très près l'une de l'autre. Je n'ai jamais vu rien de tel. C'est plutôt aberrant.

— Dis-moi que ce sont des pierres, n'importe quoi, je t'en prie.

Il me regarde avec un air de pitié. Il pose une main sur mon épaule.

Ce ne sont pas des calculs, ni des cellules cancéreuses, fibromes, tumeurs ou quelque chose de naturel, pauvre idiot d'alcoolique. Tu t'es fait inséminer des petits extraterrestres ! me chuchote une voix sarcastique.

J'ai peine à me tenir debout. Je me crois pris de convulsions. Je parviens à peine à me glisser sur le fauteuil. En fermant les yeux, je distingue une lumière blanche qui croit à toute vitesse derrière le rideau pourpre de mes paupières.

Je suis en train de mourir.

La vérité dépasse la science-fiction : de petites bêtes étrangères grandissent dans ma vessie.

Combien de temps vais-je survivre à cette atrocité ?

— Mathieu, enlève-moi ça tout de suite, je t'en prie.

— Normand, tu ne comprends pas. Ce n'est peut-être pas…

— Tu l'as vu toi-même. Quelque chose a été implanté dans ma vessie. Quelque chose qui grouille, qui a l'air vivant. Si ça se trouve, ce sont des embryons et ils vont grandir. Je ne veux pas passer neuf mois avec des extraterrestres dans mon ventre. C'est complètement dément. Je vais mourir avant, c'est certain. Six bébés, Mathieu ? Tu peux t'imaginer que j'ai six fœtus extraterrestres dans mon petit sac à pipi ?

Il hoche la tête. Comme moi, il est dépassé par les événements.

Son esprit scientifique doit tourner à quatre cents kilomètres à l'heure afin de formuler une explication plausible sur le phénomène de cirque que je suis devenu. Il pose une main sur mon épaule. Je le repousse avec brusquerie.

« Ouvre-moi et charcute-moi tout ça, ça presse. J'ai une idée : tu peux m'enlever la vessie ! »

Mathieu m'observe, un air rieur accroché à son visage.

— Calme-toi, Normand. Ce n'est pas parce que j'ai observé quelque chose d'anormal ou d'irrégulier que ça prouve quoi que ce soit. Il existe probablement une explication logique à tout ça, mais je ne suis pas un expert en la matière. Peut-être que c'est un problème avec les instruments qui ne sont pas les plus récents, comme tu peux le voir. On va te fixer un rendez-vous avec mon collègue, le docteur Habib. C'est notre urologue. Rien de mieux qu'un expert pour poser le bon diagnostic.

Je passe de la panique à la colère. Ça fait comme un déclic à l'intérieur de moi. Cette fois, il joue au médecin pragmatique et je déteste quand il se cache derrière sa profession, incapable de formuler une réponse à mes inquiétudes.

Je m'en veux d'être venu l'embêter avec ça. J'ignore s'il me croit ou non, mais j'ai l'impression qu'il veut me laisser avec mon problème, que ce soit une fabulation d'alcoolique ou une véritable invasion d'extraterrestres. Au fond, je le comprends. Il doit faire face à ses propres démons intérieurs qui sont, avouons-le, plus réels que les miens plutôt fantaisistes.

Il griffonne une ordonnance sur sa petite tablette de papier. Il me la tend sans ajouter un mot.

Ça y est, il me jette à la rue.

— Je ne peux pas attendre… dis-je en sanglotant.

Il soupire.

— Normand. Ce n'est pas deux ou trois jours qui vont faire la différence, crois-moi. Tu vas retourner chez toi, te faire un bon café et appeler la clinique lundi matin. Je suis certain que le docteur Habib va te recevoir lundi ou mardi. Je vais même appeler la préposée aux rendez-vous pour lui demander de te passer en priorité, ça te convient ?

Je n'entends rien de toutes ces belles paroles rassurantes. Elles font comme un écho sourd dans ma tête. Tout ce que je visualise, c'est un groupe d'embryons qui dansent dans mon ventre en attendant de grandir.

— Je ne peux pas retourner dans mon condo. Elle est encore là. J'ai peur.

— Je ne peux pas faire grand-chose de plus, Normand. Arrête de t'imaginer toutes ces fantaisies. Tu dois affronter tes peurs intérieures et passer à autre chose. Je ne suis pas un psy.

Même si j'en ai plus qu'assez t'entendre toujours les mêmes jérémiades, je sais qu'il a raison sur mes peurs intérieures. Mais cette créature qui est chez moi est bien réelle et elle n'a rien à voir avec mes autres problèmes.

« Normand, il faut vraiment que j'aille chez moi. Je dois parler avec Annabelle. On a notre lot de malheurs à vivre nous autres aussi, tu comprends ? Crois-moi, en d'autres circonstances, je serais à cent pour cent avec toi afin d'éclaircir tout ça. Mais ma priorité, là, c'est ma vie, ma femme et mes enfants. »

Il baisse les yeux. Je vois bien que ses émotions reviennent au galop. J'ai un peu honte d'avoir tenté de tirer toute la couverture de mon côté. Mon égoïsme de Poitras flotte par-dessus tout. Je tente de me rattraper tout en maladresse :

— Je te comprends. Et je m'excuse de t'avoir imposé tout ça. Voudrais-tu que je t'accompagne ? Je pourrais être utile pour quelque chose, pour une fois.

Il me remercie, mais il insiste pour que je retourne chez moi.

Seul. Avec elle.

Il ramasse ses effets personnels et se prépare à quitter son bureau alors que moi je reste planté là comme un saule pleurnicheur.

Je lui demande s'il peut m'attendre un moment. Je dois passer à la salle de bain pour me vider la vessie, du moins de l'urine qu'elle contient.

J'entre dans la pièce et je m'assieds sur la lunette en m'enfouissant le visage dans mes paumes.

Au bout d'un moment, Mathieu me demande si tout va bien.

Je ne réponds pas. Je ne sais plus ce que je veux faire. Je voudrais rester enfermé ici jusqu'à lundi. Ce serait plus simple. Et moins dangereux que de retourner au condo.

Puis je me dis que si cette créature d'outre-monde m'a suivi depuis le bord de la route jusqu'à mon condo sans que je ne m'en aperçoive, elle saura me retrouver ici et qui sait ce qu'elle me fera.

— Normand, sors de là, s'il te plaît. Tu ne régleras rien en restant enfermé dans la toilette.

Je sors enfin sans oser le regarder.

Je suis désespéré. Je ne distingue plus le noir du blanc ni le blanc du noir. Sa distance et sa froideur me jettent des éclairs de vertiges.

Il ne reste plus qu'à me jeter en bas d'un pont, si j'en trouve un assez haut pas très loin d'ici.

Je ne désire absolument pas retourner au condo, retrouver cette femme qui m'a pratiquement kidnappé. Je me sens pris dans un piège dans lequel ma folie m'a englué.

Je redeviens bête et méchant. L'égoïsme reprend le dessus.

Si mon meilleur ami ne peut me venir en aide, où s'en va le monde ? Que deviendra la terre si je mets au monde des bêtes venues d'une autre planète ? Avec ce que j'ai consommé d'alcool dans la nuit de vendredi à samedi, ses nouveau-nés auront peut-être des ambitions meurtrières, une soif de vengeance, ce qui fera un joli scénario de fin du monde. Je ne peux pas accepter que tout ceci reste sans action.

— Mathieu, tu peux peut-être me faire entrer à l'hôpital maintenant. Tu connais du monde. Ils seraient discrets. Fais quelque chose, je t'en prie. J'ai peur. Vraiment peur.

Je dois faire vraiment pitié à voir. Je tremble et je ne peux retenir mes larmes.

Il pousse un long soupir. Cette fois, je crains avoir poussé le bouchon trop loin. Puis, contre toute attente, il me dit :

— Bon, tu gagnes, espèce d'emmerdeur. Je vais t'accompagner à ton condo. On va aller voir ta maîtresse bleue. On va lui demander gentiment de passer son aspirateur métaphysique dans ta vessie remplie de petits bonshommes verts. Ensuite, on va la sommer de quitter notre planète et de nous oublier. Ça te va comme ça ?

Je distingue le sarcasme dans le ton de sa voix, mais je m'en fous. Cette petite victoire me rassérène. Je lui saute pratiquement dans les bras. Il me repousse poliment.

— C'est complètement dément, je sais. Mais je te dis qu'elle me croit maître de l'univers et que nous allons créer de nouvelles créatures dans une galaxie. J'ai peur qu'elle ne te laisse pas s'approcher d'elle. Elle pourrait paniquer ou même essayer de te tuer !

— Comme tu aimes faire dans le mélo. On se croirait dans un film de série B. Tu vas me dire maintenant qu'elle va sortir ses lasers et me faire disparaître. Et tous ses amis vont ensuite envahir la Terre et zapper tous les terriens. Non, encore mieux : ils vont tous nous ensemencer et dans neuf mois, des milliards de petits je-ne-sais-quoi vont dominer la planète !

« Écoute-moi bien Normand. Si je vais chez toi, c'est pour te prouver une fois pour toutes que cette histoire n'est qu'un épisode psychotique des suites d'une trop grande consommation d'alcool combinée à la dépression que tu nourris à coup d'idées noires.

« Une fois qu'on aura passé cette étape ensemble, tu pourras passer à autre chose, comme prendre rendez-vous chez l'urologue et te préparer à ta cure de désintoxication. »

Je préfère me taire. Qu'il ait raison ou non, ce cauchemar doit se terminer.

Si ce n'est qu'une psychose, j'avalerai la pilule et je passerai à la caisse réclamer mon dû, comme un bon petit garçon. Au pire, je suis dans un roman écrit par un obsédé textuel qui n'a rien d'autre à faire que de vomir sur les amours adultères de sa putain de femme et qui passe ses nuits à rêver qu'il sera publié en écrivant de pareilles insanités. Mais même ça j'en doute, car quelle personne pourrait imaginer une telle situation si absurde ?

Si ce n'est pas un film ni une psychose, alors c'est une réalité démentielle à laquelle devra aussi adhérer mon meilleur ami. Peut-être bien que nous sommes à l'aube d'une invasion d'êtres venus de l'espace.

Au bout du compte, je me dis qu'au lieu de fuir — ce que je ne peux vraiment pas faire si on fait une analyse rationnelle de la situation — je dois suivre ses conseils et y aller, quitte à me tromper royalement. Je n'ai rien à perdre moi non plus de toute façon. Ma raison est déjà ailleurs. Alors pour ce qui est de la réalité, on passera le chapeau une autre fois.

Il passe un coup de fil à son collègue Dugas pour lui annoncer qu'il s'en va chez lui pour parler avec sa femme. Il le remercie de m'avoir imposé, même si je vois bien que son moral n'est pas au rendez-vous.

Je me lève sans rien dire et je me dirige vers la porte. Mathieu me suit de près, l'air enfin soulagé…

…d'enfin se débarrasser de moi.

Tant mieux pour lui. Je ne peux pas lui en vouloir.

Quant à moi, j'ai l'impression de marcher vers un purgatoire, quelle que soit l'issue de ce court voyage.

Il me dépasse, déverrouille la porte du bureau et me fait signe de sortir.

Nous marchons directement vers la porte de sortie sous le regard interrogateur des patients dans l'attente de voir un médecin. Il y règne un silence funèbre, comme s'ils ont tous été témoins de cet étrange moment dans l'intimité de cet examen de mes entrailles.

Une fois de nouveau sous le soleil radieux, je sens que quelque chose me titille dans le bas de mon ventre. L'une de ces créatures en gestation m'a-t-elle déjà donné un coup de pied ?

Je secoue la tête vigoureusement.

C'est impossible. Trop tôt, trop vite.

Je jure silencieusement.

Rien de mieux qu'un peu d'air frais pour revigorer les esprits troublés. Dommage que le mien soit en cataplexie.

Nous nous dirigeons vers nos voitures respectives. Une fois dans la mienne, je serre le volant. Je me dis que je pourrais en profiter pour me sauver à Ottawa, me perdre à Sault-Sainte-Marie ou encore prendre le traversier vers les Îles-de-la-Madeleine. À ce point-ci de ma vie, n'importe quel endroit isolé et anonyme ferait l'affaire. J'ai des envies de devenir un ermite.

Une fois loin de tout, je pourrais attendre avec toute la patience du monde — *de l'univers ?* — la naissance de ces monstres puis les tuer l'un après l'autre, quitte à me suicider par la suite. Ce serait si facile.

Et pourtant, je ne sais rien des pouvoirs de cette femme.

Désormais, où tu iras, j'y serai.

J'entends encore sa voix résonner dans ma tête. Ses paroles m'ont stigmatisé. Mon âme a été kidnappée. J'ai l'impression qu'elle me suit partout. Elle est derrière moi et elle attend que je me sauve pour me retrouver en un clin d'œil. Je ne suis même pas sûr que je pourrais arriver à tuer ces choses ou encore mettre fin à mes jours. Ma vie lui apparaît tout aussi importante que son baratin sur les univers.

Comment, en effet, un univers peut-il vouloir s'autodétruire ?

Je pense au cancer de Mathieu et je frissonne parce que je l'envie. Cette effrayante maladie a au moins le propre d'être identifiable. Elle peut être enrayée ou, à tout le moins, ralentie. Je ne m'y connais pas en cellules malignes, mais je suis certain qu'elles ne se transforment pas en créatures bleues.

Je me retrouve derrière la voiture de Mathieu. Je ne vois rien d'autre que la plaque d'immatriculation. Tout le reste défile sur ma droite et sur ma gauche dans un brouillard dépressif.

Je dois affronter mon destin.

Combien de fois ai-je répété cette phrase stupide depuis mon réveil ?

Nous arrivons enfin au bloc de condos. Mathieu gare sa berline sur la rue tandis que je descends vers le garage. La porte d'acier monte sans se presser dans un concert de gigantesques crécelles rouillées.

Je stationne ma vielle bagnole en me disant que c'est peut-être la dernière fois que je l'utilise. Ou, en tout cas, si on m'interne, pour un long moment. Les dommages à la calandre ne m'inquiètent plus. J'ai d'autres crimes à fouetter, celui de m'être abandonné à la femme en bleu.

Il y a deux hommes qui s'embrassent près de la porte qui mène à l'ascenseur. Ils cessent leur fricassée de museaux en me voyant approcher.

C'est le concierge, un homme marié qui pue la cigarette comme d'autres empestent le bonheur. Il est accompagné d'un type d'une vingtaine d'années tout au plus. Je le vois remonter sa braguette à la hâte. Je souris à l'idée d'avoir dérangé ce vieux pervers qui devrait être mort depuis quinze ans. J'évite de les regarder. Ce serait leur donner trop d'importance. Mais s'il me dit « *ce n'est pas ce que tu penses* », je lui imprime mes jointures sur le dentier sans hésiter.

Je ne suis pas homophobe. À vrai dire, je me fous de tout sauf des pédophiles et des violeurs. Ceux-là, si on pouvait les crucifier et leur brûler leurs précieux, je serais dans la première rangée à applaudir. Mais ce vieil épouvantail au râtelier couleur maïs ne me dit rien qui vaille.

Je préfère les ignorer. Je suis convaincu que le simple fait de les avoir surpris en train de se tournoyer le lèche-anus en public va les inciter à poursuivre l'exercice dans l'un des conteneurs à déchets, loin des regards et des courants d'air. L'endroit idéal pour les cochonneries.

J'entre dans le petit hall bétonné, mon chien trois pas derrière moi. J'appuie sur le bouton d'appel. Je suis surpris : les portes s'ouvrent aussitôt. Je m'engouffre dans la cabine en fermant les yeux après avoir appuyé trois fois sur le bouton du rez-de-chaussée avant qu'il ne s'illumine.

J'entends les panneaux glisser et se cogner l'un contre l'autre. L'air moite et moisi se referme sur moi. Le ventilateur du plafond a des ratées. Le néon est recouvert d'une épaisse couche de poussière grasse. Je déteste cet habitacle et tout ce qui gravite autour. J'en ai mal au cœur.

La lente ascension démarre par une brève secousse puis la cabine monte à la vitesse d'une limace sur un lit de silice. Il n'y a qu'un étage à franchir et je m'impatiente déjà.

L'ascenseur s'arrête avec vacarme. Le ventilateur hoquette et meurt. Les portes s'ouvrent sur le hall d'entrée désert.

Je vois la silhouette de Mathieu qui regarde autour de lui, cherchant je ne sais trop quoi. Je lui ouvre la porte d'entrée et nous revenons vers l'ascenseur dont les panneaux sont encore ouverts.

— Cet édifice pue les moisissures, me dit-il. Vous devriez faire inspecter les lieux par des spécialistes. C'est un nid à maladies ici.

— Prend une grande respiration, ça va peut-être te guérir, on ne sait jamais. Regarde ce que ça m'a fait.

Il me lance un regard meurtrier mais préfère se taire.

Les portes tardent à se refermer. Mathieu regarde en dehors de la cabine tandis que j'enfonce mon pouce sur le 5 encore illuminé. Les néons papillotent puis les panneaux coulissent en douceur l'un vers l'autre.

Comme d'habitude, l'ascension s'éternise.

Arrivé à l'étage, Mathieu n'attend pas que les portes soient complètement ouvertes et se précipite dans le corridor.

— En sortant, j'emprunterai les escaliers. On se croirait dans un film d'horreur dans cet ascenseur. Ce n'est pas croyable tout ce que tu endures, Normand. Ce n'est pas surprenant que tu fasses des cauchemars.

Je hausse les épaules.

J'insère la clé dans la serrure encore toute gluante. Je distingue la désapprobation sur le visage de mon ami. Il recule d'un pas au moment où j'entrouvre la porte.

Je m'attends au pire. Mais mon petit quatre et demi m'accueille dans le silence, de la même façon qu'il l'a fait quelques heures plus tôt, au petit matin naissant.

Boswell renifle un peu l'entourage, grogne mollement pour se donner un peu d'importance et court se réfugier dans la pièce où j'entrepose mon appareil elliptique poussiéreux.

Mathieu jette un coup d'œil de chaque côté du salon et me regarde avec l'air de me dire « *tu vois, il n'y a rien* ». Je lui fais signe de me suivre vers la chambre. La porte est fermée. Aucun bruit étrange ne se manifeste.

Se trouve-t-elle encore allongée dans mon lit, à m'attendre ?

Je n'ai pas envisagé qu'elle puisse disparaître après notre étrange copulation. Après tout, ce serait logique. Sa mission se limitait peut-être à m'implanter ses rejetons tout en me baratinant une histoire insensée d'univers. Ce lien invisible entre nous se limiterait donc à ce cadeau empoisonné qu'elle m'a pondu dans le ventre. Si ça se trouve, elle pourrait me surveiller depuis les confins de sa galaxie jusqu'à ce que ma grossesse vienne à terme.

Mais quelque chose me dit qu'elle se trouve encore ici.

Mathieu pose la main sur la poignée de la porte de ma chambre. Je lui fais signe d'attendre. Je lui fais signe de reculer.

Je préfère de loin qu'elle me voie en premier. Qui sait comment cette chose réagira en voyant la barbichette de mon ami.

À mon tour, j'enveloppe la poignée de ma main et je tourne sans me presser.

La porte s'ouvre sur ma chambre déserte. Les draps froissés me rappellent le petit matin pour le moins torride que j'ai vécu.

Elle n'est pas là.

Lui ai-je fait peur avec mes propos décousus ? A-t-elle réalisé son erreur en s'acoquinant avec un terrien soûlon ? À moins que ces petits copains ne soient venus la quérir en la grondant de s'être accouplé avec une race inférieure et ils l'ont envoyée purger sa peine dans une Sibérie interstellaire très loin de chez nous.

Mathieu rigole :

— Et bien, on dirait que ta nouvelle conquête ne t'a même pas donné la chance de tomber en amour avec elle. Elle a plié bagage à ce que je vois.

Les yeux de Mathieu détaillent la chambre. Il n'y trouve pas la moindre trace d'une présence féminine dans la pièce. Les vêtements exotiques et l'odeur caractéristique brillent par leur absence. Idem pour la femme venue de l'espace.

Il ouvre la garde-robe et siffle en voyant le désordre qui y règne. L'odeur de vieilles godasses défraîchies lui déplaît. Ce fin gourmet peut affirmer sans rire que le fumet d'un fromage Oka bien vieilli et servi à la température de la pièce est ce qui se fait de mieux comme parfum pour ses papilles olfactives. Rien de comparable à ce qui se dégage de mon cagibi.

Il croise les bras en balayant la pièce du regard. Il ne dit rien, mais je devine sa pensée :

— Je n'ai rien imaginé, mon vieux, je te le jure ! lancé-je.

Il s'assied sur le bord du lit et tâte la couverture et le drap.

— C'est dommage, j'aurais bien aimé la rencontrer, dit-il en grimaçant.

Il pose une main sur son ventre. Je constate avec effroi qu'il a le teint plutôt pâle et il m'apparait amaigri.

« Sérieusement, il faut que j'aille me reposer un peu. Je n'ai pas bien dormi la nuit dernière et en plus, il faut que j'explique à Annabelle tout ce qui m'arrive, tout ce qui nous attend.

« Alors, tu vas faire un peu de ménage, du lavage et te reposer toi aussi, mon ami. Ensuite, tu vas me promettre de prendre deux rendez-vous… »

Je tends les mains devant lui, l'intimant à se taire. Le geste le choque et il fronce les sourcils. Je sens qu'il va piquer une colère si je m'approche trop de lui.

— L'accident est arrivé sur le chemin de l'ancienne promenade, lui dis-je avant qu'il n'ouvre la bouche. Pourquoi n'irait-on pas voir par-là ?

— Normand, ça suffit ! Arrête de divaguer. Reprends-toi. Regarde-toi aller. Tu trembles… Tu transpires… Cette femme n'existe pas ! Elle n'a jamais existé. Il faut que tu te la sortes de la tête une fois pour toutes. Tu fais la même fixation que sur Audrée !

Le nom de mon ex me frappe au visage aussi violemment que son poing aurait pu le faire. Je suis là, devant lui, la bouche ouverte, ne sachant plus trop quoi dire.

J'aurais bien quelques insultes à lui jeter au visage. Comparer cette créature horrible à Audrée déborde vraiment du cadre.

— Ça va, Mathieu. J'ai compris. Tu peux t'en aller. Tu as décidé que j'ai rêvé tout ça dès que j'ai ouvert la bouche. Va-t'en. Je n'ai pas besoin de toi de toute façon. Je vais gérer ça avec elle. Tu seras le premier à le regretter. Tu peux partir et retrouver ta femme.

Je gesticule. Je le pousse sans trop de force. À le regarder me démener de la sorte, il ne s'attendait pas à cette réaction. Peut-être que je devrais m'écraser et lui dire que j'abandonne la partie mais ce n'est pas ce qui m'habite. J'ai peur et cette chose existe vraiment. Un point, c'est tout.

— Ne le prend pas comme ça, Normand. Il faut que tu lâches du lest. Tu vois bien qu'elle n'est pas là.

— Mais je te dis qu'elle est là ! crié-je. Elle se cache. Elle t'a sentie. Elle ne veut pas être vue par personne d'autre que moi.

Il soupire. Il sent bien que je ne lâcherai pas le morceau tant que je ne lui aurai pas prouvé son existence.

Il tâte à nouveau son ventre et grogne un peu. La grimace qu'il affiche m'inquiète. J'ai envie de lui dire de partir sans me montrer autant insistant. Mais il ne peut pas quitter tout de suite.

Il se redresse, mais au terme d'un énorme effort : « Alors, cherchons-là, ta *crisse* d'extraterrestre ! »

Il ajoute à mi-voix : « Je ne peux pas croire que je suis en train de faire ça... »

Notre quête commence par la garde-robe de ma chambre où finissent de se désintégrer des souliers de course et les paires de bas dépareillées. Il brasse ce carnage vestimentaire sans toutefois faire sortir la dame en bleu de mes cauchemars.

Dans la salle à manger, nous ouvrons l'armoire où je range les nappes, les chandelles et autres accessoires pratico-pratiques que je n'utilise jamais. Pas de place là-dedans pour cacher un grand corps de femme, mais qui sait si l'élasticité n'est pas un autre équipement de série chez ces êtres aux reflets d'azur. Le placard ne présente aucune surprise.

La garde-robe d'entrée, plus vaste et moins encombrée, est tout aussi vide.

Le garde-manger ne cache rien d'autre que de la poussière entre les boîtes de conserve et les contenants de condiments.

Il reste le placard à débarras où j'entasse les balais, l'aspirateur, les pneus d'hiver et autres accessoires en vrac.

Quand Mathieu pose la main sur la poignée de ce placard situé tout au fond du salon, je lui fais signe de faire attention.

Il regarde au plafond et secoue la tête. Il s'apprête à parler, mais je crois qu'il préfère se taire afin éviter un nouvel esclandre.

Il ouvre avec délicatesse. L'ampoule devrait s'allumer mais elle est grillée depuis plusieurs mois. Je ne me suis jamais résigné à la remplacer.

La pénombre de l'espace exigu n'a rien de rassurant.

Du premier coup d'œil, on pourrait déduire que la pièce n'est pas non plus occupée par l'être que nous cherchons. Cependant, une étrange odeur que je reconnais aussitôt s'installe dans mes narines.

Je pose un doigt sur mes lèvres. Je passe devant lui, prêt à n'importe quoi. J'empoigne la lampe torche sur la tablette à ma droite et j'appuie sur l'interrupteur. Le faible halo jaune éclaire le cagibi. Il n'expose que des trucs en vrac empilés sans ordre. Par contre, il y a un désordre anormal sur le plancher. Comme si quelqu'un avait cherché quelque chose sans prendre le temps de replacer les objets à leur place.

J'entends un froissement. Je lève les yeux vers le plafond.

Elle est là, l'air paniqué.

Elle nous observe tous les deux, accrochée au mur et au plafond par les griffes de ses bras, comme le ferait l'homme-araignée.

— Mathieu, je te présente *Céleste*. Céleste, voici Mathieu.

Ce prénom m'est venu sans vraiment y penser, sorti d'un repli de ma mémoire, comme si elle me l'avait chuchoté à un moment donné lors de nos échanges. Je suis convaincu que c'est là son véritable nom, traduit dans notre langue, bien entendu.

Mathieu est planté là, les yeux écarquillés de stupeur. Est-ce plutôt de la terreur ? Il est encore plus pâle que l'instant d'avant. Il prend appui sur le chambranle sans la quitter des yeux.

« Tu vois, m'exclamé-je, elle existe, ma femme en bleu. Elle est là. Je n'ai pas rêvé ! »

Il fait un pas en avant, toujours sans dire un mot.

Céleste siffle et hésite, le regard fixé sur Mathieu. Ce dernier tend un bras vers elle, comme s'il voulait la toucher.

La créature me regarde, ne sachant comment réagir devant mon ami. Elle s'accroche davantage au plâtre qui s'effrite et rend sa position précaire.

La tension augmente inutilement entre ces deux-là :

— Céleste, il faut descendre de là. Ce n'est pas très bien d'accueillir les gens comme ça. Et puis, tu risques de te blesser.

Mathieu s'interpose :

— Donnez-moi la main, Céleste. N'ayez pas peur. Normand m'a tout raconté dans les moindres détails. J'aimerais bien vous connaître.

Je le regarde de travers. Son attitude très sereine, détachée ne me rassure pas du tout. Il y a quelques secondes, il ne croyait rien de ce que je lui racontais. Maintenant, il fait du charme à une femme extraterrestre comme s'il la connaissait depuis toujours.

Céleste me regarde puis observe la grosse main de Mathieu. Elle prononce des mots que je ne comprends pas. Ce sont plutôt des claquements de langue semblables à un solo de xylophone en bois.

Je vois bien qu'elle a peur. Peut-être qu'elle me demande de confirmer ce qu'il dit.

— Descends, Céleste. C'est OK. C'est mon ami. Il est médecin.

C'est con, les choses bêtes qu'on peut dire dans des situations aussi saugrenues. Qu'en a-t-elle à cirer d'un médecin ?

Elle me regarde avec des yeux de biche et commence à descendre lentement. Prête à reculer si mon ami fait un geste brusque.

Il a la bonne idée de ne plus parler. C'est moi qu'il encourage la femme à poursuivre sa descente.

Puis, finalement, elle tend la main vers celle de Mathieu.

Je ne sais pas trop pourquoi, mais je m'attends à des étincelles ou à une onde de choc où tout s'arrêtera pour lui, comme je l'ai vécu plus tôt.

Je suis presque jaloux de ce contact intime.

Une fois sa main bien ancrée dans celle de mon ami, ses griffes se rétractent. Elle flotte dans les airs pendant un instant. Son corps descend en douceur sur le sol. Lorsque ses pieds touchent à terre, elle se défait de la poigne de Mathieu pour se glisser tout contre moi. Deux lourdes larmes coulent le long des joues de mon ami. Il est sous le choc.

— C'est tout à fait incroyable, dit-il en épongeant sommairement son visage.

Je ressens une chaleur intime s'immiscer en moi.

Elle dépose une main sur mon cœur puis une autre se pose entre mes jambes puis remonte vers ma vessie. Je sursaute. Mathieu détourne les yeux.

À son sourire, je déduis qu'elle a vérifié si son cadeau est toujours en place et s'il n'a pas été arraché de mes entrailles.

Elle observe Mathieu avec l'insistance d'une caméra, pour l'enregistrer dans sa mémoire.

Elle tend une main vers lui et il fait de même. Ne riez pas, mais je sens une pointe de jalousie monter en moi. Je suis témoin d'un geste intime que nous avons échangé, elle et moi, pas plus tard que ce matin.

Mais elle lui fait signe de baisser sa main, ce qu'il fait aussitôt en me regardant du coin de l'œil.

La main de Céleste avance vers son thorax. Elle stoppe le geste avant de le toucher. Je crois qu'elle l'ausculte. Elle cherche quelque chose en lui.

Peut-être tâtonne-t-elle ainsi pour repérer un endroit où déposer de nouveaux œufs.

L'idée m'effraie. L'énergie dépensée par cet accouplement ne pourra être supportée par le corps de Mathieu, en regard de son état de santé fragilisé par la maladie.

Et encore cette sourde jalousie qui refait surface.

C'est comme si je voulais me garder l'exclusivité de mon drame d'homme. Le fait de porter des bêtes d'une autre planète m'a rendu égoïste au point de tenter de l'empêcher de poser ce geste sur autrui.

Une main passe autour de son cou, l'autre entoure ses épaules, une troisième touche à sa tête. La quatrième tourne encore autour du ventre de mon ami.

Je suis incapable de bouger. Je vais assister avec horreur à une autre agression et ni l'un ni l'autre ne pourra s'en défendre.

Mathieu transpire abondamment. Il souffre, je le vois dans ses yeux.

Est-ce à cause de cette inquisition par cette entité hors du commun ou à cause de la douleur qui se dégage du mal qui le ronge ?

Le voilà qui tremble et vacille.

Céleste le voit faiblir et chuinte quelques paroles que je ne peux comprendre. Mathieu les entend. Peut-être qu'il la comprend.

Il geint. Il porte une main à son ventre et son corps se plie deux.

Sans hésiter une seconde de plus, Céleste se retourne vers moi et dépose une de ses mains sur ma tête.

Avant même de réaliser qu'une épaisse lumière blanche s'éparpille en moi, j'entends sa voix qui me dit :

Portons-le à la chambre nuptiale, il se vide de son univers.

Je suis sidéré. Elle a perçu sa maladie. Elle a senti son mal, j'en mettrais ma main au feu.

Sa main se retire de mon front. Mathieu est sur le point de s'écrouler de tout son long. Je passe mes mains sous ses aisselles et elle empoigne ses pieds. Mathieu s'abandonne, les yeux révulsés.

— Tiens bon, mon vieux, dis-je. On est là. On va appeler l'ambulance. Tout va bien aller.

Rien ne va plus, plutôt, me dit mon gros bon sens.

Je plie mes genoux sous le poids de mon ami. Mon dos en prend un coup. Céleste ne bronche pas et attend que je me stabilise avant de nous diriger vers la chambre en marchant comme des manchots empereurs.

Mathieu est ce genre d'armoire à glace que tu laisses derrière toi quand tu déménages.

Il me regarde avec des yeux de hareng fumé. Je sens qu'il se laisse aller.

Je trouve étrange que son état se soit aggravé avec une telle rapidité.

Aurait-il évité d'entamer des traitements dans l'espoir de trouver un remède ou une méthode révolutionnaire de son cru ? À quel stade était-il donc rendu pour être si mal en point ?

Je me sens dépassé par les événements. De plus, cette attitude défaitiste ne lui ressemble pas.

En fait, rien ne fonctionne comme avant depuis ces quelques

dernières heures. J'ai la vague impression qu'une année s'est écoulée depuis que j'ai eu ce vide mental, l'esprit affaibli par l'alcool et l'âme comateuse.

Et si c'était le cas ? Pourquoi devrais-je croire que cette série d'événements se soit produite en moins de vingt-quatre heures ? Je cherche une signification un tant soit peu valable pour expliquer ce qui se déroule dans ma vie.

Peut-être que je suis mort et que j'image toutes ces folies.

Suis-je dans le coma, branché à une collection d'instruments, entouré de médecins qui tentent de me réanimer ?

Dès que le corps de Mathieu se trouve au-dessus du matelas, Céleste lâche les pieds. Je dépose mon ami avec douceur. Son apparente fragilité me fait pitié.

Céleste se colle contre moi. J'ai le réflexe idiot de passer mon bras autour de ses épaules. Comme si on était un vieux couple.

Je ressens une profonde lassitude. J'aimerais qu'on me berce avec amour afin de me rassurer un peu. Elle pose une main à la hauteur de mon plexus solaire et je ressens presque immédiatement ce réconfort auquel je rêvais.

Peut-elle lire dans mes pensées ? Si tel est le cas, elle devrait partager ce savoir avec nous. Combien de femmes rêvent de pouvoir scruter dans les méandres du cerveau mâle ?

Elle ne connaît que très peu de choses à mon sujet. À moins qu'elle n'ait eu l'occasion d'explorer en profondeur les méandres de ma mémoire lors de nos échanges de fluides.

Je ne sais que penser. Je ne peux m'empêcher de réaliser que la chaleur qui me traverse — peut-être l'énergie pure — est d'un bien-être presque pervers. C'est comme si je m'alimentais à une nouvelle drogue. La lumière de la pièce m'apparait plus intense, laissant filtrer un brouillard de blancs scintillants à travers mes yeux ouverts.

J'entends Céleste me dire :

On doit sauver son univers. Tu dois m'aider.

— T'aider ?! crié-je sans savoir si elle peut me comprendre. Comment est-ce que je peux t'aider ? Je ne suis pas médecin. Il doit voir un spécialiste…

Une pression sur mon thorax me coupe le souffle. Elle m'a intimé le silence.

Fais comme moi.

Une des mains de Céleste se pose sur le ventre de Mathieu. Je dépose ma main gauche tout près de la sienne.

Mathieu respire avec difficulté. Il nous regarde avec l'air de celui qu'on va sacrifier.

Céleste s'empare de ma main libre et je perçois aussitôt une vibration profonde me traverser le ventre. Ça ressemble à l'*Om* sacré des yogis. Du milieu de mon ventre émane une énergie qui s'étire depuis le bout de mes orteils jusqu'à la racine de mes cheveux.

Avant même que je ne puisse réagir à cette espèce d'électrocution, je perçois que cette énergie se déplace vers ma main gauche posée sur le ventre de mon ami.

À travers les vapeurs de mon propre délire, je distingue un étrange sourire sur le visage de Mathieu.

Je prends une profonde inspiration et au lieu d'être étourdi, je sens mon énergie décupler. Mais Céleste m'ordonne de ralentir. Sa voix se mêle à la mienne à l'intérieur de ma tête.

J'éprouve de la difficulté à comprendre ses paroles. Cette force me ragaillardit et je ne désire que la partager avec Mathieu.

Mon cœur bat la chamade. J'ai l'impression de glisser sur le temps. Je suis partie intégrante de la lumière ambiante. Je me retrouve autant en moi, qu'en Céleste et Mathieu.

Des lignes roses zigzaguent au coin de mes yeux. Je bats des cils pour les chasser. Chaque fois que j'abaisse mes paupières, un coup de tonnerre me secoue. Est-ce mon cœur qui cogne aussi fort contre mes tempes ?

Contre toute attente, je me suis soulevé dans les airs. Je pose un dernier regard sur Mathieu, mais il a les yeux fermés.

Endormi ? Mort ?

Ce sont là les dernières images que j'entrevois avant de me laisser absorber par une lumière douce et chaude. Le tambour a cessé de battre.

J'ouvre un œil et la noirceur est la première chose que je remarque. Je distingue une lueur jaunâtre sur ma droite. Quelque chose ou quelqu'un bouge sur ma gauche puis une ombre nette se dessine en plein centre de mon champ de vision.

Je reconnais la voix de Mathieu :

— Ça va mieux, Normand ? Tu nous as fait une de ces peurs, toi !

Peu à peu, ce qui s'est produit un peu avant que je ne sombre dans le vide me revient à l'esprit. Ce passé récent est ramené au premier plan.

Je cligne des yeux. La lueur s'étend et je distingue mieux les silhouettes autour de moi. Mathieu est droit devant et sur ma gauche…

En tournant la tête, je vois les yeux globuleux de Céleste qui m'observent avec tendresse. Sa main est posée au bas de mon ventre, comme si elle couvait sa nichée.

— Qu'est-ce qui s'est passé ? demandé-je.

Mon ami sourit. Il a l'air d'un gars qui revient d'un séjour dans un spa dans les Alpes françaises. Son visage rougeaud et sa chevelure frisottée m'indiquent qu'il se sent mieux. Ce constat ne correspond pas à ce que j'ai laissé derrière moi en plongeant dans l'inconscience. Au fait, depuis combien de temps suis-je dans cet état ?

— Ta jolie Céleste n'a pas pu m'expliquer ce qu'elle a fait. Je ne comprends rien de son langage. Tout ce que je peux te dire, c'est que je me sens sacrément mieux. En fait, je n'ai plus aucune douleur.

Je regarde Céleste. On pourrait dire qu'elle sourit même si, pour un néophyte en matière de créature de l'espace, je miserais plutôt sur une grimace de sympathie.

Son univers est de nouveau en harmonie, entends-je dans ma tête.

— Céleste, qu'est-ce que tu as fait ? Ne me dis pas que tu l'as guéri de son cancer…

Je m'entends prononcer ces paroles et je replonge dans un état déconcertant de panique et d'incrédulité. Trop d'informations irrégulières défilent dans ma tête pour en tirer la moindre logique.

— Tous les deux, oui, c'est ce que je crois que vous m'avez fait, dit Mathieu qui n'a plus l'air d'un gars malade.

— Mais c'est complètement absurde, Mathieu. Ça ne se peut pas, tu le sais comme moi. Ça ne se guérit pas aussi facilement, un cancer. Et en plus, je n'ai pas de pouvoir de guérisseur, tu le sais. J'ai plutôt des pouvoirs inverses. Je pourris la vie des gens qui m'entourent. Et elle… Franchement, Mathieu.

Je fais une pause. À le voir secouer la tête et regarder ailleurs, je vois bien qu'il cherche lui aussi une raison de ne pas y croire. Mais je ne suis pas dans son caleçon ni dans sa bedaine. S'il se sent bien, c'est peut-être temporaire. Une espèce de tranquillisant ou un analgésique pourrait bien créer cette illusion le temps qu'il s'en retourne chez lui pour embrasser Annabelle.

« Céleste, explique-moi ce que tu as fait ? »

Ton énergie avait plus de poids que la mienne, car tu es de cette galaxie et vos univers se touchent, murmure-t-elle tout en continuant de caresser mon ventre.

— Et puis quoi encore ? Je ne pense pas avoir l'énergie d'un barrage hydro-électrique pour être capable de le soigner comme ça, Céleste. Soyons sérieux deux petites minutes !

Je ne comprends pas. Son univers est de nouveau en harmonie. Tu l'as aidé à chasser les masses. Avec mon aide.

Cette histoire d'univers commence à m'étourdir sérieusement. Elle a tellement l'air d'y croire.

Mathieu me demande de lui répéter ce qu'elle me dit. Il n'entend que cette suite de bruits incongrus. Je lui ai expliqué que j'entendais sa voix dans ma tête, alors il veut tout savoir. Je le sens surexcité.

— Elle me dit que ton univers est de nouveau équilibré. Elle m'a guidé et c'est mon énergie qui est responsable de tout ça. Je ne suis pas sûr d'être en mesure de comprendre, mais ça ne se peut pas. Mon énergie ? Il me semble que je suis pas mal en déficit de ce côté-là depuis un bout de temps, non ?

— Oh que si, tu as de l'énergie, me dit Mathieu en me tendant un verre d'eau. Et je dirais même que tu en as à revendre. Sauf que tu t'es presque drainé en posant ce geste. C'est pour ça que tu t'es évanoui après ce choc traumatique.

Énergie, galaxie, univers, cancer, embryons… J'ai la tête qui tourne. Si j'ai été vidé de mon énergie pour guérir mon meilleur ami, c'est maintenant mon cerveau qui menace d'éclater en mille et un morceaux. J'ai une douleur lancinante qui me traverse la tête d'une tempe à l'autre.

— Depuis combien de temps suis-je sur le dos ?

— Il est près de vingt heures. Une douzaine d'heures, je dirais. Arrête de te poser trop de questions. L'important, c'est que tu te reposes, mon vieux. On aura tout le temps d'éclaircir tout ça quand tu auras retrouvé tes forces.

Je tente de me relever, mais j'arrive à peine à bouger les bras. Ils sont englués sur les draps. Mes paupières se ferment toutes seules. J'ai l'impression de les voir tous les deux sourire en me voyant replonger dans l'inconscient. J'ouvre la bouche pour avertir Mathieu que quelque chose ne tourne pas rond, mais l'écho de ma voix intérieure se perd à travers des horreurs boréales qui me déchirent le cerveau.

Ma dernière pensée avant de m'abandonner me terrifie :

Ils ont mis un somnifère dans l'eau que j'ai bue.

Je ne rêve pas. Du moins, c'est ce que je crois. Je me retrouve en train de flotter au vent sur un voile transparent. Je suis suspendu comme ça, sans être figé, mais incapable d'avancer ou de reculer. Je ne ressens aucune fatigue. Je perçois un mouvement rotatif dans mon ventre, près de mon sexe.

Plus je regarde le bleu du ciel, plus il se densifie. Il passe à l'indigo puis il devient noir. Je tourne sur moi-même. Mais cette virevolte de mon corps me tord le bas du ventre. Je me penche pour regarder mon nombril et je constate avec horreur que ces petites masses qui grandissent en moi restent immobiles tandis que je gravite autour de moi-même. J'aimerais bien les arracher de mon ventre. Mes bras ne correspondent pas à ce qu'ils sont en état d'éveil.

Je me demande alors si je suis encore vivant. Je ne ressens plus rien. Je m'abandonne. Autour de moi, des milliards d'étoiles m'observent. Elles sont multicolores, traçant des lignes qui se croisent et tissent une nouvelle image. Je ferme mes yeux pour mieux les ouvrir.

Un murmure me réveille. Je suis enveloppé d'une douce lumière et je reconnais la voix de Céleste :

Tu as besoin de manger pour que tes étoiles et tes planètes grandissent et s'installent dans notre nouvelle galaxie.

Étoiles, planètes, galaxie… Un autre réveil dans une réalité qui n'en est pas une. Je patauge dans l'irréel et je ne sais pas nager.

Même si je n'ai jamais été un grand admirateur de science-fiction, les effets spéciaux du film *La Guerre des étoiles* m'ont toujours émerveillé. Je ne comprenais rien à l'histoire tant elle était compliquée à mes yeux et oreilles. Je préférais essayer de traduire le langage de Chewbacca plutôt que de saisir la raison d'être d'un gars masqué en noir qui respire à travers un micro placé trop près de sa bouche. À vrai dire, j'ai vu tous les épisodes de la saga parce que tout le monde en disait du bien. Par contre, pour ce qui est d'en comprendre les subtilités, je suis nul au cube.

En général, dès qu'on me parle de planètes, de vaisseaux spatiaux ou de monsieur Spock, j'essaie d'amener la conversation vers des sujets qui me touchent, comme les voitures sport ou les jolies joueuses de tennis. Sans compter que je m'y connais bien en spiritueux, ayant un *BAC* en alcoolisme avancé.

À mon avis, les gens qui se passionnent pour ce genre de films sont restés accrochés à leur passé d'adolescent. La mode des super héros aux super pouvoirs est d'ailleurs en train de gagner sur presque tous les fronts au *box-office* et sur presque toutes les chaînes de la télé. Il n'y a pas une semaine où on n'annonce le retour de Batman, la renaissance d'une lanterne verte ou de l'homme-araignée. On pourrait croire que cet engouement soudain pour les héros imaginaires américains est une réponse aux angoisses que génère la folie des attaques terroristes depuis septembre 2001. On se cherche des pouvoirs extraterrestres pour se guérir de ce gigantesque furoncle qui gangrène notre société.

Tout ça pour dire que le langage de Céleste qui passe par ma tête en traduction simultanée, son origine non terrestre, son moyen de transport encore à déterminer, ses attributs bleutés, griffus et en écailles, ainsi que ses desseins encore flous sont situés dans une zone de mon cerveau qui préférerait conserver un contact avec la réalité.

Je sens mon cerveau tourner sur lui-même, tel un yoyo : je passe de *j'y crois* à *je n'y crois pas* en me frottant les yeux, comme une lanterne magique.

Je ne suis pas en train de dormir ou de fabuler, j'en suis certain. Cette étrangère est bel et bien là. Et Mathieu en a été témoin. Pour le reste, je préfère me garder une grosse gêne. Le port involontaire de rejetons bleus, verts ou roses dans ma vessie tout comme la guérison du cancer de Mathieu, c'est encore du pur spéculatif dans mes connexions internes.

Cet engourdissement m'habite de partout, et pas seulement dans ma tête. Tout me porte à croire que je n'y peux rien et que tout a été décidé pour moi. Je me sens condamné d'avance.

Je voudrais me lever et crier tout haut que je suis le seul et unique maître de ma vie. Je hurlerais à cette étrangère de ne pas s'immiscer dans la mienne. Personne ne peut décider de s'unir avec moi de la sorte. Encore moins de se reproduire et d'envahir chacune de mes cellules avec des corps qu'elle appelle *univers*. Elle ne peut pas faire ce qu'elle veut de moi.

Qu'y puis-je vraiment ?

Mon âme est perdue dans ces limbes que je me suis créés. On pourrait en déduire qu'il ne reste rien de ce moi qui faisait mon essence. Au pire, je peux me convaincre que j'en suis au moins conscient. Dans la douleur, c'est certain, mais tout entier.

Je m'imagine être perdu dans une vaste forêt d'immenses arbres aux troncs dénudés. Seules leurs cimes touffues filtrent la lumière, signe du peu de vie qu'il y reste. Le sol est jonché d'épines roses. L'odeur forte de la nature règne en roi et maître, celle du musc des bêtes et de la décomposition des feuilles. Je ne suis qu'un homme sans point de repère. J'erre sans fin entre la certitude et son opposé.

Au-delà de la peur viscérale qui m'habite, je demeure un être humain à part entière.

Avec cette femme, je me retrouve enchaîné à des milliers

d'inconnues incontrôlables. Si je marche, c'est que quelqu'un ou quelque chose m'y entraîne. Si je parle, surtout à elle, son corps devient un vecteur, le haut-parleur vers cette zone de contrôle. À cette heure, mes pensées ne m'appartiennent plus.

J'ouvre la bouche pour m'exprimer. Aucun son n'en sort.

Elle est là, muette, dans toute sa lumière.

Je me demande encore si elle a pu lire toutes ces pensées qui ont défilé dans ma tête.

Je n'ai pas l'habitude d'avoir des pensées diffuses en me réveillant. Mon cerveau s'allume comme de ces premiers ordinateurs remplis d'ampoules. Chaque circuit allumé en séquence jouait un rôle par rapport à celui qui le précédait et préparait celui qui le suivait.

Avant, dès que j'ouvrais les yeux, je respirais. Je me retrouvais chez moi. Je me disais « *je suis encore vivant* » et je souriais. Si la veille je m'étais soûlé la gueule, je ressentais ce petit quelque chose qui annonçait la migraine du lendemain. Petit à petit, ma vie reprenait le dessus. Et le train-train du quotidien m'engloutissait de nouveau, jusqu'au prochain coucher de soleil. Au moins, j'en avais le contrôle dans une certaine mesure.

Hélas, ce temps est révolu. Avec la séquence d'événements des dernières heures — *ou derniers jours ?* — cette lente mise à feu de ma journée ne s'exécute plus à mon réveil.

— J'arrive. Donne-moi quelques secondes pour me réveiller. Je m'habille.

Elle baisse les yeux, histoire de me signifier qu'elle a compris et elle se retire sans faire de bruit.

J'entends la voix de Mathieu chuchotée de l'autre côté de la porte.

Je n'aime pas ça. Je me sens mal de l'avoir entraîné dans cette folie. J'ai la désagréable impression qu'il a été forcé, tout comme moi, à adhérer à cet étrange complot venu d'ailleurs.

Je laisse mon esprit vagabonder sur cette dernière pensée. Mathieu a mentionné, à plus d'une reprise, que je souffrais d'épisodes de schizophrénie. Chaque fois, je mettais ces visions sur le dos de l'alcool. Mon ami acquiesçait, mais le docteur en lui revenait à la charge dès que l'occasion se présentait.

Et si c'était vrai ? Cela expliquerait que je sois conscient de ne pas être en train de rêver tout ceci sous la forme d'un cauchemar.

Est-ce qu'un schizophrène peut réaliser qu'il est en pleine crise de schizophrénie ? En d'autres termes, est-ce que je peux faire ce constat par moi-même si c'est bien ce que je suis en train de vivre ? Est-il possible que certains acteurs de cette illusion, par exemple Mathieu, puissent la vivre eux aussi sans pouvoir la nier ?

J'essaie de me remémorer ce que vivait le mathématicien John Nash dans le film *Un homme d'exception*. Pouvait-il faire cette distinction et en prendre conscience au moment où il y était plongé ? C'est ce qui illustrait le drame de sa vie et qui nous a tous bernés.

Un fou qui sait qu'il est fou est moins fou qu'un fou qui ne sait pas qu'il est fou.

Cette célèbre ritournelle, venue d'on ne sait où, me tourne dans la tête. Je n'ai pas de réponse, mais je doute fort qu'on puisse être conscient de notre folie. À moins que je ne sois à cheval sur le problème.

Je n'arrive pas à comprendre pourquoi j'accepte si facilement la présence d'une extraterrestre sous mon toit.

En temps normal, je devrais être en proie à la panique. Si, en plus, Mathieu adhère à cette folie sans chercher à comprendre ce qui se passe, alors il y a de quoi se laisser entraîner dans la démence.

Non, décidément, un mystère plus grand que moi se cache derrière ce délire.

Je bouge mes membres. Je suis heureux de renouer contact avec mes muscles. Voilà bien longtemps que je n'ai pas ressenti toutes les parties de mon corps comme ça. J'ai la sensation de sortir d'un bain chaud. L'air frais m'enveloppe. Je frissonne. Une autre sensation que je ressens du sommet de mon crâne jusqu'au bout de mes orteils.

Je glisse les pieds hors du lit et je me retrouve assis, un peu étourdi.

J'en viens à la conclusion que je dois affronter cette situation avec ce qu'il me reste de lucidité. Au pire, je basculerai dans la démence et j'y vivrai en permanence comme un légume oublié dans un frigo abandonné. Je n'ai pas d'autre choix que de plonger et affronter. Quelles que soient ces choses que je dois affronter.

Quelques coups discrets se font entendre derrière la porte.

C'est Mathieu. Il entre, s'excuse et pousse un peu la porte derrière lui.

— Tu as repris du mieux, on dirait, mon vieux, me murmure-t-il en s'assoyant à mes côtés. Comment te sens-tu ?

Je le dévisage. Il est rayonnant. Il n'est plus celui que j'ai rencontré il y a quelques heures. La vie est revenue en lui et ça me fait peur.

— Je me sens bien, merci. Et toi aussi, tu as l'air de te porter mieux. J'en ai manqué un grand bout, on dirait.

— Tu as dormi plus de quarante heures. Je voulais te réveiller, mais Céleste m'en a empêché. Je ne comprends toujours pas sa langue, mais elle m'a fait des signes et je lui ai fait confiance.

Quarante heures ? Presque deux jours sans ouvrir l'œil ? Je n'ai pas du tout l'impression d'avoir passé autant de temps dans mes rêves. Je me souviens de la noirceur lors de mon premier réveil.

« Écoute, poursuit-il. Je voulais te remercier pour ce que tu as fait. C'est vraiment hors du commun. Céleste est extraordinaire, c'est vrai. Mais toi, je ne trouverai jamais assez de mots pour exprimer ma gratitude envers toi. Je n'aurais jamais cru que tu puisses faire quelque chose d'aussi profond. »

Je secoue la tête. Je suis convaincu qu'il n'est pas sérieux. Dans trois secondes, il va éclater de rire et on va redevenir des êtres normaux.

Il me regarde avec le même sérieux que je lui connais lorsqu'il pose un diagnostic. Je hausse les épaules :

— Mathieu, je n'ai rien fait. C'est cette femme qui orchestre tout, ne le vois-tu pas ? Pour autant que je sache, je ne possède pas de pouvoirs magiques pour guérir un cancer. Et puis, qu'est-ce qui te dit que ton cancer n'est pas masqué derrière une fausse impression de bien-être qu'elle t'a injectée, comme un poison à retardement ?

Comment peux-tu adhérer à tout ça, Mathieu ? Toi, l'homme qui est tombé dans un chaudron de potion scientifique en naissant. Tu en es imprégné jusqu'à la moelle.

« On nage en plein délire. J'ai envie de me sauver, de me cacher, de disparaître. Elle avait une emprise sur moi et maintenant, c'est à ton tour ! »

Mathieu veut protester, mais je l'en empêche d'un geste vif :

« J'ai besoin de tes lumières de médecin maintenant. Pas de ce délire de guérison. Je suis convaincu que je suis en pleine crise de schizophrénie et que je me projette tout ça. Le problème, c'est que tu en fais partie. Est-il possible d'être en crise et, en même temps, de le réaliser ? Ce n'est pas réel, tout ça, non ? »

Mathieu me regarde avec attention. Il n'ose plus répondre, comme s'il réalisait tout à coup l'absurdité de la situation. Je me dis que sa réponse sera peut-être celle que je lui prêterais au terme de ma réflexion maladive. Je suis l'écrivain de ma propre mise en scène.

Tout ça me donne le tournis. J'entre peut-être dans une boucle infinie, comme celle de Mœbius, où il n'y a ni dessus ni dessous pour l'œil ou le doigt. Je m'imagine dans une de ces gravures tordues d'Escher transposé dans une autre dimension tout en subtilité.

Il me répond, toujours avec ce sérieux monastique :

— Je ne crois pas qu'un schizophrène soit en mesure de prendre conscience de sa propre maladie. Ce serait le projeter dans une démence encore plus profonde. Pourquoi dis-tu cela ? Elle est bien réelle, cette situation. À ce que je sache, je suis réellement la personne que je suis.

Mes yeux s'inondent de larmes. Cette réalité surpasserait donc ma folie ?

— Je ne sais plus où j'en suis, lui dis-je. Au début, je croyais que c'était un cauchemar. Mais un cauchemar ne dure pas aussi longtemps. Il ne couvre pas autant d'aspects de réalité que ça. À un moment donné, on réalise que ça n'a pas de bon sens et on se réveille.

« J'ai beau croire qu'on n'a pas la même notion du temps quand on rêve, mais ce qui se passe ici n'a rien à voir avec un cauchemar. C'en est un dans la mesure où il est absurde et que je n'arrive pas à y croire. Ça ne peut être qu'une crise majeure dans une partie de mon cerveau. Je pensais même à un coma. Je dois être couché quelque part sur un lit d'hôpital. Je ne suis plus qu'une espèce de légume inerte à part mon cerveau surexcité. Tout est dans ma tête, Mathieu. Rien que dans ma tête. »

— C'est intéressant ce que tu dis, Normand. Très intéressant. Crois-tu vraiment que tu aurais toutes ces réflexions dans un cauchemar, dans un coma ou dans une crise de schizophrénie, comme tu crois le vivre ? Est-ce que je pourrais être là assis devant toi en train d'en discuter à travers une projection mentale ? J'ai aussi des doutes en ce moment, tu sauras. Quand je me suis réveillé après cette chute de pression, je croyais être devenu fou, comme tu peux te l'imaginer.

« La réalité, si c'en est une que nous devrions accepter, c'est que cette femme est probablement venue d'ailleurs. Elle t'a aidé à me guérir. Nous sommes ici tous les deux à essayer de conjuguer avec cette réalité. De toute façon, Normand, si c'est effectivement une schizophrénie — et ce n'est pas ce que je crois, on s'entend — et que tu es capable d'en prendre conscience en pleine crise, tu devras affronter ces images dans ta tête pour les ramener vers ta réalité afin de les fondre avec ce qu'il te reste de lucidité. »

— Mais qu'arrivera-t-il si je m'enfonce de façon définitive dans la folie de ma tête ?

Il me dévisage et puis sourit, les yeux brillants de larmes :

— Alors je resterai prisonnier de cette folie moi aussi, je peux te le garantir.

Franchement, je n'aime pas du tout cette perspective de passer le reste de mes jours en sa compagnie. Je déglutis.

— Alors je ne le saurai vraiment jamais, dis-je en détournant les yeux.

— Normand, ce que Céleste et toi avez fait relève du miracle. J'arrive de l'hôpital. Je m'y suis rendu tôt ce matin. J'ai demandé à ce qu'on me fasse quelques tests. J'aurai les résultats de la plupart des analyses d'ici quelques jours, mais je ne me suis jamais senti aussi bien. Je n'ai plus cette douleur au ventre qui me terrassait depuis quelques semaines. Je n'ai plus de saignements. Je mange et je digère sans problème. Ce ne sont pas là des symptômes d'un cancer de l'estomac de stade 4. Crois-moi, ce n'est pas une illusion ou l'effet d'un analgésique quelconque.

Je cherche des mots pour le contredire, mais je n'ai plus cette énergie et encore moins d'arguments solides.

— Et Annabelle dans tout ça ? Tu lui as dit ?

— Elle ne sait rien de ma maladie et encore moins de notre étrange rencontre. Je préfère garder ça pour moi. Je n'aime pas lui mentir, mais je crois que c'est pour le mieux. J'aviserai quand tout sera confirmé.

— Confirmé…

Je suppose qu'il sous-entend la présence de ces choses à l'intérieur de mon ventre, et non pas des cellules cancéreuses mystérieusement envolées grâce à cette centrale d'énergie terrée au fond de moi.

« Tu dois avoir faim. Depuis combien de temps as-tu mangé ? Si on compte ton passage à la *Petite Écluse* à grignoter des arachides au barbecue, je dirais que ça doit faire pas loin de soixante heures. »

En effet, j'entends les plaintes de mon estomac vide. J'enfile un pantalon et je marche vers la cuisine.

Sur la table, il y a des rôties, de la confiture et du beurre d'arachides. Un grand verre de jus d'orange fraîchement pressée m'attend. Je regarde l'horloge de la cuisinière : il est 14 heures 20.

Je ne peux me faire à l'idée que nous sommes déjà lundi.

Voilà donc près de trois jours que cette étrange aventure a débuté. J'ai l'impression qu'il s'est écoulé une semaine depuis ma première gorgée de martini en compagnie de Madeleine.

Mathieu a raison. Je dois me laisser porter par les événements. Je peux les affronter au fur et à mesure, dans les limites de mes capacités. C'est bien là le drame, car je n'ai pas l'impression d'avoir la volonté ou le courage de faire face à ce qui se présentera.

Céleste me regarde avec des yeux qui reflètent de la passion. Je frissonne en songeant que je porte ses enfants.

Mathieu mange des raisins et des morceaux de fromage avec un appétit d'ogre. Il mâche doucement, les yeux mi-fermés. On a l'impression qu'il remercie l'univers d'être à nouveau en accord avec sa vie, qu'il y goûte en même temps qu'il avale son festin. C'est presque pathétique.

Je ramasse la rôtie tartinée de beurre d'arachides qu'on m'a préparée. Je voudrais bien imiter le plaisir qu'éprouve mon ami, mais sans grand succès. La nourriture goûte ce qu'elle devrait goûter. Rien d'étrange. Tout est normal dans cette anormalité qu'est ma nouvelle vie.

J'avale trois rôties sans que personne ne dise un mot. Même Céleste n'émet aucun son incongru.

Je les remercie pour ce petit déjeuner tardif.

Mon téléphone vibre sur la table. Je constate que c'est Bellavance, le propriétaire de l'imprimerie. Je l'avais presque oublié celui-là.

Je regarde Mathieu et il pose une main sur la mienne avant que je ne réponde :

— Je l'ai appelé ce matin pour lui dire que tu devais te reposer, me dit-il. Deux semaines de congé forcé, le temps d'éclaircir tout ça. Tu me remercieras plus tard.

Je grimace une espèce de signe d'approbation. Je parle un brin avec mon patron. Il s'inquiète pour ma santé, mais surtout de la clientèle.

— En tout cas, Poitras, tu prends tout ton temps, mais n'abuse pas trop, comme avec l'alcool. Tu n'es pas irremplaçable, tu le sais, hein ? J'ai une *business* à *runner*, moi.

Je suis sur le point de lui donner ma démission sur-le-champ accompagnée d'un chapelet de paroles vulgaires, mais je le remercie de sa compassion et je lui promets de prendre bien soin de moi pour revenir en *top shape*.

Je coupe la conversation sans montrer toute la colère qui m'envahit. Si je me sors de cet imbroglio vivant, je lui réserve tout un discours, à ce malotru prétentieux.

Mathieu ramasse les reliefs de table et se dirige vers le lavabo. Je souris à ma femme en bleu.

— Ça va aller, lui dis-je sans trop réfléchir, comme si elle me comprenait.

Elle m'observe avec compassion. La pupille de ses yeux rétrécissent et je distingue une espère de sourire sur ses lèvres.

« Céleste, est-ce que tu comprends ce que je te dis sans me toucher ? » demandé-je enfin en terminant le verre de jus d'orange.

Elle hésite un peu et me fait signe que oui.

« Alors, si tu comprends, serais-tu aussi en mesure de parler sans me toucher ? Je veux dire dans notre langue ? »

Elle fronce les sourcils. Elle n'avait peut-être jamais envisagé de communiquer avec moi de cette façon. Après tout, ce doit lui apparaître plutôt bizarre de parler notre langue. Ses claquements de langue et grognements sont certainement la seule façon avec laquelle elle peut communiquer sans passer par la pensée.

Elle ouvre la bouche d'où sortent quelques bruits, comme des balbutiements d'un bébé naissant. Elle arrête et sourit.

— Ce n'est pas mal, rigole Mathieu qui revient près de nous. Je ne sais pas ce qu'elle a dit, mais ce n'est pas tout à fait étranger à notre langue.

— Céleste, essaie de dire mon nom. Normand. *Nor-mand.*

Céleste regarde Mathieu comme pour confirmer. Puis elle se concentre sur moi.

Elle ouvre la bouche et fait *Noooooooaaaaahhh* suivi d'une vibration gutturale qui la fait crachoter. Mathieu retient son rire et cache sa bouche avec une serviette de table.

Elle se redresse en peu et ouvre à nouveau la bouche :

—*Noo-oh-ah-grrrrrrr-mmmmmm-ooh-ohh-an.*

Elle ferme la bouche et nous contemple tous les deux en souriant. Elle répète deux fois et sourit davantage.

Elle pose sa main sur mon bras et celui de Mathieu. J'entends son rire et elle me remercie.

Nous formons un bien étrange trio. Mathieu mange avec appétit et son rire me rassure. Elle est debout, un peu gênée de sa performance boiteuse.

J'avale quelques gorgées d'un café noir très corsé. Pour la première fois depuis que j'ingurgite ce breuvage, je n'ai pas envie d'y ajouter du sucre.

Je ne peux chasser mes scénarii de la tête, mais je sais que je dois accepter la situation telle qu'elle est plutôt que d'essayer de me battre contre une réalité qui n'en est peut-être pas une.

Je réalise que j'ai le bout des doigts gelés. Je tremble légèrement. Peut-être est-ce dû à ce régime à sec que je m'impose désormais.

C'est étrange. Je n'ai plus cette soif de boire, celle qui me tenaillait très tôt le matin depuis un bon bout de temps. Elle est disparue plus vite que je ne le croyais. Peut-être qu'au fond, mon alcoolisme n'en était pas vraiment un.

Je suis en double sevrage. Il y a celui de l'alcool, bien présent à travers chaque cellule de mon corps. Et puis, il y a celui d'Audrée. J'ai substitué ce deuil par la boisson. Pour moi, il n'y avait pas d'autre façon de canaliser cette colère et cette frustration de la voir aller se prélasser avec son beau Brummel sous des cieux meilleurs. Il faut dire que mes cieux, ils étaient déjà pas mal ennuagés même durant la période où nous formions un couple heureux.

Avec du recul, je constate que je traînais cette profonde tristesse avec moi depuis trop longtemps.

Lorsque mes parents sont morts dans un tragique accident de la route, cette cassure dans ma vie a mis en relief la platitude chronique de mon existence. Plutôt que de me pencher sur les causes de cette chute vertigineuse dans les soubassements de mon enfer, j'ai trouvé refuge dans l'alcool, croyant fermement qu'un de ces lendemains de veille allait m'apporter la réponse à tous mes tourments.

Mon frère Raymond a réussi sa vie de façon pour le moins spectaculaire. Je l'envie en silence depuis que j'ai quitté le nid familial. Marié avec une femme toute délicate, il a eu des enfants en santé, décroché le job parfait et s'est payé la maison idéale, des voyages de rêve et ne connaît pas d'ennui de santé autre qu'une diarrhée ou des petits rhumes occasionnels. Alors que la perte de nos parents a été pour lui un petit accrochage dans sa quotidienneté, elle a souligné à grands traits indélébiles la ternissure de ma vie.

L'arrivée d'Audrée dans mon quotidien a placé toute cette chiasse en veilleuse derrière un rideau de velours temporaire.

Sans trop savoir pourquoi, je me suis mis à revivre et à espérer des jours meilleurs sans avoir une épée de Damoclès en permanence au-dessus de la tête.

Vous savez ce que c'est, quand on est en amour. On devient aveugle tout en croyant y voir plus clair.

À voir ses yeux briller et ses seins bouger sous le chemisier, j'en suis venu à pouvoir la détailler sans fin dans la plus noire de mes nuits, explorant son corps sans avoir recours à mes sens.

On en est arrivé à se deviner. On pouvait se calquer n'importe quel comportement pour arriver à se plaire. Nous étions des artistes munis d'une palette d'émotions toute neuve où on ne peignait rien de méchant ou de négatif. On se lançait des *je t'aime* dans des joutes de silence ou des échanges de corps suintant l'amour brut à travers nos pores.

Peu à peu, on a cessé de se deviner l'un et l'autre. On ne s'émerveillait plus du regard troublé ou de la coquetterie. En douceur, on a laissé toute la place au quotidien, jusque dans les moindres recoins de nos vies. Une parole de travers nous agaçait. Une action malhabile nous dérangeait. D'aveugles en amour, nous sommes devenus aveugles dans la routine.

Si on ne se voyait plus dans la noirceur de nos nuits, notre vision devint nette au grand jour. Nous sommes redevenus humains, tout simplement. Les nuages s'accumulèrent et l'orage menaçait d'éclater à tout moment pour inonder et lessiver ce passé passionné d'un détergent de banalité.

D'abord, ce ne furent que des gouttelettes. On rigolait de ces larmes furtives. On épongeait nos joues et la vie continuait, un peu bancale sur ses rails du train-train. Lorsque l'ondée s'est prolongée et que chaque matin apportait sa part d'ombre dans la lumière éclatante de notre bulle, on ne désirait qu'une seule chose : revenir à l'improvisation des premiers gestes maladroits. On ne voulait pas se questionner, analyser chaque geste, utiliser certains conditionnements pour plaire et pour éviter la confrontation. Pourtant, toute communication entre nous nécessitait un arsenal d'arguments compliqués, pigés dans un méandre subtil de mots choisis que l'autre préférait entendre, jouant le même jeu.

Un matin, on s'est réveillé aux antipodes, les nerfs si tendus qu'il ne manquait qu'un souffle pour couper le cordon et tomber en chute libre vers le célibat, sans parachute.

Encore une fois, le réconfort dans les vapeurs de l'alcool devint pour moi un refuge temporaire, sans murs, le corps crucifié aux quatre vents. J'avais l'âme noyée dans un océan de peine. J'étais dans un coma d'amour, les yeux écarquillés, fixés sur le mur de briques caché derrière le fil d'arrivée.

Les périodes de lucidité ont cédé leur place au creux de plus en plus profond de mon amertume. Même l'alcool n'arrivait plus à calmer la colère, la frustration et le désespoir de vivre drapé de gris. J'ai longtemps cru que ça ne durerait que le temps d'une bonne cuite.

On a trébuché. On s'est relevé et on a marché vers la lumière, mais ce n'était qu'une illusion. C'étaient plutôt des sables mouvants.

Je n'ai pas cédé à la panique. Je l'ai laissée danser sur l'air du temps. C'est idiot, je le sais. Je réalise aujourd'hui que je n'avais pas de bouée de sauvetage accrochée à mon titanesque paquebot gonflable qui fonçait tout droit sur un glaçon pointu tombé du toit du monde.

J'en suis là dans mes réflexions quand je réalise que quelque chose bouge à l'intérieur de mon ventre.

Je ne peux cacher ma stupéfaction devant Céleste et Mathieu. Du coup, toutes mes pensées s'effacent. Je suis de retour dans la dure réalité de mon état.

C'est Céleste qui, la première, se lève et vient placer sa main sur mon ventre. Puis elle dit :

Ils ont bougé. Ils sont vivants. Nos univers sont vivants.

J'ai envie de vomir. L'odeur du beurre d'arachides s'apparente davantage à celle d'un cadavre de chat écrasé sur le bord d'une autoroute en pleine canicule.

Je voudrais trouver le courage de retirer la main de Céleste, mais je ne peux qu'émettre un grognement sourd.

En effet, ça bouge. Je me sens comme si je devais aller m'asseoir sur la lunette de la cuvette et me vider de la bile accumulée en trop dans mon estomac.

— Je peux ? demande Mathieu, la main prête à me tâter la bedaine.

— Pourquoi te gêner ? lancé-je en ne cachant pas ma colère. Tant qu'à y être, pourquoi ne vas-tu pas acheter des cigares en chocolat et célébrer la future naissance des envahisseurs, hein ? Ça t'excite de savoir que je porte une bande de petits Yoda ?

Il n'ose pas me toucher. Je ne sais pas ce que je vais faire s'il pose sa main sur mon ventre.

— Tu n'as pas besoin d'en faire un drame, Normand. C'est peut-être quelque chose de complètement fou pour moi comme pour toi, mais, pour la science, c'est un moment sans précédent. Ce qui se passe en toi ne s'est jamais produit auparavant. C'est une opportunité idéale pour tisser des liens avec une civilisation venue d'ailleurs. C'est une ouverture sur l'univers…

— Misère, Mathieu ! On dirait que tu as fumé un joint de marijuana. Il y a même pas trois jours, tu ne me croyais pas. Tu pensais que j'étais en train de divaguer à cause de ma consommation excessive d'alcool. Tu m'as même menacé, si tu te rappelles. Et là, quelle est ta réaction ? Tu me dis que je suis privilégié d'être le premier homme à s'être fait violer par une créature extraterrestre ! Je devrais me réjouir à l'idée de devenir une attraction spectaculaire pour la science et pour l'humanité. Sans compter que j'ignore si je vais survivre au terme de cette grossesse !

« Pourquoi ne chercherais-tu pas des moyens de me tirer de cette merde de gestation d'univers au lieu de vouloir me tâter le nombril ? Tu pourrais paniquer juste un peu pour ton ami qui abrite quelque chose qui pourrait le tuer. »

Céleste retire sa main. Est-elle seulement consciente de ce que je viens de dire ? En a-t-elle saisi tout le contenu ?

Mon ami, quant à lui, pâlit à vue d'œil. Je vois bien qu'il réalise maintenant que cette situation dépasse l'entendement. Son esprit scientifique doit carburer au maximum de sa capacité, cherchant à intégrer ma réalité d'humain dans l'improbable équation de cet engrossement.

Comme Céleste est détachée de mon corps, je poursuis sur ma lancée. Je me fous de savoir si elle comprendra ou non ce que je m'apprête à dire. Je la regarde droit dans les yeux :

— Tu crois vraiment que je désire cet univers que tu m'as implanté ? Tu m'as violé ! Tu as semé en moi quelque chose que je ne peux pas accepter. Et qu'en est-il vraiment de cet univers ? Des êtres qui ne seront jamais ni tout à fait toi, ni tout à fait moi. Ni humain, ni comme ceux de ta race. Qu'est-ce qui te prouve que je n'accoucherai pas de monstres difformes, incapables de survivre dans notre monde ?

« Tu dis que nous sommes maintenant unis pour l'éternité parce que tu as semé tes trucs dans mon corps avec ta langue de serpent. Tu as fouillé dans ce que j'ai de plus intime en m'envoûtant, sans me demander mon avis, et tu voudrais que je t'en remercie ? Désolé, mais je ne peux pas me laisser manipuler comme ça. Ce n'est pas une gestation de neuf mois qui m'attend, n'est-ce pas ? Ça fait un peu plus de quarante-huit heures que tu m'as inséminé et voilà que ça grouille, que ça bouge, que ça gigote…

« Dis-moi donc quel est donc le sombre dessein qui t'amène au lieu de me traiter comme un amant mystique et un père involontaire de cette portée d'êtres venus d'ailleurs ?

« Et si… »

J'hésite à poursuivre, mais il est trop tard pour reculer. Je plonge :

« …et si je désirais me faire avorter, hein ? Qu'est-ce que tu dirais, Céleste chérie ? »

Je vois rouge, bleu et jaune. Je faiblis à chacun des mots qui jaillissent de ma bouche. Les petits êtres se débattent dans l'étroit sac où ils ont été pondus. Ils ne veulent pas entendre mes mots. Je m'en fous. Je n'ai plus de temps à perdre.

Chaque seconde qui s'écoule me tue. Ce cul-de-sac émotionnel m'exaspère. Je suis suspendu dans le vide en attendant de tomber dans un précipice si profond que je n'atteindrai jamais le fond.

Elle me possède. Elle me manipule. Je commence même à douter de ma schizophrénie. Ce devrait être la mienne et c'est désormais celle de Mathieu et de Céleste.

Céleste pâlit, ce qui ne lui donne pas un beau teint.

Elle raidit ses membres. À cet instant, je suis convaincu qu'elle a compris chacun des mots que j'ai lâchés. Elle les digère. Elle va réaliser que ses mœurs ne correspondent pas aux nôtres. Elle constatera qu'elle a commis une erreur.

Mathieu est le premier à sentir que le vent va tourner. Il me fait signe de me lever et me tire vers l'arrière.

Il a eu raison de me faire reculer. Céleste pousse un souffle strident. Ses bras se placent droits devant elle et elle se met à léviter s'arrêtant à moins d'une trentaine de centimètres du plafond. Avec une horreur non dissimulée, je remarque les griffes sorties de ses membres. Une odeur d'eau de Javel me pince l'intérieur des narines.

Elle observe Mathieu avec un air qui ne me dit rien qui vaille. Mon meilleur ami déglutit. Il regarde la porte-fenêtre à moitié ouverte. J'espère qu'il ne s'attend pas à ce qu'on se jette du cinquième pour éviter les foudres de la petite dame en bleu.

Pourquoi fixe-t-elle son regard sur lui plutôt que sur moi ? Ne suis-je pas celui qui vient de l'invectiver ? Je comprends alors que si elle m'attaque, c'est aussi aux fœtus qu'elle s'en prendra.

La tension augmente. Je ne sais plus ce que je dois faire pour me sortir de ce merdier où je me suis fourré. Je ne peux retirer mes paroles. *Ce qui est mal dit est bien maudit*, comme disait ma grand-mère Rita, reconnue pour sa sagesse toute provinciale.

Je ne peux me jeter entre les deux, moi, l'antihéros par excellence. Un geste mal interprété et elle se ruera sur lui.

Je décide alors de plaider notre cause sur un ton plus conciliateur :

— Céleste, arrête ça tout de suite ! dis-je. C'est ridicule. Descends de là. Mathieu n'y est pour rien. Alors lâche un peu de *lousse*, je t'en prie.

« Ce n'est pas lui qui a parlé, mais moi. Écoute-moi. Entends-moi.

« Essaie de penser un peu comme nous. Nous n'avons pas l'intention de te faire du mal alors pourquoi t'imposes-tu comme ça ? Qu'est-ce que tu cherches à faire ? Pourquoi m'avoir choisi, moi ? Je n'ai même pas été consulté. On aurait pu discuter. C'est comme ça qu'on fait ici. Un homme et une femme, ça discute de projets communs. Ce n'est pas à toi seule de décider. Tu décides tout et moi j'obéis, c'est ça ? C'est comme ça que ça se passe sur ta planète ? Si tu es pour vivre ici, il va falloir que tu t'y fasses. Ici, on est des êtres égaux. »

Mathieu me regarde avec un air découragé. Je coule à pic avec mes explications à trois sous tirées d'un livre de psycho à gogo. Comme d'habitude, je n'améliore rien. En amour, je suis d'un pathétique. Si je pouvais tricoter mes mots de bout en bout, ça ferait un foulard d'une longueur de cinq kilomètres.

Pour elle, ce n'est que du charabia de terriens sans cervelle. Dans un instant, elle va nous zapper tous les deux et s'en retournera vivre sa peine d'amour sur Ganymède ou Vénus.

Contre toute attente, elle descend du plafond. Elle s'approche de moi sans se presser, comme un chat devant une souris terrorisée. Je ne peux m'empêcher de penser à Katherine Hepburn ou Ingrid Bergman en voyant ses yeux embrouillés et sa lippe tremblante. Un bon vieux film d'autrefois numérisé en bleu et blanc. J'ai vraiment l'impression qu'elle est vraiment en amour avec moi.

J'ai le réflexe de reculer d'un seul pas et elle en fait deux.

J'abandonne. Je m'abandonne.

Elle pose une main sur mon plexus solaire et déballe son inquiétude :

Chez moi, comme tu dis — car ici comme ailleurs, cet endroit est aussi chez moi, comme pour toi — les miens ont tous un univers en eux, une lumière qu'ils portent de leur naissance à leur mort physique.

Notre cerveau est une porte par laquelle chacun de ces univers se traverse, se relie et se complète.

Nous avons tous le pouvoir de donner naissance à de nouveaux univers. Peu de gens le savent. Votre vision terrienne est limitée à ce sujet. Vous vous êtes arrêté à ce Big Bang et à l'expansion d'un seul univers. Hélas, cette vision est primitive.

Tu as donc ce pouvoir en toi et tu voudrais le rejeter. Tu ne le pourras jamais. Il faut que tu le découvres, que tu l'acceptes et que tu le mettes à profit.

Il y a encore beaucoup de place dans l'immensité de nos mondes pour y accueillir de nouveaux univers. Ici, sur ta petite planète, la vie pullule. L'homme a pris le dessus sur la nature et la planète se meure, quoiqu'en dise la plupart des gens.

Je t'offre la clef de l'infinitude et tu la repousses comme si nous n'étions que de vulgaires amants de passage.

L'amour véritable est fait d'une dimension que tu n'as pas encore saisie, Normand. Tu crois que cet amour en est un de chair et d'esprit, mais il va bien au-delà de cette version simpliste que tu en fais.

Tu n'as pas été sélectionné. Je n'ai pas d'autre dessein que de te montrer le chemin de cet amour à travers l'immensité de nos mondes. C'est avec cet amour que tu as épuré l'univers de Mathieu. Et Mathieu est aussi un univers.

En lui, comme en toi, il y a des milliards de galaxies. Dans chacune de ces galaxies, il y a des centaines de milliers de planètes qui hébergent des hommes et des femmes comme toi et moi, qui vivent et respirent sur des planètes similaires à la mienne ou à la tienne. Et en chacun de ces êtres, il y a aussi des milliards de galaxies dans lesquelles pullulent des milliers d'autres formes humaines.

En fait, mon cher Normand, ta planète est une infime brindille de particule qui se trouve dans une galaxie. Elle fait partie d'un univers où naissent et meurent chaque jour des dizaines d'autres univers qui ont servi à la construction de cette grande œuvre d'amour.

D'infiniment petit à infiniment grand, notre rôle, à toi et à moi, c'est de s'assurer que ce cycle ne s'interrompe jamais, en maintenant ces univers à tous les niveaux.

Tu as ce pouvoir en toi, que tu le veuilles ou non.

Je ne t'ai ni trouvé ni choisi.

Je ne t'ai pas obligé ni même demandé quoi que ce soit parce qu'il en est ainsi.

Je n'ai fait qu'ouvrir cette porte en toi. Quand bien même tu voudrais détruire *cet univers qui grandit en ton sein, il y a désormais, dans chaque cellule de ton*

corps, dans chaque galaxie, le potentiel de reproduction qui en assure la survie et

l'expansion.

Tu fais partie de ce cycle.

Ne gaspille pas tes énergies à te battre contre la nature de cette œuvre de

l'amour infini.

J'ai ouvert cette porte avec toi. Si tu veux que je parte, je continuerai mon

chemin au-delà de votre système solaire. Je te laisserai découvrir par toi-même ce

qu'est et ce que sera désormais ta nouvelle vie.

Lorsqu'elle retire sa main, je suis empreint du vertige de ses paroles.

Je tente de visualiser cette histoire de mondes infiniment petits et infiniment grands. Des images plutôt bancales se forment dans ma tête. Illustrer ses propos dépasse l'entendement.

J'imagine un sablier dont la partie supérieure accueille d'énormes masses qui se compressent et s'engagent dans un tunnel de plus en plus étroit. Chacune de ces masses n'est qu'un amas d'autres masses aussi gigantesques que celles dont elles font partie. Elles passent par cet étroit passage pour disparaître dans l'infiniment petit.

La science des humains n'a rien à déclarer en passant les douanes de la connaissance lorsqu'elle pose le pied sur le sol quantique au pays du chaos. Nous avons peu de points de repère lorsqu'il s'agit d'élaborer une pensée sensée dans cette interprétation d'un réel limité et fragile.

L'état d'avancement des connaissances en cette matière ne peut aisément convaincre les petits esprits que nous sommes, à titre de simples citoyens du quotidien. Si la théorie des forces quantiques est un casse-tête aux pièces éparpillées pour les scientifiques de haute voltige, imaginez ce qu'elle représente pour le commun des mortels.

Dès qu'on accole l'adjectif *infini* à cette notion du très petit au très grand, on bascule dans l'absurde au lieu de l'entendement, même quand ces théories sont accompagnées de preuves à l'appui. Bon an mal an, il se trouve toujours quelque énergumène pour échafauder une théorie contraire. L'idée, déposée comme de la chair à canon sur le terrain miné des hommes de logique, des sceptiques, des religieux ou des philosophes, se fait alors charcuter à coup de réfutations, de rapports d'infaisabilité et de graphiques insensés vomis par programmes informatiques.

Je n'y crois pas. En fait, je ne crois en rien. Ni en Dieu ni en moi.

Qu'est-ce que ça peut m'apporter de plus de savoir qu'il y a cent mille milliards de systèmes solaires à l'intérieur d'une de mes cellules ? Sur l'une de ces planètes, il y a peut-être des humains qui jouent au *PlayStation*, qui pellettent de la neige, qui assassinent un dictateur ou qui sont en train d'écrire un roman absurde sur le même sujet. Je n'en ai rien à cirer.

Qu'est-ce que ça change de savoir que je suis actuellement une poussière au cœur d'une planète elle-même au centre d'une galaxie constituée de centaine de milliers d'autres grains de sable anonymes ? Vous pensez vraiment que ça me dérange de savoir que cette galaxie est en fait située dans une des cellules sanguines d'un gars en peine d'amour assis à un bar en train de siroter son cinquième verre de vodka ?

Vous me voyez claironner aux quatre vents que je porte en moi le fruit d'une union d'amour cosmique ? On me traitera de fou furieux en m'entendant affirmer le plus sérieux du monde que je suis le père d'un univers tout neuf intégré dans mon propre univers.

J'ai le tournis. Je pose ma tête sur mes paumes ouvertes. J'ai envie de rire et de pleurer en même temps. J'ai mal partout, mais je me sens étrangement bien. Comme si les deux émotions s'annulaient, je digère cet amas de pensées subliminales pour mieux les intégrer à mon être profond.

J'ai les yeux fermés, mais il y a davantage de lumière derrière mes paupières closes. Si je les ouvre, je deviens aveugle. Le temps ne s'écoule plus comme avant. Il tourne autour de moi.

Par vagues successives, j'ai l'impression d'être la souris *Mickey* dans l'antre du sorcier. Avec ce chapeau étoilé vissé sur la tête, je peux tout régler au quart de tour. Je suis maître de mon univers.

Puis, je retombe, écrasé par la lourdeur de vivre. Si tout cela se cachait déjà en moi, comment n'ai-je pas su l'utiliser avant ?

Les esprits scientifiques, tels que Mathieu, affirment qu'à chaque seconde, des milliers de cellules se reproduisent et meurent à l'intérieur de notre corps. À première vue, cela peut paraître banal. Ce pouvoir de reproduction du vivant existe et je ne peux le contester.

Si on applique cette théorie de l'infiniment petit par rapport à l'infiniment grand où chaque cellule du vivant, voire chaque particule de notre univers visible, joue à la fois un rôle de créateur d'univers tout en étant une infime partie d'un univers immensément plus vaste, je me sens perdu. Cette seule pensée me donne l'impression d'être tombé dans un puits sans fond.

Si je pousse davantage cette logique, je me demande quel est mon rôle exact en tant que créateur et maître de ce monde infiniment petit à partir duquel gravitent ces univers intérieurs. Et que dire de cet autre univers au sein duquel je ne suis justement qu'une infinie poussière ?

Toujours dans cet état d'esprit délirant, je me questionne sur cet être suprême infiniment plus grand que tout ce qu'on peut imaginer en train de vivre dans sa propre dimension. Et s'il mourrait maintenant ? Qu'adviendra-t-il de notre univers ?

Je ne peux m'empêcher d'imaginer ces dieux, déesses et créatures mythologiques surgies de l'imaginaire des hommes depuis le début des temps et je frissonne.

Je suis bien loin de ma cuite en compagnie de Madeleine de vendredi soir dernier. Ma dépression post-passionnelle m'apparaît tellement plus gaie et sereine.

Je prends conscience qu'au-delà de toutes ces théories loufoques — ultime vérité, ou pas — il y a moi.

Cet être, tout simple en soi, a les deux pieds sur terre. Il respire et en veut à son ex de l'avoir jeté comme un vieux papier mouchoir usagé au profit d'un imbécile heureux qui a davantage de poudre à lui jeter aux yeux que de cocaïne à lui faire renifler.

Il y a le soleil, la pluie, les martinis. Il y a mes parents, ce qu'ils furent et qu'ils demeurent.

Il y a mon condo, mon chien Boswell et mon boulot idiot.

Il y a aussi Mathieu, mon point d'ancrage, ma seule tranche de réalité dans ce buffet froid d'illusions et de fantasmes.

Je demeure moi. Je suis moi.

Oui, il y a dans ce corps que je traîne des tas de cellules vivantes. On peut les agrandir et les décortiquer à volonté. Certes, on y découvrirait des galaxies, mais ces cellules constituent les muscles, les os, les jambes, les yeux et le cœur. Sans oublier le cerveau de ce *moi* qui pense. Même si quelquefois, je me demande à quoi il sert si ce n'est que pour nous rendre fous.

Tout ça, c'est ma réalité à *moi*. Personne ne peut me l'enlever. Que ça soit dans l'infini ou pas, dans cette dimension-ci ou une autre. Peu m'importe la réalité de Mathieu ou celle de Céleste, voire même celle d'Audrée. Tout cela me ramène ici, dans mon présent.

Mon esprit cherche à s'accrocher à cette idée, mais je le sens s'évader vers ce que vient de me dire Céleste. Je divague encore, passant de ma réalité à cette autre dimension de ce *moi* alternatif. Si toute cette tourmente dans ma tête n'est que le fruit d'une schizophrénie, je suis vraiment bon pour l'asile.

Mathieu toussote.

— Est-ce que tu peux me dire ce qu'elle t'a raconté ? Depuis cinq minutes, je te vois planer, les yeux dans la graisse de *beans* depuis cinq minutes. Elle t'a envoûté à nouveau, c'est ça ?

Je ne me sens pas la force de lui expliquer. Je ne suis pas certain d'avoir tout compris de toute façon. Mais je parle sans trop réfléchir. Toutes ces idées s'alignent les unes derrière les autres sans chercher à les ordonner.

Il m'écoute sans m'interrompre. Plus mon exposé avance, plus je vois son regard changer. Peu à peu, je vois émerger le scientifique qui bouillonne en lui. Je le sais formuler des équations dans sa tête et repasser ses ouvrages de théories scientifiques et de science-fiction. Mon ami est un livre ouvert que j'aime observer.

— Évidemment, à voir ton visage béat comme un saint devant sa passion, je constate que tu jouis de cette théorie, dis-je en terminant. Tu n'y crois pas vraiment, si ?

— Y croire ? s'exclame-t-il. Qu'est-ce qu'on doit croire ou ne pas croire ? Il y a des tas de choses qu'on tient pour acquis dans notre réalité, mon vieux. La science telle qu'on la connaît est une infime partie de ce qu'il y a à découvrir et surtout à comprendre.

« Chaque jour, des chercheurs découvrent un autre volet de ce que l'univers représente vraiment. Ce n'est pas caché. C'est là au grand jour et on le voit qu'en ouvrant les yeux ou, bien au contraire, justement en les fermant sur ce qu'on croit voir.

« Qu'est que le ciel ? Pourquoi est-il bleu ? Qu'est-ce que la couleur bleue ? Que voit-on avec nos yeux ? Concrètement, ce sont des impulsions électriques envoyées au cerveau par un organe qui en capture la lumière. En une fraction de seconde, le cerveau fait du loto, trie, analyse et nous retourne une série de messages qu'on interprète. Il se forme une image de ce qui a été capté par nos yeux. Est-ce la réalité ? Qu'en est-il vraiment ?

« As-tu déjà pensé que l'arbre ou l'oiseau que l'on voit avec ce cerveau primitif qu'est le nôtre n'est peut-être pas vu de façon identique par le lion ou par l'abeille ? Que dire de Céleste ? Que voit-elle ? Qu'entend-elle ? Son monde est aussi différent du nôtre que celui des plantes ou du plancton. Et pourtant, et c'est ça qui est fascinant dans ce que tu dis, nous faisons tous partie intégrante de cet univers.

« Et si cet univers est à la fois une poussière dans un autre univers infiniment plus grand et qu'il contient lui-même d'autres univers infiniment plus petits, tu peux imaginer la quantité exponentielle des mondes qui y pullulent.

« En ce sens, oui, je peux y croire. Mais le scientifique en moi, avec le peu de connaissances que j'ai de la science quantique, demande des preuves avant de crier au miracle. »

Je ne me sens pas plus avancé avec ses explications. Elles sont aussi tordues et emmêlées que les miennes. Est-ce là une autre preuve de ma schizophrénie ? Je me dis que je devrais en tirer un roman de science-fiction et devenir millionnaire avec une histoire vraie que tout le monde croira être inventée.

— Bon, des suggestions pour la suite des choses ? lancé-je pour boucler ce long aparté. J'ai quand même ce nouvel univers en moi. Pour être franc, je ne me sens pas du tout d'attaque à vivre cette gestation. J'ai de la difficulté à assumer tout ça.

Céleste s'approche de moi. Elle doit avoir entendu et compris ce que Mathieu et moi venons de dire.

Avant de me toucher, elle croasse un Normand qui m'écorche les oreilles. Puis, elle pose une main sur mon épaule et j'entends :

Traduis au fur et à mesure, je t'en prie.

J'acquiesce. Je le signifie à Mathieu qui croise les bras et tend l'oreille.

Mathieu et toi devez garder le silence autour de ma présence ici ainsi que de ta gestation. Ce n'est pas vraiment un secret, mais plutôt une vérité, encore trop complexe à comprendre pour les humains.

C'est à toi de décider, Normand, si je peux rester ou non. Si tu le désires, je partirai. Mais tu dois savoir que nos deux univers se sont trouvés et que rien ne saura les séparer. En quelque sorte, nous sommes époux devant l'immensité. En cela, tu n'as aucun contrôle.

Je traduis avant d'en perdre des bouts.

Pour ce qui est de cet univers qui grandit en toi, si je reste, je pourrai t'aider. Sinon, tu auras la responsabilité de l'aider à se déployer et tu sauras comment faire en temps et lieu.

Ne crains rien, mes semblables et moi n'avons aucune intention d'envahir votre planète. Il y a assez de place dans notre galaxie. Personne ne contemple la conquête d'autres planètes, surtout pas la Terre qui est trop petite de toute façon.

Je répète tout à mon ami, mot pour mot.

— Demande-lui qui a mis tout cela en place, demande Mathieu.

Je le regarde un moment sans trop comprendre quel est le sens de cette question.

Qui ? Que veut-il dire par là ? Ce cycle de vie et de mort de nos univers a toujours été et sera toujours, répond-elle.

Je traduis, Mathieu sourit et poursuit :

— Voyons, Céleste, tu sais très bien ce que je te demande. Je sais que ça ressemble à la fameuse question de la poule et l'œuf. Mais à un moment donné dans ce lointain passé de l'histoire de l'univers, quelque chose s'est produit à partir du néant pour que tout ce cycle démarre. Quelqu'un ou quelque chose a bien déclenché tout cela, non ?

Voilà une question bien terrienne. Le néant comme tu l'appelles est en soit une partie de chaque univers. Il est en toi tout autant que dans tout le reste. En fait, je pourrais te donner la clef qui t'y précipiterait avant même que tu ne t'en rendes compte. C'est une partie intégrante de ce que tu es. Tu sais très bien qu'il existe un opposé à tout ce qui est. Cet opposé, bien qu'il ne soit pas toujours visible, est toujours là, présent. Il s'oppose et complète l'autre en même temps.

Ces mots me rappellent le jour où Audrée était arrivée au condo avec un bouquin zen où j'avais vu le symbole du Yin et Yang. On avait passé le reste de la soirée à énumérer les opposés de tout — homme et femme ; noir et blanc ; jour et nuit, etc.

Il n'est certes pas aisé de trouver un contraire à tout, comme pour un poisson ou un ordinateur, par exemple. Mais Audrée fut assez habile pour catégoriser ces mots. Grâce à cette généralisation, nous avons pu leur trouver un opposé sensé à presque tous les mots. Après deux verres de vin, nous en étions venus à opposer une roche à de la gélatine, une gazelle à une tortue, par exemple. Ce qui nous fait découvrir qu'on pouvait avoir des points de vue différents, mais que ces bêtises n'étaient pas aussi saugrenues qu'elles paraissaient.

— OK, disons que ce néant fait partie de ce *tout*. D'où vient-il, ce *tout* ? dis-je, un brin insistant.

Tu tiens tellement à donner une origine à tout, toi ? Ne peux-tu pas t'imaginer un seul instant que certaines choses existent peut-être depuis toujours ? Ce que vous appelez temps est tellement peu pertinent dans l'immensité. Tout comme le vide, la mesure du temps est seulement reliée à la perception que vous en faites. Pour une personne donnée, une minute peut lui paraitre en durer dix alors que pour une autre elle aura déjà filé au moment où elle y pensera. Tout cela est tellement éloigné de la vérité.

Je répète à voix haute. Ce petit jeu commence à me lasser. Cela ne m'aide pas du tout à trouver une solution à mes problèmes.

Mathieu remarque mon impatience, mais poursuit quand même :

— Mais tu dois admettre qu'il faut des points de repère et des unités de mesure concrets pour comprendre ce qui nous entoure et développer des outils. Sans eux, vous n'auriez pas pu construire vos vaisseaux spatiaux pour venir jusqu'ici. Des gens sur Terre se sont penchés sur ces questions. Ils ont trouvé, au fil des siècles, des solutions afin d'aider au développement de l'humanité.

Céleste acquiesce avec un sourire entendu.

Tu as raison Mathieu, mais qu'en est-il justement de votre prétendue évolution de l'humanité ? Vous vous entretuez avec vos machines. Vous inventez des outils qui vous enrichissent et créent des conflits. Combien d'êtres humains sur cette terre peuvent affirmer être en contact avec leur univers ? Savent-ils seulement qu'ils participent à l'expansion de l'immensité en lui donnant toute sa valeur par leur énergie universelle ?

D'autres êtres porteurs de cette vérité sont venus avant moi. Ils connaissaient tous les secrets de l'amour universel. Et qu'en avez-vous fait ? On les a transformés en demi-dieux dogmatiques. Ces nouvelles religions ont encouragé la guerre, la haine, la jalousie et la destruction en leur nom.

Sur ces milliards d'hommes et de femmes qui peuplent cette terre, seulement une infime poignée d'êtres sont éveillés et vivent dans la vraie lumière. Ceux-là n'ont besoin ni de richesse ni de religion pour s'épanouir. Ils sont en harmonie. Pourquoi cherchez-vous toujours à conquérir l'univers alors qu'il est déjà en vous et de manière surmultipliée ?

Je n'en reviens pas de l'entendre parler ainsi des Terriens avec une telle acuité. Ce n'est pas une simple bonne femme qui s'est mise dans la tête de conquérir la Terre avec des petits rejetons à moitié rose et bleu. Toute cette connaissance des dimensions des univers et de l'immensité dans l'infini étourdit le petit homme que je suis.

Je m'en veux de l'avoir si mal jugée. En effet, elle fait partie désormais de mon univers. Que je le veuille ou non, je ne pourrai jamais me débarrasser de cette nouvelle réalité. Je le comprends maintenant et je le respecte.

Je fais alors un drôle de geste : à mon tour, je pose ma main sur son thorax. Elle cesse de parler, voire même de respirer.

Il y a de ces instants qu'on voudrait voir se figer dans l'éternité.

Cette lumière sublime entrevue lors de mes premiers contacts avec elle m'a émerveillé par sa qualité et sa chaleur uniques. Cette masse d'énergie pure m'a transporté dans une autre dimension. Je la comparerais à celle qu'on décrit lors de notre mort.

Cette fois, je me laisse emporter au cœur de cette brume bleutée empreinte d'une force que je n'ai jamais ressentie auparavant.

Cet amour vécu avec Audrée m'apparait simpliste et sans profondeur. Je constate avec une certaine gêne que je ne connaissais rien de l'amour avant ce contact.

Ne vous méprenez pas de ce mot *amour*. Ce que je ressens, c'est plutôt une vague de fond qui m'emporte au-delà de cette illusion de ce que nous croyons être quand on tombe amoureux. Je me sens porté au cœur même de ce que je suis.

J'ai accès à cet espace infini depuis l'intérieur de moi jusqu'aux confins de la galaxie. Je me sens comme un dieu, mais sans cet artifice de pouvoir attribué par les humains. Je me sens vivant comme je ne l'ai jamais été, même au moment de ma naissance.

Ce moment dure-t-il un instant ou toute une vie ? C'est peut-être ça, la béatitude de vivre dans le moment présent, comme tentent de l'expliquer les initiés face à cet inextricable infini de possibilités.

Céleste et moi demeurons comme ça, immobiles, échangeant à la fois des regards à travers ce que nous sommes, des corps et des vagues d'énergie fondues l'une à l'autre. Ils ne font qu'un puis explosent en une gerbe de lumières pour redevenir matière purement terrestre.

Cela dure peut-être quelques secondes ou des heures, je n'en sais rien. Cette fois, je ne ressens plus cette urgence de relâcher cette emprise sur elle. J'ai l'impression d'avoir le contrôle sur cet échange. Je ne sens pas mon cœur s'emballer ou mes nerfs frémir au point de m'épuiser. Je crois même pouvoir atteindre son âme, mais ce vertige me force à me retirer. Comme si cette intimité ne pouvait encore m'être permise.

C'est peut-être elle qui me le refuse.

Je retire ma main en douceur. Je réalise que j'ai désormais ce pouvoir de l'atteindre et de me prêter à cet échange sans en souffrir le moins du monde.

Cette béatitude me donne envie de poser ma main sur le thorax de Mathieu pour voir si cette expérience est le simple fait de mon lien avec Céleste. Mais je suis trop gêné pour tenter l'expérience. Il pourrait mal réagir.

Il me demande ce qu'elle a dit avant que je pose ma main sur elle. Puis, il me questionne sur ce qui vient de se passer.

Après avoir tenté de lui expliquer dans mes mots ce que j'ai ressenti, il se lève et regarde à travers la porte-fenêtre. Il réfléchit. Céleste m'interroge du regard, mais je n'ai pas de réponse à lui donner. Peut-être s'attend-elle à ce que je puisse lire dans ses pensées.

Puis, finalement, mon ami se tourne enfin vers nous. Il regarde ma femme en bleu avec attention.

— Céleste, peux-tu nous dire combien de temps Normand va porter les embryons ? Comment se déroulera l'accouchement ? demande-t-il avec cet air de médecin attentionné que je lui connais.

Je m'attends à ce qu'elle ose encore une main sur moi, mais dès que le clapotis de ses paroles me parvient à l'oreille, j'en comprends le sens immédiatement :

Dis-lui que tu n'accoucheras pas d'enfants. Ce sont des milliards d'étoiles et de planètes qui se forment en toi. Bientôt, elles se fondront à toi et tu te fondras à elles pour créer de nouveaux mondes. Lors de la prochaine grande syzygie.

Mathieu me dévisage. Je dois être passé de la teinte rosée de mon spleen d'amour au gris cendré du désespoir.

Je n'ai pas envie de lui traduire ce qu'elle vient de me dire.

Toute cette beauté intérieure ressentie il y a un instant s'est estompée. Je suis confronté à l'inévitable : *ma mort.*

Cette perspective morbide ne correspond pas du tout à l'idée que je me faisais de donner naissance à un univers. Je ne suis pas certain que Céleste saisisse les subtilités de notre conscience égoïste et ce qu'elle signifie pour nous. La vie, ce précieux cadeau de l'univers connu des hommes, nous attache à notre réalité. Si je dois la sacrifier pour donner naissance à une galaxie, je ne suis plus du tout partant. C'est une réaction très égoïste et peut-être un peu trop simpliste, mais c'est ma seule façon de voir la chose.

Je nage dans un drame intérieur aussi vaste que l'océan Atlantique.

Dois-je répliquer à cette femme que ce n'est pas ce à quoi je m'attendais ? Elle a bien dit que je ne pouvais rien y faire de toute façon. Qu'arrivera-t-il si j'exige qu'elle m'enlève ces planètes qui grandissent en moi ? Le pourra-t-elle ?

Mathieu me demande ce qui se passe. Il m'aide à me rasseoir. Céleste ne montre aucune émotion sur son visage aux reflets d'azur.

— Elle dit qu'ils grandiront en moi et qu'ils naîtront à leur façon quand viendra le temps, lui dis-je en espérant que les deux se satisferont de cette réponse pendant que je poursuis ma réflexion sur cette issue insensée.

— Mais Céleste, fait-il en tournant son regard vers elle. Dans combien de temps viendront-ils au monde ? Tu ne réponds pas à la question. Et Normand, tu ne me dis pas tout…

Je me lève brusquement. Je demande à Mathieu de m'accompagner à l'extérieur. J'ai besoin d'air frais pour m'assurer que je suis encore bien vivant. Mon cœur bat si fort que j'en suis étourdi. Je respire par à-coup. Ça gigote dans le bas de mon ventre.

Céleste a l'air d'avoir avalé ma traduction sans arrière-pensée. Elle est redevenue radiante. À ses yeux, je suis devenu son égal et ça lui plait.

Je crois qu'elle est incapable de lire dans mes pensées ce qui me rassure. Je me demande si un contact physique, comme une main par exemple, est nécessaire pour établir un contact. Comment vais-je faire pour éviter qu'elle ne sente ma panique devant cette nouvelle tragédie si elle me touche à nouveau ? Tout ce que je veux maintenant, c'est l'empêcher de poursuivre cette conversation. Elle pourrait poser sa main sur Mathieu et lui parler directement, comme elle le fait si bien avec moi.

Mathieu n'a peut-être pas envie d'aller se dégourdir les jambes, mais je le tire vers moi. Je demande à Céleste de nous excuser un moment. Elle ne bronche pas et nous regarde sortir sans nous retenir.

Mon vieux Boswell, que j'ai presque oublié, se faufile entre nos jambes. Il a l'air aussi perdu que moi, le pauvre.

Nous marchons dans le corridor d'un pas pressé. Je me retourne trois fois pour m'assurer qu'elle ne nous suit pas.

— Je vais devoir retourner auprès d'Annabelle, mon vieux. Je ne lui dirai rien au sujet de Céleste, c'est promis. En tout cas, pas pour l'instant. Ça va me demander un peu de temps pour digérer tout ça. C'est tout à fait incroyable, est-ce que tu le réalises ?

Je ne réponds pas. J'appuie sur le bouton d'appel avec nervosité. Cette saloperie d'ascenseur est peut-être en panne, car aucun bruit ne fait écho derrière les portes coulissantes.

Je tire Mathieu par la manche et on se dirige vers les escaliers. Nos pas résonnent dans la cage bétonnée.

« Mais vas-tu enfin me dire ce qui se passe, bon sang ? » dit-il en peinant derrière moi.

— Mathieu, s'il te plaît, ferme-là, veux-tu ? On va parler dehors.

Il ne me répond pas. Je pousse la porte du rez-de-chaussée et on se retrouve dans le hall désert.

Je fonce droit sur les grandes portes vitrées. Le soleil inonde mon visage. Mes yeux pleurent. Mon âme suinte le sang de mes tripes :

— Je vais mourir Mathieu. Ce ne sont pas des petits monstres verts qui font la valse dans mon ventre, mon cher. Ce sont des planètes. Ce sera une galaxie ou je ne sais plus trop ! Mais ça ne changera rien. Je suis condamné. Je vais exploser, imploser ou les deux en même temps.

— Quoi ? Qu'est-ce que tu racontes ? Tu as sûrement mal interprété...

— Je vais devenir partie intégrante de chacun d'eux. Ce sont de vrais envahisseurs, mon vieux. J'espère qu'elle ne t'a pas joué le même truc parce que si c'est le cas, on est tous les deux dans le couloir intergalactique de la mort !

Je marche comme un dément sur le trottoir. Je sens le choc de mes talons sur le ciment où chaque pas cogne fort contre les parois de mon crâne. Si ça se trouve, je vais accoucher de cette galaxie maudite au milieu du boulevard.

Mathieu m'arrête. Je résiste, mais il use de sa force légendaire pour stopper ma course.

Mon chien poursuit son enquête d'odeurs et de phéromones en fourrant sa truffe sur tout ce qui lui semble excitant.

Mon ami regarde l'édifice derrière nous, comme s'il cherche à repérer Céleste quelque part dans ces petits yeux carrés que sont les fenêtres du bloc.

— Non, c'est démentiel tout ça, Normand. On ne peut pas la laisser faire ça. Je veux dire tu... vous... m'avez enlevé ce mal qui me grugeait l'estomac. Je suis convaincu que mon cancer n'existe même plus. Je n'ai plus de symptômes. Les douleurs, les nausées, le sang dans mes selles, tout est disparu. Ça sera confirmé dès que j'aurai les résultats en main. Mais toi... Ça n'a pas de maudit bon sens !

Il panique, ce qui est plutôt rare chez lui. Il doit penser à mille solutions pour me tirer de ce mauvais pas. Je l'imagine déjà en train de m'opérer, appeler des spécialistes de New York ou de Paris. Mais en vérité, que peut-il faire pour homme *enceint* d'une galaxie en devenir ?

— Ton cancer, dis-je, je suis convaincu que c'est moi qui l'ai bouffé. C'est trop évident. Ces choses qui gravitent autour de je ne sais quoi dans ma vessie, elles se nourrissent de ton sang, du mien, et doivent transformer ça en matière comme nous on digère la poutine et le brocoli sans faire la différence.

« Je crois aussi qu'il est trop tard pour intervenir. Elles doivent être déjà partout en dedans de moi, pas seulement dans mon petit sac à pisse.

« Je vais mourir tout simplement et Dieu seul sait comment ça va sortir de mon ventre. »

Il ne réplique pas. Il fourre ses poings fermés dans les poches de son pantalon et se met en marche devant moi. Je le rejoins à petit trot.

Je ne peux que contempler l'arrivée prochaine de ma mort d'un regard soumis. Je ne sais pas ce qu'il pense, mais quoi qu'il puisse s'imaginer, je doute que ça puisse fonctionner. On n'avorte pas d'une galaxie, point final.

Nous poursuivons la route en silence. Je compte les fentes dans le ciment du trottoir.

Il y a peu de circulation dans ce coin de la ville. Derrière l'édifice en copropriété, une ancienne gare de triage hante les lieux avec ses rails abandonnés. Des touffes d'herbes sauvages que l'hiver n'a pu achever ont poussé çà et là. Un chien errant renifle sous une planche de bois. Il nous jette un regard fatigué et retourne à sa quête.

Devant nous se dressent des duplex et des triplex, quelques arbres vénérables et l'éternelle structure de béton où l'autoroute déverse son lot quotidien de voitures et de camions. À gauche, le centre-ville sous son dôme de brume brunâtre et à droite, les collines montérégiennes déforment le plat de la vallée du Saint-Laurent sur des dizaines de kilomètres jusqu'aux États-Unis. Le soleil a commencé à décliner en douceur, fatigué de ce bombardement de rayons au bout de sa tournée quotidienne. La vie continue sans se soucier de moi.

Je porte instinctivement la main à mon ventre. Des crampes me saisissent de la gorge jusqu'au sexe.

Je vais mourir, comme tous les humains meurent. Sauf que je ne mourrai pas de cause naturelle ou d'une gentille cirrhose. Ma vie sera sacrifiée pour un dessein plus grand que celui du cycle de la vie et de la mort des hommes et des femmes sur cette planète.

Peut-être que pour tous les milliards d'autres êtres vivants qui pullulent sur d'autres planètes, c'est un bien petit sacrifice, mais pour le simple terrien que je suis, cela dépasse l'entendement.

Je suis égoïste dans la plus humaine des versions. Quelque chose me dit que je n'aurai pas d'autre choix que de me plier à ce sacrifice. Selon ce que Céleste dit, tout ceci fait partie d'un éternel cycle pour nourrir l'infinité dans cette dimension ou dans une autre.

Je devrais me sentir privilégié que l'on m'accorde cet honneur, mais je n'arrive pas me figurer en quoi cette distinction va servir ma dignité si je dois en mourir. Elle devrait m'apporter la sérénité qu'un être humain normalement constitué se croit digne de vivre. Mais je ne la sens pas.

Avec toutes ces pensées et ces croyances qui habitent notre imaginaire débordant de rêves et de fantasmes, on se plaît à croire qu'on est éternel. On y trempe notre ego, comme si c'était ça l'ultime raison de notre présence sur Terre. Mais cette éternité, on la confond avec le matérialisme futile du corps et de son ego. Céleste me l'a fait comprendre, je ne peux le nier.

Voilà de grandes questions qu'on a tendance à éluder, de peur de se trouver au milieu de la désagréable réalité. Par contre, chercher à l'élucider, c'est un peu courir après sa queue sans être capable de la mordre.

Les sages moines bouddhistes ne cessent de dire depuis plus d'un millénaire — et ils ont raison — que tout ce qui nous entoure, incluant la roche la plus dense et dure, est éphémère, futile et instable. Les physiciens disent maintenant la même chose. Tout notre monde est composé de particules séparées par de grands espaces vides.

Même son de cloche pour nos pensées qui sont inventées, malléables dans tout cet environnement fragile. Une fois débarrassée de ce poids éthérique, l'âme, la véritable source d'énergie de tous les êtres vivants, se fond à l'ensemble de la création et de l'univers, pour créer un tout dans lequel nous nous intégrons de façon temporaire.

Ainsi, la mort, aussi puissante et extraordinaire que la vie, voire supérieurement exaltante, libère cette âme du poids de l'éphémère et de l'illusion. Alors, exempt de sa souffrance, l'homme accède à cette illumination, de son vivant ou non. Cette épiphanie est partie intégrante de l'énergie cosmique présente partout, de l'infiniment petit à l'infiniment grand.

Je comprends tout cela.

Mais mon ego hurle à mort.

Ne puis-je choisir de mener ma chaloupe sur ce long fleuve tranquille au lieu d'affronter ce tumulte explosif qu'on m'impose ? Ce choix n'est pas le mien. Je ne l'ai pas voulu.

— Tu ne mourras pas, Normand, fait Mathieu en reniflant. Je préfère de loin reprendre mon combat contre le cancer plutôt que de te voir partir à cause d'une présence étrangère en toi qui te bouffe de l'intérieur. Au moins, je peux combattre cette maladie à armes presque égales. C'est bien beau cette histoire de galaxie qui grandit en toi, mais tu as droit à une mort humaine, bordel. Qui est-elle pour t'imposer ça ? Il doit y avoir un moyen d'arrêter cette folie. Tu as bien compris ce que Céleste t'a dit ?

— C'était bien clair. Ce n'est pas une interprétation. Cette voix entendue dans ma tête, c'est la sienne, mais c'est comme une pensée qui s'impose. Il n'y a pas de place à une autre explication.

Il réfléchit un moment.

— Tout d'abord, il faut s'assurer qu'elle retourne dans son monde, où que ce soit. Il vaut mieux qu'elle disparaisse du paysage. J'ignore si elle sera en mesure de savoir ce qui se passera lorsqu'elle sera loin d'ici, mais en attendant, on tentera d'intervenir et de stopper cette folie sans l'avoir dans les jambes. Elle ne t'a pas dit combien de temps durera cette gestation ? Des planètes… C'est absurde. Ça ne fait pas de sens. Comment te sens-tu ?

Je hausse les épaules. Qui sait comment je me sens. Je ne sais plus que penser. Toutes les pensées virevoltent dans ma tête. Je m'imagine toutes ces personnes que j'ai connues au cours de ma vie défilant devant un cercueil fermé. J'imagine mon cerveau en train de gérer ces masses qui gravitent autour d'un noyau brillant ou d'un vide absolu au centre de mon être, s'immisçant partout en moi comme l'a fait le cancer de Mathieu. Des images embrouillées de fin du monde se succèdent à un rythme fou. Je n'ai aucun endroit pour fuir ces images. Elles sont en moi et m'obsèdent.

— Ça ne fonctionnera pas, Mathieu. Je suis convaincu qu'il est trop tard pour intervenir. Je dois accepter cette réalité. Mais ce qui me fait peur, c'est l'inconnu. Qu'est-ce que je deviendrai quand ce processus arrivera à terme ? Où va notre âme dans des cas comme ça ? Elle dit que je serai en elles comme elles seront en moi, que je ferai partie intégrante de cet univers. Et puis, qu'adviendra-t-il de la Terre après avoir donné naissance à ces nouveaux mondes ? Survivrez-vous à cette explosion ou implosion ? En quoi la création de ces nouvelles étoiles changera-t-elle la nôtre ? As-tu seulement imaginé ce qui en résultera ?

— Je n'en ai pas plus d'idée que toi. Et je dois t'avouer que ça me fait peur à moi aussi. Il y a trop d'inconnus. Ça dépasse l'entendement. Je suis certain que ce serait le cas de n'importe quel humain devant cette situation, même des scientifiques les plus renseignés sur le sujet.

« Mais on peut quand même essayer, Normand. Je peux faire des prélèvements et analyser. On peut évaluer et intervenir avec ce qu'on aura trouvé. Qui sait si un simple cachet d'acétaminophène ne ferait pas l'affaire ? Il y a sûrement une façon de t'en débarrasser. »

— Tu es optimiste, Mathieu. Trop optimiste. Tu l'as dit toi-même : tout ceci dépasse l'entendement. Crois-tu que tu pourras changer quelque chose ? Honnêtement ? Et si tu ne faisais qu'accélérer le processus en intervenant ? Et si tu me tuais en même temps que tu éliminerais ces embryons de planètes ? Tu ne serais pas plus avancé et tu t'en voudrais jusqu'à la fin de tes jours.

« Quant à moi, tu pourrais m'incinérer tout de suite et ça réglerait l'affaire. Tu connais sûrement des moyens pour m'endormir et me laisser mourir dignement. Je suis beaucoup plus enclin à me savoir mourir comme tous les humains plutôt que dans les mains d'une puissance contre laquelle je n'ai aucun pouvoir. »

Il me prend par l'épaule :

— Laisse-moi au moins essayer. D'abord, on va lui demander de partir. On va lui faire comprendre qu'on accepte ce qui est en train de se créer, mais qu'on devra le faire entre nous, entre terriens, sans son intervention ou sa présence. Elle va comprendre. Elle est capable de montrer de la sensibilité malgré son allure plutôt froide et détachée. Ça pourrait fonctionner, surtout si tu lui montres que tu as confiance en elle et son projet. Enfin, votre projet.

Je ne suis pas convaincu, mais il n'a pas tort, au moins pour la dernière partie de son plan. Je préfère la savoir à des milliards de kilomètres de mon petit condo au lieu de la voir s'impatienter dans l'expectative de la naissance de ses mondes dispersés aux quatre coins de l'univers. Au mieux, j'aurai essayé quelque chose, plutôt que de rester planté là à attendre de disparaître ou de m'éparpiller en mille planètes.

Nous marchons encore un moment. L'air est frais malgré ce fond de chaleur qui aimerait prendre racine avant l'arrivée de l'été. Une brise fait danser les branches des arbres et soulève une fine poussière qui me chatouille l'intérieur du nez.

C'est curieux comme je me sens ragaillardi tout à coup. Je me vois en prince charmeur chargé d'annoncer à sa Cendrillon bleutée que le bal est sur le point de prendre fin. Elle doit s'en retourner auprès des siens sinon notre rêve se transformera en citrouille cauchemardesque. Au moins pour moi. Évidemment, je ne peux m'imaginer quel autre cauchemar supplanterait celui que je vis. Si elle découvre le pot aux roses, elle ne sera pas très accommodante et qui sait comment elle réagira. Je frissonne à l'idée d'être le premier et dernier homme sur Terre qui en aura causé sa perte. Méchante minute de gloire !

Je me remémore les yeux de Céleste rivés sur Mathieu lors de ma sortie contre elle et ses projets. Elle s'en prendrait à lui sans hésiter. À bien y penser, il est le seul autre témoin de sa visite. Je doute qu'elle s'en prenne à moi puisque je porte ce qu'elle désire voir prendre forme. Par contre, elle ne me lâcherait plus d'une semelle en me rendant la vie plus difficile. Je frissonne.

Ma priorité, c'est d'éloigner Mathieu. C'est la moindre des choses que je puisse faire. Bien que Céleste saura probablement comment le retrouver si notre stratagème improvisé foire d'une seule pièce, je ne peux pas prendre le risque de le laisser graviter près de moi.

— Mathieu, écoute-moi. Je vais tenter de lui donner son quatre pour cent, comme tu le suggères. On va commencer par ça.

« Tu vas retourner chez toi et faire tes bagages. Partez, Annabelle et toi, n'importe où, à Charlevoix, au Mont-Tremblant ou à Cuba.

Célébrez ta résurrection. Dis-lui tout sur toi, rien sur moi. Soyez heureux.

« Je t'appellerai sur ton cellulaire pour te raconter comment ça s'est déroulé. On va se tenir tranquille pendant quelque temps, histoire de s'assurer qu'elle est bien partie sans l'idée de revenir. Ça te donnera du temps pour chercher un moyen d'intervenir. Peut-être que l'ablation de la vessie sera suffisante, non ? Si c'est le cas, tu me trouveras une clinique située en dehors de la ville, peut-être dans les Cantons de l'Est. Un endroit isolé, loin du condo, serait l'idéal pour me sentir en sécurité. Peut-être que ça ne donnera rien. Qui sait si elle ne me retrouvera pas les yeux fermés grâce à ce lien invisible qui nous unit, elle et moi. On ne connait que peu de choses de cette femme, mon cher ami. Mais je suis prêt à prendre le risque. »

Mathieu acquiesce et me prend dans ses bras :

— Tu prends une sage décision, mon vieux. Ça fait longtemps que je t'ai vu aussi sobre et ça te redonne confiance en toi, ça se sent. Ça va marcher. Elle ne peut pas avoir tous les pouvoirs. Elle a utilisé de nombreuses métaphores pour s'exprimer. Nous, on n'a fait qu'interpréter ses mots à notre façon.

Il a raison. Nous rebroussons chemin et il s'engouffre dans sa voiture :

— Appelle-moi dès que tu le peux, Normand. Promets-le-moi.

— Juré. Va-t'en avant que je ne change d'idée. Tu embrasseras Annabelle pour moi, maudit chanceux !

— Je vais le faire mais pas en ton nom, tu le sais, me lance-t-il en secouant la tête.

— Je suis jaloux de ton bonheur. Profites-en quand même…

Il a les yeux inondés de larmes. J'ai l'impression que je ne le reverrai plus.

Il démarre le moteur et s'engage sur la rue. Il me fait un dernier salut et tourne le coin pour ensuite disparaître de ma vue.

Je ressens maintenant le poids de ma solitude. J'ai peur de retourner au condo pour affronter la femme qui a transformé ma vie de cauchemar en une mort certaine. J'ai l'impression qu'une éternité s'est écoulée depuis le début de cette folie.

Il y a à peine quelques jours, je me suis réveillé au volant de ma voiture pour réaliser que toute ma réalité a basculé dans une fable à la Lewis.

Je suis *Normand au pays des merveilles*, mais mon rôle n'est ni des plus enchanteurs ni des plus enchantés. J'envie cette petite Alice pour qui ses drames sont de la petite bière à côté des miens.

J'aperçois mon fidèle épagneul courir dans ma direction, ventre à terre, heureux d'avoir retrouvé un peu de liberté. Je me penche vers lui pour lui secouer le cou de caresses mâles.

— Qu'est-ce qu'on va devenir toi et moi, hein ? Des fois, j'aimerais ça que tu me répondes au lieu de me baver sur les mains. Allez, on va rentrer et faire ce qu'on a à faire.

Je marche sans me presser. J'ai l'impression de me rendre à l'abattoir. Ces mouvements étranges dans le bas de mon ventre me font frissonner.

Dans l'entrée, je compose le code de sécurité deux fois de suite avant d'entendre le *buzz* de déverrouillage. J'ai les mains moites du condamné. Je m'attends à ce qu'un prêtre tourne le coin et vienne me demander d'expier mes péchés avant de me présenter devant mon Créateur.

Devant l'ascenseur, j'hésite à appuyer sur le bouton d'appel. Je pourrais m'enfuir. Je ne sais pas où j'irais, mais ce serait le moment idéal pour le faire. Mon doigt pousse le bouton après avoir laissé s'échapper un long soupir d'abandon de ma cage thoracique compressée.

Même Boswell s'en plaint, assis sur son postérieur, l'air dépité.

Évidemment, la mécanique tressaute et les câbles baillent une complainte rouillée. Elle est plus lente que jamais. Impatient, j'appuie de toutes mes forces sur le cercle lumineux, comme s'il allait envoyer des ordres magiques à ce système archaïque. Je maugrée, lourd de mes pensées et de mes peurs.

Les portes coulissantes s'ouvrent enfin sur une odeur de fumée de cigarette. Cette saleté de concierge fume d'horribles Gitanes. Si je survis à cette épreuve extraterrestre, je jure que je vais égorger ce porc sans manières. Ça m'achèvera, mais au moins, j'aurai l'impression d'avoir accompli une bonne action dans ma vie. Je regarde la lumière du hall d'entrée rétrécir pour me retrouver seul dans la cabine avec mon vieux chien. Tremblement de sol. Je monte en douceur vers ma destinée.

Au premier étage, les portes s'ouvrent sur une vieille dame en marchette. Elle entre sans nous regarder. Elle a l'air d'une relique d'église avec sa veste et sa jupe noire. Un petit chemisier jaunâtre montre des reliefs d'une jeunesse éteinte depuis la Première Guerre mondiale. Un filet de bave se balance au bout de son menton. Elle ordonne d'une voix rauque : « Douzième, jeune homme ! », les mains crispées sur les tubes en aluminium.

Je ne bouge pas. J'ignore pourquoi, mais je fixe les portes devant moi qui viennent de se fermer. La cabine reprend sa pénible ascension.

« Douzième » grogne-t-elle encore, respirant avec peine.

Après une seconde ou deux, je réalise que cet édifice ne comporte que dix étages, si on exclut le stationnement souterrain.

Les néons clignotent. Je me sens comme dans un film de David Lynch.

Je suis envahi par une immense fatigue qui n'a rien à voir avec mon corps. C'est une fatigue intellectuelle qui me taraude, me vide et m'exaspère.

J'ai soudain très soif. Trop soif. Ce n'est pas bon signe. Je sens que le désir de fuir m'assaille de nouveau. Je regrette de m'être entêté à vouloir retourner là-haut. Les dernières paroles de Mathieu font encore écho dans ma tête et je reprends le contrôle de mes pensées.

J'ai l'impression que les portes s'ouvrent sur le cinquième étage cent ans plus tard.

Je contourne la vieille dame avec précaution. Elle fixe le vide devant elle. Elle marmonne encore sa litanie insensée. Puis, elle ajoute :

« La fin du monde est proche, jeune homme. Sachez-le. Surveillez la syzygie ! »

Je me tourne vers elle. J'ai la gorge serrée. J'ai déjà entendu ce mot. N'est-ce pas cette expression utilisée par Céleste ?

Je remarque qu'elle urine sur le tapis usé à la corde. Je voudrais bien poser des questions à cette femme, mais les portes se ferment accompagnées des cris stridents du métal froissé. L'écho de sa voix tourne dans ma tête.

Boswell pousse un grognement comme s'il voulait m'avertir d'un quelconque danger.

Un seul mot me trotte dans la tête :

Syzygie.

Je marche vers la porte et je cherche à la déverrouiller sans faire de bruit, mais mes mains tremblent.

J'ouvre enfin et Céleste est là, debout, plus nue que jamais, presque belle avec ce regard intense qui me dévore de l'intérieur.

Elle m'attendait.

Mon chien baisse la tête. Il a l'air découragé d'avoir à partager cet espace étroit avec une chose gluante qui empeste l'eau de Javel. Il longe le mur et se cache dans ses appartements temporaires.

Il n'y a pas à en douter, Céleste a des idées plus physiques que métaphysiques derrière la tête. Elle s'approche dans un glissement surréaliste.

Je lui fais signe d'arrêter. Je plonge :

— Écoute, Céleste. Je…

Tu es fatigué. Oh, je comprends. Tu portes beaucoup de responsabilités en toi. Tu dois conserver ton énergie. Viens t'étendre.

— Non, Céleste. Je ne suis pas fatigué. Enfin, oui, un peu, mais dans ma tête.

Elle me regarde sans comprendre mon babillage. Elle tend la main vers moi, mais je ne veux pas qu'elle me touche. Elle pourrait entrer en moi et reprendre contrôle. Je suis certain qu'en me touchant, elle peut voir tout ce que j'imagine et de ce fait, tout ce qui a été discuté avec Mathieu.

— Je t'en prie, pas de ça. Écoute-moi. Je ne crois pas que ce soit une bonne idée de rester ici. Tu n'es pas chez toi. C'est sur ta planète que tu seras la mieux accueillie. Ici, nous sommes un peu bornés quand il s'agit de traiter avec des étrangers alors tu peux imaginer ce que ce sera quand on découvrira que tu viens d'une autre planète. Si tu restes, tu devras te cacher pour ne sortir que la nuit. Si par hasard on te rencontrait, ce serait le cirque médiatique et tu n'aimeras pas ça. Non, décidément, tu dois partir le plus vite possible. J'irai avec toi dans le bois. On retrouvera ton vaisseau spatial et tu retourneras sur ta planète. Quant à moi, je m'arrangerai. Je dois laisser toute la place à cette galaxie qui mûrit en moi, n'est-ce pas ?

Elle me dévisage sans sourire. L'espace d'un instant, j'ai peur qu'elle ne comprenne pas tout à fait le sens de mes paroles. Pire encore, à voir ses yeux se rétrécir, sa bouche s'allonger, j'ai l'impression que, dès que je suis entré, elle a deviné que je lui mentirais en toute impudence.

Céleste croise les bras et ses longs doigts enveloppent ses épaules :

C'est Mathieu qui t'a demandé ça ? Il a peur de moi ?

— Mathieu ? Non, il est d'accord avec mon idée. Au contraire, au début il me disait de ne pas faire ça, de vivre cet amour que tu peux m'offrir. Mais je ne peux pas t'imposer ce calvaire. Je ne suis pas un ange, tu sais. J'ai un très lourd passé et ça ne tourne pas trop rond dans ma tête. Et puis, je vais être très honnête avec toi : j'ai peur pour ta vie. À ce que je sache, tu serais la première femme extraterrestre à fouler notre sol. Si ça se sait, non seulement les journalistes et les curieux vont envahir Chambly, mais l'armée, la police et même les services secrets de partout dans le monde vont vouloir te connaître. Dans la tête de certains, tu pourrais passer pour un monstre ou une ennemie à éliminer. Tu ne sais pas ce que peuvent faire les humains. On a tendance à tout bousiller. Je suis très sérieux quand je te dis que tu devrais partir et le plus vite sera le mieux. Pour toi, surtout.

Elle m'observe comme si elle réfléchissait à tout ce que je viens de lui dire. J'ai l'impression qu'elle est d'accord. Je me retiens de ne pas hurler de joie au moment où qu'elle bouge sa tête de haut en bas tout en lenteur.

Mais je resterai présente, tu le sais, même si je pars. Là (elle pointe mon nombril) *et là* (son doigt descend entre le nombril et le sexe). *Me permettras-tu au moins d'assister à votre fusion ?*

Je ne suis pas certain de vouloir entendre ça sortir de sa bouche. Une fusion, dans mon livre d'images à colorier, c'est du métal fondu qui se mélange dans un concert de chaleur et de vapeur.

— Et ce sera quand au juste, notre fusion ? dis-je en retenant à peine mon bégaiement.

Je suis la mère et une mère, ça sait des choses que les pères ne peuvent pas savoir.

Si c'était une femme normale, je lui aurais servi un chapelet de jurons et je serais parti en claquant la porte. Je déteste les énigmes féminines. Pourquoi est-ce toujours si compliqué ?

Elle tourne les talons et se dirige vers la chambre où elle enfile son vêtement. Elle passe devant moi et va s'asseoir sur le divan, l'air boudeur.

Tu as raison. Je partirai. Mais je dois attendre la nuit. Va t'étendre, mais ne crains rien, je ne te toucherai pas. Je ferai ce qui est nécessaire pour que tu sois en sécurité. On se retrouvera de toute façon.

Elle tend la main vers mon ventre, mais je recule. En la voyant inquiète de me voir si craintif devant ses gestes, elle se renfrogne. Je feins la tristesse en laissant mes yeux s'inonder de larmes. Peut-être que ça ne fonctionnera pas avec elle comme avec les terriennes.

Elle réagit en croisant ses bras sur son corps. Ses yeux s'inondent à leur tour. Le jeu en a valu la chandelle.

Je la regarde encore un moment, avec un pincement au cœur.

Ce que j'ai vécu avec elle a été très intense. Cet orgasme n'avait rien de commun avec tout ce j'ai connu. En temps normal, je suis certain que j'aurais pu tomber réellement en amour avec elle.

Mais voilà, ces corps célestes bouffeurs d'hommes qui macèrent dans mes boyaux n'ont rien de rassurant pour mon avenir et je veux en finir au plus vite. Même si c'est au péril de ma vie.

— Merci, Céleste, pour ce présent. Nous t'en serons reconnaissants pour l'éternité.

Elle hausse les épaules en mimant une moue presque terrienne. Je la salue d'une main molle et je marche vers la chambre sans me retourner.

J'entre dans mon sanctuaire. L'odeur d'alcool qui imprègne mes vêtements de la veille me ramène à la réalité de mon passé. Rien ne sera jamais plus pareil même si je n'ose même pas imaginer m'en ennuyer.

J'ai vieilli de vingt ans en l'espace de soixante-cinq heures et des poussières. Je suis passé d'un adolescent attardé à un vieillard précoce. Si je survis à cette épreuve, la suite de ma vie sera longue et pénible. Mais je tenterai d'y chercher la sérénité. J'oublierai ce cauchemar, même si je doute en être capable.

Je tombe à la renverse sur le lit. Je rebondis une seule fois. Le sommeil commence à me bercer. Je ferme les yeux et j'imagine Céleste au-dessus de moi, le visage pourpre, prêt à m'assassiner. Le cauchemar se substitue au rêve. Le noir s'écrase contre le blanc. Puis, c'est le silence total.

Je me réveille en sursaut en pensant que le tonnerre assaille mes tympans.

Je regarde autour de moi. La pièce est sombre, mais je distingue la silhouette des meubles. Je me sens rassuré. Je suis encore vivant.

On frappe avec violence contre ma porte.

Boswell jappe avec force, ce qui n'est pas dans ses habitudes.

Quelqu'un crie « *Police !* » dans le corridor.

Ce n'est pas la façon la plus agréable de se faire réveiller. Combien de temps ai-je dormi ? Cinq minutes ? Une heure ? Je regarde le cadran lumineux. Il est près de vingt-et-une heures. J'ai fait un autre saut de puce de cinq heures. Je dois avoir des siècles de sommeil à rattraper. Ou bien ces systèmes solaires dans mon ventre tirent toute mon énergie dans leur carrousel cosmique.

Je me demande si Céleste est encore là. Si c'est le cas, elle doit s'être à nouveau réfugiée dans le placard à débarras en entendant tout ce boucan.

Je m'étire. J'ai mal partout, comme si je venais de livrer un combat de lutte avec un troupeau de gladiateurs. Si ma tête pèse lourd, le reste de mon corps est brisé en mille morceaux. J'ai le ventre gonflé. Je n'ose pas y penser davantage de peur de sombrer dans la panique.

La porte de ma chambre est toujours close. Heureusement, aucune étrange personne ne se trouve à mes côtés. J'en viens presque à me demander si je n'ai pas rêvé.

Les coups portés sur le panneau de bois de la porte me ramènent sur Terre, sans toutefois chasser le mystère.

« Police ! Ouvrez ! »

Je me secoue un peu. Je glisse mes fesses vers le bord du matelas et mes pieds touchent le tapis.

J'ai envie de vomir. Mon ventre hurle. Le cœur bat à un rythme de discothèque. J'arrive à prendre appui sur la commode pour éviter de tomber à la renverse. Je vois des milliers d'étoiles. J'inspire et je fais un premier pas en titubant.

J'entrouvre la porte de la chambre pour jeter un coup d'œil vers la cuisine et le salon. Aucune trace de mon étrangère. Je marche d'un pas mal assuré vers la porte d'entrée. Je regarde de tous les côtés à travers les ombres et je ne vois rien qui ressemble à Céleste.

Je peux donc ouvrir au policier qui beugle encore.

Mon épagneul est assis devant la porte, la gueule ouverte, prêt à égorger le crétin qui essaie d'enfoncer ma porte.

Je découvre un policier plutôt grand et imberbe. Son crâne rasé lui donne des airs de *Monsieur Net*. Il joue bien son rôle, les mains accrochées aux accessoires de sa ceinture de cowboy.

Il m'observe à son tour. Je ne dois pas être beau à voir. De toute évidence, mon air perdu ne l'émeut pas.

— Vous habitez ici ? me demande-t-il en regardant à gauche et à droite après avoir fait un pas pour entrer.

Il hésite en entendant mon chien grogner.

Je lui fais signe de se garder une petite gêne. Ce policier ne peut pas fouiller mes guenilles sans mandat officiel.

— Normand Poitras, dis-je en tendant la main. C'est mon condo, en effet, depuis six ans. Pourquoi ? Il y a le feu ? Qu'est-ce qui se passe ? Si vous êtes à la recherche d'une belle extraterrestre, c'est bien dommage, mais vous l'avez manquée de peu. Elle vient de prendre le dernier bus intergalactique pour Andromède !

L'avantage avec les événements invraisemblables que je viens de vivre, c'est que je peux les servir à n'importe qui et ils passent tout à fait inaperçus. C'est agréable, pour une fois, de dire la vérité – sauf pour le bus intergalactique. Le gars me regarde comme si je me réveillais après une bonne brosse. Ce qui pourrait bien être le cas dans son esprit tordu.

— Vous connaissez une certaine Angélique Bourbonnais ? me demande-t-il sans démontrer de sens de l'humour.

— Pas que je sache. Je ne demande jamais deux fois le nom de mes conquêtes d'un soir. Et puis, je ne les ramène pas ici. Ça laisse des séquelles amoureuses dans ma tête et sur mes draps qui ne sont pas faciles à faire disparaître.

Boswell, arrivé à la conclusion que cet homme n'attentera pas à ma vie, s'en retourne clopin-clopant ronger son frein à côté de mon tapis roulant dans l'autre pièce.

Le jeune homme n'apprécie pas les joutes oratoires de bas étage. Il sort un carnet de notes et y griffonne quelques mots en tirant un peu la langue, comme si ça allait l'aider à mieux écrire en français.

— Ça me surprendrait qu'elle ait déjà partagé votre lit, monsieur Poitras. Elle est âgée de 86 ans et souffre d'Alzheimer. Je peux entrer ?

Je suis tenté de lui répondre que c'est une raison de plus pour la baiser, car elle ne se souviendrait plus de moi au bout d'un moment. Mais je sens qu'il pourrait me faire goûter de sa matraque en caoutchouc si je dépasse les bornes.

Je lui cède le passage et il ne gaspille pas sa salive à me remercier. Je crois qu'il serait entré de toute façon.

Il scrute le salon d'un œil rapide. Puis il zyeute l'espace cuisine toujours aussi vide.

— Vous habitez seul ici ?

Je n'ai pas envie de répondre. Quel est le rapport avec cette dame Bourbonnais ? pense-t-il que je fais dans la gérontophilie ?

— Je suppose que l'*angélique* madame manque à l'appel après le couvre-feu et que son chocolat chaud a refroidi ? demandé-je après avoir croisé les bras.

Le policier m'emmerde. Il n'a pas à mettre son nez de fouine dans mes quartiers sans mandat. Ce n'est pas comme si je l'avais assassinée et cachée derrière le sofa de cuir.

— Vous êtes un petit comique, vous, hein ? On m'a dit bien des choses à votre sujet, monsieur Poitras. Vos voisins ne sont pas avares de commentaires, vous savez.

Mes voisins ? Ce couple de libertins avides de partouzes mensuelles et qui sont gelés en permanence même au plus fort d'une canicule ? Ils se font passer pour des milliardaires en transit en prétendant résider à Los Angeles. Selon eux, ils habitent ce pied-à-terre miteux dans l'attente de faire réparer leur jet privé. Ils me regardent de bien haut, la Lolita et son Jules, quand on se croise de temps en temps au lendemain de leurs orgies bruyantes. À part quelques salutations sous des regards fuyants, on ne s'est pas échangé de cartes de hockey ou partagé de microbes. Pourquoi en sauraient-ils davantage sur moi que le lointain voisin du premier étage ou le concierge aux mœurs douteuses. Je bois, ce n'est pas un crime punissable de la peine de mort à ce que je sache.

Je soulève un sourcil d'étonnement :

— Et que raconte-t-on à mon sujet, dites-le-moi donc, monsieur l'agent ? Je serais bien heureux de l'entendre, ne serait-ce que pour mieux me découvrir moi-même. Je vis une vie sans envie. Je traîne ma carcasse comme une tortue sans destination. Pas de quoi exciter un lièvre en chaleur.

— Oh, on m'a dit des choses… dit le policier tout en marchant vers la chambre à coucher.

Je le hais davantage. Il se complaît dans son rôle d'agent de la paix et je commence à me demander s'il n'exagère pas un petit peu.

— Qu'est-ce que vous cherchez, monsieur l'agent ? Ça m'embête un peu de vous voir jouer le détective dans mon appartement. Je n'ai pas vu de mandat.

Il stoppe son élan, mais ne se tourne pas. Ses doigts grassouillets tapotent le cuir de sa ceinture.

« Est-ce que cette femme se promène en marchette ? » dis-je enfin pour détendre l'atmosphère.

Il se tourne vers moi. Il fronce les sourcils et pose son index sur ma poitrine : « Bingo ! Vous voyez bien que vous la connaissez. »

Je hausse les épaules :

— Franchement, non. Mais j'avoue l'avoir vue en début d'après-midi pour la première fois de ma vie. Elle est entrée dans l'ascenseur au premier étage. Je revenais de faire ma promenade de santé. Elle voulait aller au douzième étage. Je ne l'ai même pas regardée. Je me suis dit que c'était une cinglée. C'est tout ce que je sais.

— Étiez-vous seul avec elle ?

J'acquiesce en me demandant si je n'oublie pas un détail. Cette maladie d'Alzheimer explique maintenant son comportement bizarre.

— Elle est peut-être descendue au rez-de-chaussée après s'être aperçue qu'il n'y a pas de douzième étage. En tout cas, moi, je suis sorti en arrivant au cinquième.

— Les caméras de surveillance du rez-de-chaussée ne montrent pas cette dame en train d'entrer ou de sortir de l'édifice au cours de la journée. Elle n'aime pas sortir seule de toute façon.

— Alors, elle est peut-être sur le toit, dis-je. Elle n'est pas ici en tout cas. Cherchez tant que vous voulez. Je n'aime pas les femmes qui bavent sur mon tapis.

Il arrête son manège de visiteur impromptu. Il devine qu'il n'obtiendra pas grand-chose d'autre de ma part ce soir. Je suis trop de mauvais poil pour lui offrir un cordial. Je pourrais lui raconter mes dernières expériences surnaturelles, mais je l'ennuierais davantage.

— Elle n'est pas chez elle, ni sortie par la porte principale ou par le garage. La porte qui mène au toit est protégée par un système d'alarme. Elle est sûrement encore dans l'édifice, alors on va la trouver. Je ne vous dérangerai pas davantage. Si vous l'apercevez, ou si un détail vous revient, appelez à ce numéro.

Il me tend une carte de visite que je fourre dans la poche de ma chemise froissée sans y jeter un coup d'œil. Il se dirige vers la sortie d'un pas nonchalant, non sans regarder autour de lui une dernière fois.

— Je peux vous demander une chose, monsieur l'agent ?

Il soupire, comme si ça l'ennuyait de répondre à ma question.

— Pourquoi gueuliez-vous comme ça contre ma porte tantôt ? Qu'est-ce que ça vous donne de réveiller les gens avec brusquerie. Je n'ai pas commis de crime, à ce que je sache ? Je pourrais me plaindre, vous savez ?

Il me sourit gentiment.

— J'aime mieux fesser sur une porte que sur un ivrogne qui conduit en état d'ébriété et qui fuit les lieux d'un accident. On n'a pas grand-chose sur vous, mais on va vous coincer, mon petit monsieur. Si vous avez des cadavres dans votre placard, on va les trouver. On va se revoir, mon cher.

Il sourit encore, mais cette fois il n'est pas sarcastique. J'ai envie de tout lui déballer, mais il ne me croira pas de toute façon.

Comment peut-il savoir tout cela ? À ce que je sache, il n'y a eu aucun témoin et la seule trace que j'ai laissée sur place ce sont des empreintes de pneus parmi tant d'autres. Ce gars est à la pêche avec ses vers à *soi* et je ne mordrai pas à la ligne comme un poisson sans cervelle.

Quant à ma voiture, pas de sang sur la calandre. La carrosserie est en effet un peu amochée, mais je peux déclarer avoir heurté un poteau ou un muret de sécurité à basse vitesse. Ce ne sont que des dommages mineurs.

Je le regarde s'éloigner dans le corridor et tout à coup, de récents souvenirs émergent de ma tête encore endormie.

C'est le type qui courtisait Madeleine au bar vendredi soir quand je réclamais ma dose de poison.

Ces deux-là ont sûrement parlé de moi et de mon problème d'alcool.

J'extirpe la carte de visite de la poche de ma chemise. *Hugues Martel-Boisjoli*. J'essaie de me rappeler le nom de famille de la vieille dame. Était-ce Boisjoli ? Il m'a peut-être tendu un piège ce petit rigolo. Il s'efforce de trouver un prétexte pour entrer chez moi et me chercher des poux. C'était Angélique Bourdain ou Bourbonnais, je crois. Maudite mémoire !

Ce que je ne comprends toujours pas, cependant, c'est pourquoi Madeleine m'a laissé conduire mon auto au lieu de m'appeler un taxi. C'est plutôt irresponsable de sa part. Et si cet idiot de policier a été témoin de ma sortie dans un état de somnambule, ça fait de lui un complice. Décidément, cette visite soulève de troublantes questions.

Je m'y perds. Où est cette vieille dame ? Qui a appelé le policier ?

Je secoue la tête. Je ne veux pas retomber dans une spirale de questions et angoisser pour ce qui n'est peut-être qu'une suite de coïncidences sans conséquence.

Je pousse la porte et enclenche la serrure de sécurité pour me retrouver enfin seul.

Je me fais un devoir de passer en revue chaque pièce de mon appartement afin de m'assurer que Céleste est bien partie. Je commence par la pièce à débarras. Je l'imagine recroquevillée dans un coin du plafond, toutes griffes dehors. Mais elle ne s'y trouve pas. Pas plus d'ailleurs que dans les autres pièces du condo. Je regarde sous le lit, dans le réfrigérateur et dans les tiroirs de la commode. Je me sens ridicule, mais comme je suis le seul à le constater, j'en ris avec soulagement.

Je m'assois à la table, le regard perdu vers la cour arrière plongée dans l'obscurité. Est-elle là dehors, en train de m'observer ? Je ne sais pas si je survivrai à toute cette folie. C'est la première fois depuis un bon moment que je suis seul. Je n'aurais jamais cru être reconnaissant du silence de ma prison de célibataire alors qu'il n'y a pas si longtemps, c'était le dernier endroit où je voulais me retrouver.

Je compose le numéro de téléphone de Mathieu. Je tombe sur la boîte vocale qui me répond après deux sonneries. Je raccroche. Ces deux-là doivent célébrer le retour à la vie de mon ami et je les envie. Pas besoin de leur laisser un message pathétique. Je rappellerai plus tard.

C'est alors que je décide d'aller faire une petite visite de courtoisie au bar L'Écluse afin de mettre toute cette histoire de vendredi au clair.

Je change de chemise après m'être épongé le visage et brossé les dents. C'est un peu le retour à la routine, sauf que je n'ai pas envie de boire. Je désire des réponses franches avant de m'engager dans le dernier tournant.

— Boz ! On sort entre *chums* ce soir ? crié-je à l'intention de mon vieux camarade canin.

Je suis en route vers ma destination lorsque je prends conscience que mon mal de ventre est presque disparu. Par contre, mes mains tremblent et j'ai envie de hurler.

Et c'est ce que je fais sans me retenir davantage.

Épuisé d'avoir crié comme un enragé sur quelques kilomètres, je réalise que j'ai bifurqué en direction du chemin isolé où l'accident s'est produit. Je me demande ce qui m'est passé par la tête en faisant ce détour.

Qu'est-ce que je cherche au juste ? À me faire prendre sur les lieux de mon crime ? À retrouver celle qui a introduit en moi ces espèces de planètes en devenir ? Je me sens démuni et perdu. J'ai conscience que mes points de repère sont de plus en plus flous.

Je me gare sur l'accotement tapissé de poussière de roche. Je regarde tout autour. Personne ne m'a suivi. C'est peut-être rassurant, mais je ne me fierai pas à ça pour me déclarer grand gagnant de cette expédition suicidaire.

J'éteins le moteur. Je sors de la voiture, le corps parcouru de frissons.

Boswell n'ose pas sortir. Peut-être peut-il déceler des odeurs de la présence de Céleste. Je ne l'envie pas, le pauvre.

Je note de nombreuses empreintes de pneus. L'herbe est écrasée un peu partout. Le coin est désert. Rien ne peut vraiment témoigner du passage de Céleste ni même de ma voiture. Si les policiers sont venus ici, ils n'ont pas établi un quadrilatère de recherche avec des rubans jaunes ou dessiné une silhouette sur le sol détrempé. Pourquoi l'auraient-ils fait de toute façon ? Pas de cadavre, pas de preuve...

Je regarde le ciel étoilé. Où se trouve-t-elle maintenant ?

Cette voûte est parsemée d'une infinité d'étoiles, bien qu'on n'en voit qu'une infime portion si près de Montréal. Des milliers de soleils et des milliards de planètes. Je n'ose penser au nombre d'êtres vivants qui les peuplent, comme nous, sur notre grain de sable au sein de l'infini. Difficile d'imaginer que ce monde qu'est le nôtre puisse faire partie d'une seule cellule elle-même enchevêtrée dans un être vivant comme le mien, par exemple. De quoi donner le vertige à n'importe quel acrobate de la pensée !

J'ignore encore ce que Mathieu pourra faire pour me débarrasser de ce cauchemar qui grandit en moi. Au fond, ce geste que nous nous apprêtons à poser est purement égoïste. Si on y pense bien, la mise au monde de cette galaxie en devenir fera naître des millions de nouvelles planètes et de soleils où se créeront de nouveaux mondes. En quelque sorte, cela fait de moi un dieu. Mais suis-je prêt à faire ce sacrifice de ma vie pour en générer des milliards d'autres ?

Je retourne à ma vieille Pontiac cabossée et je m'enferme dans l'habitacle. Je tremble, mais j'ignore si c'est à cause du froid ou de la peur. Je démarre la voiture puis je pousse la manette du chauffage au maximum. Une odeur d'huile brûlée envahit mon espace. Je jure entre mes dents et j'éteins la ventilation avant de baisser la glace.

Je fais demi-tour et je roule sans me presser sur la route déserte. Je ne peux m'empêcher de jeter un coup d'œil inquiet dans le rétroviseur. Je m'attends à voir des lumières ou des ombres suspectes, mais le voile de noirceur se referme sur mon passage.

Le stationnement de la *Petite Écluse* est vide à part cinq voitures. Je reconnais la *Corolla* de Madeleine, garée près du conteneur rouillé. Je soupire en me disant que j'ai de la chance, car elle préfère habituellement travailler les weekends.

Mon chien s'est assoupi sur la banquette arrière. Il n'avait peut-être pas envie de sortir, après tout.

Je descends de l'auto et je m'étire non sans réveiller quelques douleurs au bas de mon ventre. Je masse un peu les chairs à ce niveau, mais j'arrête aussitôt, car les pincements reprennent de la vigueur.

Je pousse enfin la porte d'entrée, prenant une bonne respiration avant de me diriger vers le comptoir.

Il y a peu de monde en ce lundi soir. Les conjoints préfèrent jouer leur rôle de mari ou chum dévoué et font acte de présence auprès de leur femme afin de solidifier ce qui leur reste de liens, mariés ou pas. Les irréductibles Casanovas, qui écument les bars comme d'autres font du yoga, prennent une pause, histoire de recharger leurs batteries de platitudes.

Seuls les perdants comme moi se pointent ici un lundi soir. Ils n'ont rien d'autre à faire que de siroter un peu de rêve en vapeur d'alcool dans l'attente que le ciel leur tombe sur la tête. Ils ne cherchent la compagnie de personne, même pas la leur. Ils se plongent dans leurs confessions à dix dollars la dose, aveugles et sourds aux malheurs des autres.

Madeleine est debout derrière le zinc, essuyant ses verres avec la grâce d'un cygne dans un film de Walt Disney. Elle ne m'a pas repéré, elle qui normalement balaye la salle du regard dès que la porte s'ouvre.

Elle me paraît préoccupée.

Je m'assieds sur l'un des tabourets en bois devant le bar tandis qu'elle me tourne le dos, à la recherche d'une tache oubliée sur le verre à vin en l'examinant dans tous les sens sous la lumière tamisée.

Les haut-parleurs jouent du Leonard Cohen. De quoi brailler ou s'endormir.

— Tu me sers ma dose habituelle, chérie ? lancé-je tout doucement entre deux respirations du poète disparu.

Elle ne se retourne pas tout de suite, mais elle a bien deviné qui je suis. Son corps raide se détend après quelques secondes. Elle pivote sur ses talons et me fait un de ses sourires que je lui connais si bien. Celui qu'elle offre à un client qu'elle ne veut pas vraiment voir.

— Tiens, un revenant. Tu vas bien ?

— Quel accueil ! Je m'attendais à une certaine distance entre nous deux, mais là, tu es à Singapour et moi à Drummondville.

— Excuse-moi, Normand, me dit-elle sans démontrer aucun plaisir à me voir. Je ne file pas très bien, ces temps-ci. Les nerfs, je suppose.

— Ou l'amour… Tu sais que ton sbire à étoile de shérif m'a rendu visite tantôt. Tu lui en as raconté de belles à mon sujet, à ce qu'il paraît.

— Écoute, Normand. Ne lui en veut pas. Hugues fait son travail de policier, c'est tout. Il ne m'a pas questionnée. Il était là l'autre soir quand tu as perdu connaissance. On t'a vu tomber face première et on s'est dit que tu venais de dépasser les limites.

« On t'a envoyé de l'eau froide dans le visage et, comme d'habitude, tu nous as injuriés. Tu m'as traitée de tous les noms, ce que je n'accepte pas. Quant à lui, tu as voulu lui casser la gueule. Il a réussi à te calmer et on a appelé un taxi, c'est tout. »

— Un taxi ? C'est curieux, mais je ne me souviens de rien de tout cela. Comment expliquer que j'ai pu me retrouver au volant de ma voiture sur le bord d'un fossé sur un chemin abandonné ?

Elle hausse les épaules :

— Quand le taxi est arrivé, on t'a traîné dehors. Tu délirais. On t'a fait entrer dans le taxi et on a donné ton adresse au chauffeur. Puis, vous êtes partis tous les deux. On n'était certainement pas pour te suivre jusque chez toi.

— Non, en effet, tu as préféré rester avec ton beau crâne rasé et lui relater mes maladresses. Tu lui as sûrement raconté la fois où j'ai essayé de t'embrasser après avoir été vomir dans les toilettes des dames ? Ou bien quand je t'ai tâté les fesses lors du jamboree. Tu avais bien ri, cette fois-là, après m'avoir décroché un revers de la main qui m'a quasiment cassé le nez. Peut-être que vous avez fait des gageures sur le nombre de litres que j'ai braillé assis sur ce tabouret en parlant d'Audrée…

— Arrête, Norm. Je ne te dois rien. En fait, ce serait plutôt toi qui me dois pas mal d'affaires. Toi et moi, on n'a jamais été amoureux l'un de l'autre et encore moins des amants. Tu as un sérieux problème d'alcool et tu n'arrives pas à digérer ton ex même avec du gin pur. Deux *strikes* contre toi, et la troisième est pas très loin derrière si tu veux mon avis.

Je la regarde droit dans les yeux. Je sais très bien de quoi elle parle, mais je préfère ne pas y penser. Ça me rappelle à quel point je peux être un salaud de première classe quand je bois trop.

— OK, ma belle. Je ne trouverai jamais assez de vocabulaire intelligent pour m'excuser de façon convenable à tes yeux. Mais avoue que ton beau Hugues a dû en profiter pour te labourer le sillon puis te poser des tas de questions à mon sujet, non ?

— Non, mais, vas-tu la fermer ta sale gueule de chien égaré ? Hugues est marié et sa femme attend un bébé…

— Et il a un grain de beauté sur la fesse gauche. Tu n'as pas besoin de beurrer la tartine trop épais, ma chérie. Ton jupon dépasse !

Madeleine soupire avec violence :

— Normand, je ne sais pas pourquoi tu me joues la scène du cocu comme tu le fais. On n'a jamais été ensemble toi et moi, ni lui et moi. Tu m'exaspères. Tu vois du noir où il n'y a rien du tout.

« Je connais la vie de presque tous les clients qui passent par ici, à commencer par toi. La plupart rêvent de se jeter dans mes bras et s'imaginent en train de faire un rodéo de sexe en permanence avec moi.

« Tu sais quoi, tête de prépuce sans cervelle ? Je préfère de loin le confort de mon lit avec mon chat Tigri qui ronronne à mes pieds. Un verre de *Shiraz*, un livre policier, et je suis heureuse.

« J'ai eu ma dose d'hommes dépendants, frustrés, exigeants. Des gars trop enfantins pour passer à l'âge adulte, et trop adultes pour mettre un peu d'enfance dans leurs vies.

« Je ne cherche pas l'amour et l'amour ne me trouvera pas. C'est ma devise. La vie est trop courte pour perdre son temps à trébucher dans les décorations du tapis. »

Elle me sert un double martini, comme si elle voulait que mon passage dans sa tanière soit le plus court possible.

Je fixe le verre en y cherchant un quelconque réconfort. La vue du liquide embrumé me donne la nausée. Je dépose quand même une des olives sur ma langue en espérant que je retrouverai le courage d'avaler le gin et le vermouth. Je croque. Le goût acide me rappelle des soirées moins drôles que celle-ci. Je pousse le verre plus loin devant moi.

Madeleine voit bien que quelque chose ne va pas. J'ai envie de lui dire qu'au fond elle a raison. J'ai exagéré, comme d'habitude, et je voudrais m'en excuser. Les mots se bousculent dans ma tête et si j'ouvre la bouche pour commencer une phrase, elle meurt avant que la première syllabe ne soit prononcée.

— Ne gaspille pas ta salive en excuses, mon grand. Je suis fatiguée pour vrai et j'ai les nerfs à fleur de peau. Alors on va en rester là.

Cette déclaration pourrait faire mon affaire, mais je sens qu'il me manque encore quelques pièces à mon casse-tête.

« Tu vas le payer celui-là, même si tu ne le bois pas ? » dit-elle en pointant l'orphelin alcoolisé sur le comptoir.

Je pousse un billet de dix dollars en sa direction.

— Qu'est-ce qui s'est passé ici après que je sois parti en taxi ? lui dis-je en croisant les bras, plus sobre que jamais.

Elle regarde autour et puisque personne ne nous observe, elle enfile le martini et les olives d'un seul trait. Elle ne va pas vraiment mieux que moi, la petite.

— Pas très longtemps après ton départ, il y a eu une panne d'électricité. Tout s'est éteint. Même la lumière de secours était morte. Hermann et sa femme sont sortis du bar parce que le bébé braillait comme si quelqu'un essayait de lui arracher les tripes. Quant à Hugues, il a voulu appeler au poste de quartier pour savoir ce qui se passait, mais il n'y avait plus de connexion avec le réseau cellulaire non plus.

« On a demandé aux gens de sortir parce qu'on ne voyait rien. On a tous été à l'extérieur. Le ciel était clair et la moitié de lune accrochée au-dessus de la Richelieu brillait juste assez pour qu'on se voie la face. De l'autre côté, on voyait une étrange lueur dans le ciel, comme si on avait allumé des projecteurs pour éclairer le ciel. On s'est demandé ce que ça pouvait bien être. Ça a duré peut-être quinze ou vingt minutes. Puis, ça s'est éteint tout en douceur.

« L'électricité est revenue peu de temps après. Tout est redevenu à la normale. Des gens sont rentrés chez eux et d'autres ont voulu fermer le bar, comme d'habitude. Hermann aurait mieux aimé se retrouver chez lui avec la petite qui était épuisée, mais il a laissé Nicole s'en aller. De toute façon, il était presque l'heure de faire les comptes et boucler la place.

« Hugues m'a dit qu'il repasserait me voir, peut-être, un de ces soirs, mais je ne me suis pas fait d'illusion. Lorsqu'il a constaté que ta Pontiac n'était plus dans le stationnement, il est revenu dans le bar. Il a paniqué à l'idée que tu aies pu demander au chauffeur de taxi de rebrousser chemin et te ramener à ton auto.

« J'ai été stupide. J'aurais dû garder la clef de ta Pontiac. Il m'a dit qu'il allait essayer de te retrouver avant que n'arrive un malheur. Puis, il est parti sans même me dire au revoir. J'ai craqué à ce moment-là. On aurait dit que tout allait de travers. »

J'aimerais pouvoir lui dire qu'elle a raison et bien plus qu'elle ne peut se l'imaginer. Je comprends qu'elle se soit sentie mal de me savoir sur la route en état d'ébriété avancée. D'habitude, après mon troisième verre, je commence à être engourdi et étourdi. J'ai assez de jugeote pour deviner que je dépasse la limite permise. Alors, je bouffe quelques bretzels et je patiente jusqu'à ce que je ressente à nouveau la douleur dans mon âme avant de prendre la route. Dans cet état de léthargie post-amoureux, je ne suis plus un danger public.

Le seul vrai danger, c'est plutôt la fatigue. Les journées les plus difficiles, surtout les vendredis, sont les plus traîtres. J'évite d'abuser de la médication servie par ma Madeleine. Je risque de m'endormir au bar ou au volant. Le bar n'est pourtant pas très loin de chez moi. Il est plus probable que je m'endormirais dans l'ascenseur du bloc de condos qu'en écoutant la reprise d'une ligne ouverte à la radio d'état dans mon auto avec les vitres baissées.

— Et ton cowboy pensait vraiment être capable de me retrouver après avoir bu deux ou trois bières ?

— Je n'étais pas dans sa tête, mais il est quand même parti à ta recherche. Il n'était pas en boisson. Et puis, merde, je ne suis pas sa mère, moi !

Je lui fais signe de se calmer et de baisser le ton.

« Mais il ne t'a pas retrouvé. Enfin, c'est ce qu'il dit. Il est bizarre depuis ce temps-là. C'est comme s'il s'était trouvé un travail de mission humanitaire en se penchant sur ton cas. À moins que ce soit autre chose… »

Madeleine est bien gentille de me raconter tout ça, mais ses craintes ne me rassurent pas vraiment. Je n'ai pas vraiment envie d'avoir un pseudo Colombo collé aux fesses jour et nuit.

Et puis, que cherche-t-il au juste ? Me prendre la main dans le sac — ou plutôt sur la bouteille ? Peut-être que sa mission est de nettoyer la région de ces ignobles ivrognes qui heurtent les extraterrestres au milieu de la nuit. Veut-il me passer des menottes aux poignets et m'enfermer dans une cellule où je croupirai le reste de mes jours ?

Je n'en ai pas vraiment peur, car il n'a pas beaucoup de pouvoir, le jeunot. C'est un soldat ordinaire et la justice a assez de corridors et de coins sombres pour qu'un simple individu comme moi puisse y trouver refuge et éviter les peines sévères. Conséquences normales de mon inconscience collective que je mériterais sans aucun doute.

Tout le monde aimerait bien jouer au super héros au moins une fois dans sa vie. C'est peut-être le cas de cet Hugues au coco rasé.

Je dépose un autre billet de vingt dollars sur la table. Elle le repousse. J'insiste. Elle me regarde et je souris avec tout ce que je peux transpirer de contrition.

— Pour les services de psy que tu m'as servis. Tu garderas la monnaie pour t'acheter un roman d'amour, ma belle Madeleine. Je vais prendre une petite pause de martini, le temps de régler certains nouveaux problèmes qui dépassent l'entendement. Je reviendrai peut-être un de ces jours, qui sait ?

Je tourne les talons et je fais trois pas. Je me retourne avec lenteur :

— Je suis désolé pour tout, Mado. Je suis vraiment sincère. Je t'ai fait du mal et ce n'est pas correct de ma part. J'espère pouvoir venir ici un jour la tête haute et te prouver que je ne suis pas un si mauvais gars. À ce moment-là, on pourra peut-être devenir de vrais amis.

Elle en a les yeux mouillés de cette pluie de l'âme que je déteste faire apparaître sur le visage d'une femme. Elle se penche sur le comptoir et me tend une main. Je la saisis sans me presser. La paume est chaude et un peu humide. Sa peau est si douce qu'on dirait celle d'un nouveau-né.

— Tu es déjà mon ami, Normand. Reviens quand tu voudras. Et fais attention à toi. Moi aussi je t'aime, espèce d'idiot !

Je serre ses doigts tout en souriant.

Je doute que nous nous revoyions. Ces derniers mots me rassurent, car je sais désormais que j'ai trouvé en elle une alliée dans cette bataille contre moi-même.

En sortant de la *Petite Écluse*, je regarde tout autour pour m'assurer que je n'ai pas été suivi. C'est plus fort que moi, mais le doute plane au-dessus de ma tête comme un nuage de smog.

Le boulevard est plutôt calme dans ce coin-ci de la ville. Ceux qui passent par ici le font soit parce qu'ils ont une soif à étancher ou bien parce qu'ils doivent se rendre au parc industriel pour leur travail.

Les lueurs de Montréal créent un vaste dôme orangé au-dessus de la ligne d'horizon. L'air est frais et sent le fumier. Je suis heureux d'en respirer un peu sans me sentir étranglé.

C'est la première fois depuis longtemps que je me sens libre. Libre de mes actions, libre de mes pensées, malgré ce qui vient de se produire. Évidemment, ces embryons de planètes dans ma vessie m'inquiètent. Mais en dépit de la menace de leur naissance imminente qui me donne la chair de poule, je réalise à quel point ma vie s'est déroulée dans une accumulation de faits absurdes et irréels. Depuis le départ d'Audrée jusqu'à l'arrivée de Céleste, ma vie a été une suite de déclins inévitables. Il est donc normal que la folie des derniers jours en soit le point culminant.

Je suis fier de ne plus ressentir cette soif qui me torturait les tripes. Je sens mon cœur battre. C'est peut-être de bon augure.

Par pur réflexe, je cherche la cabine téléphonique qui occupait jadis une place de choix sous le lampadaire. Il n'est plus là depuis deux ans, je crois. Je souris en me remémorant le nombre de fois où je m'y suis réfugié pour appeler ma femme ou Mathieu pour qu'on vienne me chercher. Je pleurais comme un bambin jusqu'à ce que la buée tapisse les vitres du petit habitacle.

J'appuie sur le nom de Mathieu qui apparaît sur l'écran de mon téléphone intelligent.

Annabelle répond dès la première sonnerie :

— Normand ! Quelle belle surprise. Où es-tu ? Quand est-ce que tu viens souper ? Tu nous as manqué, à Mathieu et à moi. Qu'est-ce que tu fabriques ces temps-ci ? Tu peux venir nous voir si tu veux.

Une pause. J'entends la voix de Mathieu qui demande de me parler.

« Seigneur, vous en faites des mystères, mes cocos. Attends, je te le passe. Je t'embrasse. Et tu viens quand tu veux, OK ? »

Un vrai moulin à paroles. C'est le genre de femme enjouée qui a mille choses à te dire et qui te pose cent questions même si tu l'as vue la veille. Sa beauté incandescente te mitraille de baisers même au-delà de dix mètres. On ne peut que l'aimer. À sa façon, c'est une erreur de la nature. Trop parfaite esthétiquement parlant. J'exagère à peine : le superlatif « *trop* » est faible dans ce contexte.

J'ai prévenu Mathieu que s'il ne lui portait pas assez d'attention, elle pourrait le quitter pour un autre. Je parle par expérience. Mais ce cher docteur au cœur de Valentin me répète que quand elle aime, c'est pour toujours — comme dans la chanson de Desjardins. Mon ami n'a d'yeux que pour sa beauté et il est aveuglé à vie. J'ai envie de lui procurer un chien à la fondation Mira.

D'après moi, Mathieu a eu de la difficulté à lui parler de son cancer en pensant que cela détruirait toute cette magie qui les entoure. Et pourtant, sous cette luminescence esthétiquement parfaite qu'on pourrait croire surfaite, Annabelle est une véritable pratiquante de yoga anusara, dévouée aux asanas comme j'ai pu l'être aux martinis. Elle étudie l'hindouisme et ne mange presque pas de viande. Elle aime sans condition tout ce qu'elle touche et quand elle n'aime pas quelque chose, elle trouve toujours une raison de l'aimer malgré tout.

Pour elle, tout est équilibré dans notre monde. Dans cette compassion, elle transmet un amour qui n'a rien à voir avec les basses manœuvres que nous entretenons par des baisers et des caresses. Elle est un bijou rarissime. Je suis certain qu'elle m'aime plus qu'Audrée ne l'a jamais fait, mais ses raisons sont plus profondes, saines et équilibrées.

J'ai connu des amis de Mathieu qui ont vécu des peines d'amour après avoir cru séduire cette femme magique en catimini. En face d'Annabelle, on peut être son frère, son confident, son meilleur ami, mais jamais son amant.

Pour moi, elle restera l'unique bouée de sauvetage à laquelle je n'ai jamais su comment m'agripper. Juste le fait de la voir me redonnait goût à la vie. La seule fois où je l'ai vue anéantie, c'était le jour de la mort de sa mère, une dame tout aussi extraordinaire que sa fille. À la suite d'une simple intervention chirurgicale à la hanche, la pauvre dame a eu la malchance d'attraper un de ces microbes fantômes qui hantent les hôpitaux.

— Normand ? Où es-tu ? Est-ce que tout est OK ?

La voix de mon ami est nerveuse. Je le rassure aussitôt :

— Céleste est partie. En tout cas, je le crois.

Je lui raconte les récents événements, incluant ma visite au bar. Il soupire.

— Tu n'as pas bu, j'espère ? Avec tout ce qui s'est passé au cours des derniers jours, tu devrais te tenir loin de l'alcool.

— Si ça peut te rassurer, j'ai eu une nausée en voyant le verre devant moi. Ça ne s'est pas amélioré quand j'ai croqué l'olive. Je suis sevré, mon cher.

Il me félicite. Je l'entends demander à Annabelle d'aller chercher une bouteille de Porto au sous-sol. Il prend une pause de quelques secondes, puis enchaîne :

— Tout est en contrôle ici. Je lui ai raconté que je croyais être atteint d'un cancer, mais que ça n'était qu'une fausse alerte. Je lui ai dit qu'on attendait d'autres résultats, mais qu'elle ne devait pas s'inquiéter.

« Elle l'était un peu plus pour toi. Rassure-toi, je ne lui ai rien dit à propos de Céleste et de ton état. Annabelle a hâte de te serrer dans ses bras. Elle pense que tu viens encore d'entrer dans une autre de tes crises existentielles. Elle ne me croit pas quand je lui dis que non. Elle est un peu sorcière, ma femme, tu le sais.

« Je lui ai dit que tu as vécu une sorte de coma éthylique et que tu étais décidé à suivre une cure de désintoxication. »

J'entends Annabelle qui revient. Elle chante un air d'été comme un serin en chaleur.

« Je veux que tu passes à la clinique demain matin, d'accord ? Je t'attends pour huit heures. On va regarder tes options pour la cure de désintoxication. On va te nettoyer tout ça, mon Normand. Tu vas redevenir le Casanova de tes jeunes années, tu vas voir. D'accord ? »

Je le remercie et je lui promets d'être là à la première heure le lendemain.

Je coupe la communication en poussant un soupir de découragement.

Quelle folie que tout cela !

Je passe d'un *high* débile à un sombre *down* en un clin d'œil.

J'ai encore l'impression d'être le personnage principal d'un mauvais roman écrit par un dépressif qui ne sait que faire des cent mille pensées négatives qui lui passent par la tête.

Demain. Bon dieu, déjà mardi !

Pourquoi est-ce que je sens toute cette pression sur moi ? Comme si dans quatre jours tout sera terminé et qu'on apposera le mot fin à mon histoire, à cette vie trop courte, cet éclair de malheur qui traverse mon existence.

Est-ce que toute folie se résorbera un jour et que la lumière refera enfin surface ?

Je m'assieds dans la voiture. J'ai mal au ventre. J'ai envie de pleurer. Je m'abandonne à ma douleur. Les vitres sont vite embuées par l'humidité de mes larmes et de mes cris.

Je suis ramené à la réalité par un grognement de Boswell. Il s'est assis sur son postérieur et me regarde avec inquiétude. Il pousse un geignement qui ressemble à celui d'un bébé.

— Tu as raison, Boz, je dois me reprendre en main.

Je descends la glace pour faire entrer de l'air frais. Comme je ne vois rien à travers les vitres, je jette un coup d'œil au rétroviseur sur ma gauche.

À ma grande surprise, une forme plutôt familière s'approche par l'arrière. À l'examiner de près, elle n'est pas humaine.

Je n'ai pas besoin d'autres lumières pour distinguer la teinte bleutée de la peau de Céleste.

Elle est à quelques mètres de moi et je suis pris de panique.

Je démarre et je passe en première vitesse. J'appuie sur l'accélérateur, mais il n'y a que le moteur qui s'emballe. Ma vieille Pontiac ne réagit pas à part un soubresaut de la carrosserie. Je me tape le front en réalisant que je n'ai pas enlevé le frein de secours.

Crétin, crétin, crétin, me dit une petite voix familière.

Je jette un autre regard au rétroviseur et je remarque qu'elle marche un peu plus vite vers moi.

J'enfonce mon pied sur la pédale de l'accélérateur. Les pneus crissent sur l'asphalte et je suis poussé vers l'arrière, remerciant les créateurs de cette petite bête à quatre roues. Je braque le volant pour éviter de peu le coin de l'immeuble.

Un coup d'œil sur ma gauche me révèle que l'ombre s'est mise à courir.

Je suis fichu. Si ça se trouve, elle va me rattraper avec un de ces engins sophistiqués plus rapides que la lumière.

Je fonce droit sur le boulevard. J'entends le hurlement d'un klaxon. Une voiture frôle la mienne dans un courant d'air chaud. Le conducteur, probablement apeuré, applique les freins puis je vois l'automobile effectuer un dérapage de 180 degrés au milieu de la route. D'autres phares s'approchent, mais je m'éloigne de la scène aussi vite que possible.

Au carrefour, je brûle un feu rouge sous un nouveau concert de klaxons mécontents. Je n'ai d'yeux que pour la route devant moi, dans l'attente d'être foudroyé par un rayon d'antimatière ou une salve de protons agités.

Les vitres de ma voiture ont retrouvé leur transparence. Une fois en sécurité sur le boulevard, je jette un coup d'œil au rétroviseur. Je ne vois que la lueur des phares des voitures au milieu de la quiétude de cette fin de jour.

De toute évidence, Céleste ne veut pas être aperçue par une douzaine de témoins en train de me poursuivre si tôt dans la soirée. Pourtant, elle vient de le faire en marchant ouvertement sur le terrain de stationnement du bar.

Elle s'est envolée, consciente des risques d'être repérée. Voilà une chance inespérée de m'en sortir.

Je réfléchis à la vitesse affichée sur le compte-tours.

Je n'ai pas vraiment d'autre choix que d'aller chez Mathieu. Je ne peux pas retourner au condo. Ce serait signer mon arrêt de mort.

Peut-être m'offrira-t-il de crécher dans le sous-sol ou dans la chambre d'ami. Ou peut-être pourrons-nous nous rendre à la clinique dès ce soir.

Y a-t-il un seul lieu sur Terre où je peux être assuré d'être hors de la portée de l'emprise de Céleste ? Même si Céleste n'a pas manifesté de pouvoirs télépathiques, le fait de porter en moi ces choses d'un autre monde pourrait contribuer à me repérer, où que j'aille.

Je roule donc en direction du nid douillet de mon ami et de sa compagne de vie. La grande maison, située sur la rue des Roses, offre une vue imprenable sur la rivière Richelieu. Je n'ai pas vraiment envie de m'attarder devant cette beauté ce soir.

Je stationne la voiture derrière la Lexus et j'escalade la volée de marches en pierres jusqu'à la porte d'entrée. Le lieu a l'air désert. Il n'y a aucune lumière à l'intérieur comme à l'extérieur.

J'appuie sur le bouton de la sonnette à quatre reprises. Pas de réponse.

Je viens de leur parler. Quelque chose ne tourne pas rond. Et si elle était arrivée avant moi ?

Je ne peux m'imaginer de scénario plus catastrophique que celui-là. Le début d'une série de morts — ou de disparations — inexpliquées qui fera la manchette de tous les sites web du monde entier.

Je ne peux me résigner à cette idée farfelue. Je regarde à travers la fenêtre givrée, mais aucune ombre ne bouge dans cette maison.

Un regard derrière moi confirme que je suis toujours seul, mais ma petite amie bleue ne va pas tarder, si elle n'est pas déjà là à m'observer à travers la fenêtre.

Je sonne encore une fois. Je me promets ensuite de décamper et m'enfuir jusqu'à la frontière mexicaine, s'il le faut.

Une lumière s'allume enfin au-dessus de ma tête.

Mathieu ouvre la porte, l'air ahuri. Il ajuste la ceinture de sa robe de chambre.

Il a les yeux brillants et les cheveux en désordre. Je viens de les déranger dans leur intimité…

Je bredouille de plates excuses, mais je n'hésite pas à lui faire un bilan :

— Elle est là. Céleste me poursuit depuis le bar. Qu'est-ce que je fais ?

Mathieu écarquille les yeux et me tire par la manche de la chemise.

— Entre vite. Je m'habille et je te conduis à la clinique immédiatement.

Une voix doucereuse se fait entendre depuis l'étage :

— Qui est-ce, mon amour ? fait Annabelle.

— C'est Normand. Il est en crise. Je l'amène à la clinique tout de suite, dit Mathieu en me faisant signe de me taire.

Il a raison. Ce serait trop long à expliquer et le temps perdu signifierait ma perte et peut-être la leur.

J'entends les pas d'Annabelle dans l'escalier. Elle se presse à ma rencontre.

— Normand, mon pauvre petit chéri. Qu'est-ce que tu as fait encore ?

J'ai le réflexe de feindre une intoxication majeure. Je vacille, je trébuche, je me lamente et je pleurniche. Il ne manque que l'odeur de l'alcool, cette vapeur fermentée qui transpire habituellement de mon corps après avoir ingurgité ma dose excessive de martinis.

Est-ce qu'on sait vraiment de quoi on a l'air quand on est complètement bourré ? En fais-je trop ?

Elle n'y voit que du feu. Elle essaie de me retenir quand je vacille. Elle me prend un coude pour me soutenir. Son corps sent le sexe à plein nez et je profite de l'occasion pour en remettre. Je lui dis qu'elle est belle comme une déesse et que je ne comprends pas ce qu'elle fait avec un gros ours pathétique comme Mathieu.

Mathieu me jette des regards qui me donnent envie de rire, mais le moment est plutôt dramatique.

— Normand, grands dieux, reprends-toi ! s'exclame-t-il en prenant la relève de sa femme. Tu vas faire tomber Annabelle.

Elle me regarde d'œil suspect. Je détourne la tête, affichant un air égaré.

— C'est bizarre, dit-elle en reniflant devant moi. Il ne sent pas l'alcool comme d'habitude. T'es sûr qu'il n'a pas pris autre chose ? Des pilules ? De la cocaïne ?

Mathieu lui fait signe de s'éloigner :

— Je vais l'amener à la cuisine. Pourrais-tu me descendre des vêtements et mes clés pendant que je lui prépare un café ?

Elle pivote sur elle-même avec la grâce d'une ballerine. Malgré les circonstances pour le moins tragiques, je ne peux m'empêcher de l'imaginer nue sous son peignoir. Mathieu ne manque pas de me voir la reluquer avec envie. Il me tape derrière la tête.

« Arrête de baver sur mon tapis d'entrée et amène-toi à la cuisine ! »

Je jette un coup d'œil vers la porte d'entrée. Aucune lueur étrange n'éclaire le cadre vitré.

Une fois dans la cuisine, Mathieu insère une capsule dans la machine à café et appuie sur le bouton.

« Tu vas me faire plaisir et cesser de jouer au drogué défoncé. Annabelle n'est pas dupe de tes singeries. Si tu veux éviter qu'elle ne te fasse subir un interrogatoire serré quand elle découvrira que tu joues la comédie, je te suggère de faire dans un autre registre. Sinon, je passerai dans le tordeur autant que toi. »

J'ouvre la bouche pour répondre, mais sa femme descend les marches de l'escalier et entre dans la cuisine. Elle a toujours cet air inquiet à mon égard.

Je m'enfouis le visage dans les mains et je sanglote en douceur.

Elle chuchote des mots dans l'oreille de Mathieu :

— Ça n'a plus de bon sens, Mat. Il faut qu'il se reprenne en main. Tu lui as vu l'allure ? Quand il sera sorti de sa crise, tu le convaincras d'aller en désintoxication. Il fonce droit dans un mur de ciment, le pauvre.

Mathieu la rassure et lui répète qu'il fait tout pour m'aider, ce qui n'est pas tout à fait faux.

Il la remercie et lui demande de nous laisser tout en enfilant son pantalon de jogging et le T-shirt que lui a apportés Annabelle.

« Occupe-toi bien de lui et appelle-moi dès que tu le pourras. »

Elle l'embrasse et me touche l'épaule au passage. Je sursaute. Son odeur fauve me chatouille, mais je demeure prostré dans ma pose de crise simulée.

Mon ami me tend la tasse de café et j'y trempe mes lèvres avec prudence. J'avale deux gorgées avant qu'il ne me tire devant, prêt à quitter la maison au plus vite.

Il enfile un vieux coupe-vent. Les coudes sont usés et la couleur orangée du tissu montre des nuances de gris et de jaune ici et là. Je remarque le logo de l'équipe de football universitaire sur sa poitrine.

— Tu as encore cette antiquité d'avant la guerre de Sécession dans tes affaires ?

Il ne répond pas, affichant un air à la fois paniqué et enragé. Il y a de quoi m'en vouloir. Je l'ai entraîné dans cette histoire sans vraiment songer aux conséquences. Sauf que, si on y pense bien, il m'en doit une : mon énergie cosmique l'a guéri de son foutu cancer.

Nous sortons, non sans regarder autour de nous. La rue est calme. Une odeur de terre mouillée vient nous agacer les narines. Pour moi, c'est un passage obligé après avoir humé les parfums de sa blonde de si près.

Il déverrouille les portières et nous nous engouffrons dans sa Lexus.

— Toi, tu vas m'en devoir une *ostie* de bonne, mon vieux. Qu'est-ce que tu as fait pour l'attirer comme ça ?

— Rien, je te jure. Après t'avoir appelé, je me suis enfermé dans mon auto. Tout à coup, c'est comme si j'avais senti tout le poids de mes problèmes me tomber dessus en une fraction de seconde. Je me suis mis à pleurer sans retenue. Les nerfs, probablement. Puis j'ai relevé la tête et elle était là. Elle marchait vers moi. Je n'ai pas rêvé, je te le jure. J'ai vu la vraie Céleste. Je le savais : elle sait lire dans nos pensées. Elle sait tout…

Il appuie sur le bouton de démarrage et aussitôt une symphonie de Beethoven envahit l'habitacle. Il s'excuse et diminue le niveau du son.

Il passe à la renverse, mais une alarme est aussitôt déclenchée.

— Qu'est-ce que c'est ? dis-je en regardant l'écran s'illuminer.

Il soupire et pointe l'arrière avec son pouce :

— Ta voiture bloque le chemin. Va la déplacer dans la rue, s'il te plaît.

Encore une fois, je balaie les environs du regard. J'ai la chienne. Je ne veux pas sortir.

« Normand, si tu n'enlèves pas ta voiture, on ne pourra pas reculer et plus on attend, plus ton amie risque de venir nous demander des comptes. Si tu l'as vraiment vue, évidemment. »

Je m'apprête à répliquer, mais je sens l'urgence me picoter le bout de mes doigts.

Je détache la ceinture de sécurité et une autre alarme est déclenchée. En me voyant hésiter, Mathieu pousse un long soupir et regarde droit devant lui. J'ai l'impression que si je ne me décide pas, il va éteindre le moteur et m'abandonner à mon triste sort sur le bord de la rivière.

C'est alors que je me rappelle avoir laissé mon chien sur la banquette arrière.

— Hé merde ! Je n'ai pas seulement oublié ma voiture. Boswell est avec moi aussi.

Mathieu grogne : « Seigneur, Normand ! Tu es un emmerdeur de première classe, est-ce que tu le sais ? Va le chercher et amène-le dans le garage. Annabelle va en faire toute une histoire. Elle déteste les chats et les chiens. »

Je bredouille un merci pas très convaincant. J'ouvre la portière et je cours vers ma Pontiac. J'enfonce la clé dans le barillet et je tourne. Le moteur gronde et j'enclenche le bras à la renverse. Je suis dans la rue en moins de deux et Mathieu déplace sa voiture tandis que je quitte la mienne.

Boswell ne veut pas sortir de l'auto. Je le tire par le collier avec vigueur. Le pauvre animal va m'en vouloir pour des semaines. La porte du garage est ouverte et Annabelle est là, un bol d'eau en main, affichant un sourire poli. Je viens de descendre encore de quelques points dans son estime.

— Je m'excuse, dis-je en baissant les yeux. Je m'excuse pour tout. Ce n'est pas la faute de Mathieu, je le jure.

Elle ne répond pas et je la regarde disparaître derrière la porte de métal. Boswell trottine vers elle et il se laisse flatter la crinière, flairant peut-être la bonne affaire.

Une fois en sécurité dans la Lexus, j'expulse l'air que je retenais tout au long de ce court épisode.

Il roule sur la rue tout gardant un œil attentif sur ce qui nous entoure. Bientôt, les lumières de la ville tracent des traits brillants sur la carrosserie impeccable. Nous approchons de la clinique.

— Pas de panique, s'il te plaît. Je vais t'amener au bunker au sous-sol. Une fois installé, on décidera de ce qui serait le mieux à faire.

— Quel bunker ? Qu'est-ce que c'est que cette histoire ?

— Quand j'ai fait bâtir l'édifice, j'ai demandé de construire une pièce en béton au sous-sol. C'est pour y entreposer les médicaments qui attirent les voleurs. La morphine, la codéine et les autres opiacés. On n'en a pas des tonnes, à cause des réglementations, mais disons que le pharmacien, le dentiste et mes collègues dorment sur leurs deux oreilles en sachant leurs produits à l'abri au cours de la nuit.

« C'est une sorte de voûte comme à la banque. C'est aéré et assez grand pour que tu puisses t'y étendre et dormir un peu. J'ai des couvertures et quelques oreillers dans mon bureau. Ce n'est pas l'idéal, mais ça fera l'affaire pour la nuit.

« Tout ira très bien, tu verras. On décidera de ce qu'on va faire demain matin. Rassure-toi, ton amie ne risque pas de sortir en plein jour pour ameuter toute la ville et la police. »

— Tu veux m'enfermer dans un bunker ? T'es pas un peu malade ? Je suis claustrophobe. Je vais étouffer. Et puis, ce n'est pas mon amie. Arrête de m'agacer avec ça !

Il stoppe la voiture sur le bord du boulevard. Il me pointe la porte :

— C'est parfait comme ça, alors. Tu vas descendre tout de suite ! Est-ce tu préfères passer les dernières heures de ta précieuse vie d'alcoolique à revendiquer le confort d'un hôtel de luxe en attendant qu'elle te fasse subir des tortures innommables ? Moi, j'ai autre chose à faire que de t'entendre brailler toutes les demi-heures, tu sauras !

Je le regarde en rongeant mes ongles. Le pire, c'est qu'il n'a pas tort. C'est la seule option possible pour le moment. À la condition qu'elle ne passe pas à travers les murs ou puisse faire fondre les serrures.

— OK, tu as raison, mon vieux. Je ne sais pas ce qui me passe par la tête, des fois. Je n'ai pas assez de cervelle pour gérer toute cette merde, si tu veux mon avis. Amène-moi dans ton bunker. Je me reprendrai un autre jour pour la suite présidentielle.

Il redémarre et nous parcourons les quelques kilomètres sans dire un mot.

Nous arrivons enfin dans le stationnement de la clinique.

— Et toi ? lui dis-je. Que vas-tu faire si elle décide de s'en prendre à toi ? Tu as songé à Annabelle ?

— Ne t'inquiète pas. Je ne pense pas que Céleste puisse lire dans mes pensées. On n'a pas été assez intime pour ça. Et puis, si tu réfléchis un peu, c'est toi qui portes ces embryons de planètes en toi. Pas moi. Je pense que Céleste voulait s'assurer que tu ne tenterais rien pour détruire son œuvre.

Je siffle entre mes dents. Rien de tout cela me rassure.

Nous entrons sur le stationnement éclairé par lumières orangées. Nous atteignons la porte sans difficulté et il déverrouille tout en regardant autour de nous. Une fois le système d'alarme désactivé, il me fait signe de le suivre.

Le hall d'entrée se divise en trois corridors. L'un s'ouvre sur la pharmacie, l'autre sur les bureaux de consultations externes qui payent un loyer à la société coopérative mise en place par Mathieu et son collègue. Sur notre droite, c'est le domaine de Mathieu et ses associés, avec ses grandes vitrines et son style résolument contemporain. À gauche du comptoir d'accueil, je vois une porte où se cache une petite cuisine réservée aux employés. Je suis de près Mathieu alors qu'il se dirige vers le fond de la pièce. Après le réfrigérateur, je découvre une porte assortie d'une poignée et d'un clavier numérique. Mathieu pianote un code et glisse une carte magnétisée dans la fente. Un *buzz* sourd retentit et dès que le clignotement rouge se transforme en une bille verte lumineuse, il tourne la poignée et me fait signe de passer devant.

Nous descendons une volée de marches métalliques. Je note une caméra près du plafond. Je n'aurais jamais cru que cette clinique comportait un endroit aussi sécurisé. Nous arrivons enfin devant une nouvelle porte blindée. Celle-ci s'ouvre après que Mathieu eut glissé sa carte dans une autre fente.

Je siffle d'admiration :

— Qu'est-ce que tu caches là-dedans ? De la cocaïne ? On dirait le quartier général de la CIA. Pourquoi tu n'as pas engagé une couple de gorilles armés de mitrailleuses tant qu'à y être ?

Mathieu sourit :

— Tu peux te moquer tant que tu voudras, mon cher. Mais les assurances sont très exigeantes et je préfère en faire plus que moins. Il y a là-dedans pour des milliers de dollars de produits qui font saliver les petits caïds du coin. Mais ne t'avise pas d'y toucher pendant ton séjour. Je ne te garantis pas que je vais pouvoir t'aider à t'en sortir, surtout si tu n'as pas les bons dosages.

Je le rassure. Je suis guéri à tout jamais de la boisson. Je n'irai pas me mettre le nez dans la drogue. Mes veines sont déjà suffisamment intoxiquées.

Nous pénétrons dans la pièce éclairée d'une série de néons. La porte se referme derrière nous dans un bruit de succion. Des lumières rouges clignotent en séquence. Je frissonne. Tout cela est surréaliste. Si je ne connaissais pas Mathieu, je dirais qu'il trempe dans quelque affaire louche de drogue avec les motards ou les Russes.

Sur les tablettes d'une propreté impeccable s'alignent des boîtes de produits pharmaceutiques. La plupart sont ouvertes et je vois des bouteilles de tous les formats et des plaquettes de pilules et de gélules aux couleurs pastel. Je me demande qui fait le ménage et l'inventaire dans cette pièce étroite où le claustrophobe que je suis a peine à respirer.

Il y a en effet peu de place pour que je puisse m'étendre à mon aise. La luminosité du plafond n'offre guère d'intimité, mais au prix que ça me coûte, je n'en ferai pas la critique. Je vais ravaler ma claustrophobie pour l'espace d'une nuit.

— Tu vas m'enfermer ici comme tes réserves de drogue, c'est ça. Je serais comme en prison, avec toutes ces serrures électroniques. Ça ne me rassure pas du tout, mon vieux.

Il hausse les épaules :

— On n'a pas vraiment le choix. Au moins pour cette nuit, tu seras en sécurité.

— Et qu'est-ce que je fais, s'il y a un incendie ou un tremblement de terre ? lui demandé-je en pointant la porte.

— Pour l'incendie, la pièce est suffisamment isolée pour t'épargner de te sentir comme dans un barbecue. Par contre, tu risquerais de manquer d'air au bout d'une couple d'heures si les systèmes d'échangeur d'air cessent de fonctionner. Ne t'inquiète pas. J'ai accès à la sécurité des lieux depuis mon portable. À la moindre étincelle, je viendrai te tirer de là avant que tu n'aies le temps de t'apercevoir qu'il se passe quelque chose. Pour le tremblement de terre, je ne peux rien garantir. Mais comme c'est plutôt rare dans le coin, tu peux dormir sur tes deux oreilles.

« Je vais aller te chercher ce qu'il faut pour ton séjour dans ma cachette secrète. »

Il passe à nouveau sa carte magnétisée dans le lecteur et la porte s'entrouvre. Il monte les deux premières marches et se tourne vers moi :

— Normand, si je fais clignoter les lumières, c'est qu'on a un petit imprévu. Tu restes ici sans bouger jusqu'à ce que je vienne te chercher. Pas de bruit. Surtout, ne panique pas. La porte est verrouillée automatiquement dès qu'elle est fermée. On ne peut pas la laisser ouverte plus de cent vingt secondes sans que l'alarme se déclenche. Encore une protection contre les voleurs. Et on ne peut pas sortir d'ici sans carte. Je vais t'en prêter une, mais tu n'auras pas à t'en servir si tout se passe comme prévu.

J'ai beau chercher dans ma cervelle d'oiseau, je ne trouve rien de rassurant dans ce qu'il vient de me dire, à part le généreux prêt d'une carte magnétisée.

Il grimpe les marches deux par deux et disparaît à l'étage au-dessus. Une fois la porte refermée, la pièce est étrangement silencieuse. J'entends les battements de mon cœur. J'examine à nouveau les étagères.

Je ne m'y connais pas en pharmacologie, mais l'inventaire de ces tablettes en rangées de bouteilles et pilules représentent en effet une valeur inestimable. J'ai l'impression de lire des noms de produits écrits dans une langue étrangère. Il n'y a rien d'autre que ces emballages froids et une odeur persistante qui me rappelle les fameuses pastilles de vitamine C sans saveur que ma mère nous donnait quand nous étions petits.

Je me demande si ce n'est pas toxique de respirer tout ça. Malgré la ventilation au plafond, ce fond d'air chimique m'agace. L'air frais me fait frissonner.

Jamais je ne pourrais dormir dans ce réfrigérateur à drogue.

Mathieu entre de nouveau les bras chargés d'un matelas de camping, quelques couvertures et un oreiller.

— Installe-toi à ton goût. Je reviens tout de suite avec de l'eau et quelques biscuits au cas où…

… au cas où j'ai à passer plus d'un jour dans ce tombeau de ciment.

Je n'aime pas songer à ce qu'il m'adviendrait s'il lui arrivait quelque chose et qu'on m'oublie là-dedans.

Je réalise que c'est une pensée ridicule. La clinique ouvrira ses portes tôt demain matin. Quelqu'un viendra certainement y chercher quelques produits au cours de la journée. Quant à trouver une explication plausible à ma présence dans ce lieu exigu, je m'en remets à l'imagination fertile de mon cerveau fatigué.

Je déroule le matelas gonflable sur le plancher. Je dévisse le bouchon pour souffler un peu d'air dans l'orifice. Je dispose ensuite les couvertures et l'oreiller sur le coussin. Dire que je me sens tout à fait chez moi serait très sarcastique de ma part. Mais cette installation de fortune fera l'affaire pour quelques heures.

Je dois me concentrer afin de ne pas laisser la panique monter en moi. Je commence à ressentir des symptômes d'étranglement.

Est-ce vraiment dû à la claustrophobie ou à la nervosité de savoir que Céleste est intensément à ma recherche ?

Je crois percevoir un bruit qui vient d'en haut. Est-ce celui d'un verre brisé ? Je m'approche de la porte, l'oreille collée contre le métal froid.

Je sursaute. J'entends comme un cri et un coup sourd frappé sur le ciment. Je recule, prêt à voir surgir ce monstre dès que la porte s'ouvrira.

J'égraine les secondes, le dos appuyé sur une des tablettes en métal.

Rien.

Je transpire. Quelque chose cogne sur le métal au-dessus de moi. Je surveille le plafond et les néons qui éclairent la pièce de façon continue. Un vent frais me frôle le visage. C'est le système d'aération qui vient de démarrer.

Je soupire. Je relâche la tension qui me raidit la colonne vertébrale. Je m'assieds sur le matelas.

Je ne pourrai pas dormir ici. C'est trop étroit. J'ai l'impression que les tablettes vont s'écrouler sur moi.

Et ce silence. Il règne dans la pièce un calme trop artificiel.

J'aime le silence de la forêt. Le murmure d'un lac après la pluie. Mais ce silence-ci est celui d'un linceul enfoui cinq mètres dans le sol.

Je respire par à coup. Je commence à voir des étoiles. La gorge serrée, j'essaie de tirer sur le col de ma chemise qui est pourtant détaché, mais rien n'y fait. J'étouffe.

Puis, les lumières rouges virent au vert et la pression se relâche. Quelqu'un vient et ce n'est peut-être pas Mathieu...

Je me lève d'un bond et je recule vers le fond de la petite pièce. Je suis droit devant la porte, car il n'y a pas d'autre endroit pour se cacher.

La porte s'ouvre enfin et c'est le visage souriant de Mathieu qui apparaît.

— Excuse-moi pour le bruit. J'ai échappé un vase en vitre qui traînait devant les réserves. Je t'ai apporté des biscuits et un restant de tarte aux fruits qu'on a achetés vendredi pour l'anniversaire de Thérèse. J'ai aussi deux bouteilles d'eau. À te voir le teint cireux et les yeux paniqués, j'ai bien fait de t'apporter un tranquillisant. Ça va te permettre de relaxer un brin. Tiens, avale ça et mange un peu. Je vais rester ici un moment avec toi, le temps que ça fasse effet.

Il me tend une carte et m'explique comment ça fonctionne.

« Mais si tu sors d'ici, tu ne peux pas revenir en arrière. Je ne te donne pas le code de sécurité de la porte d'en haut. Je vais aussi remettre le système d'alarme en fonction. Les détecteurs de mouvements seront activés, alors si tu quittes le bunker, ce sera la police qui viendra te cueillir. »

— As-tu si peur que ça de te faire cambrioler ? demandé-je.

— Si je te dis le total de la valeur marchande du matériel qu'on trouve ici, tu vas vouloir te lancer dans le lucratif marché du recel de drogue. On ne prend pas de risque avec ça. Surtout avec les assureurs. Comme tu peux le constater, ça a son petit côté pratique. Personne ne viendra t'embêter cette nuit.

« Avale le comprimé avant que je ne te l'enfouisse dans le cul. »

Je m'exécute en prenant une longue gorgée d'eau.

« Tu sais que tu viens de me bousiller une autre de mes belles discussions avec Annabelle, toi ? »

— Tu appelles ça des discussions ? Moi, j'appelle ça de la cruauté mentale et pornographique. Épargne-moi de t'étendre sur le sujet ce soir, je t'en prie. Avec une extraterrestre au derrière, je ne pense pas trop à faire des galipettes.

— Pourtant, tu ne t'es pas gêné tantôt avec Annabelle. Je ne suis pas aveugle, tu sais.

— Arrête avec tes jalousies d'adolescent. J'ai joué la comédie. Et puis, je comprends qu'elle n'a pas pu aller prendre une douche après votre échange de langues et de fluides philosophiques.

Mathieu rigole. Je me sens mieux quand il est là. Rien à voir avec mon frère Raymond.

Mes joues s'engourdissent. Ma langue épaissit. Je baille à m'en décrocher la mâchoire. Je prends une autre gorgée d'eau pour me tenir éveillé. Je suis si fatigué que j'ai peine à avaler.

— OK, Normand, ça commence à faire effet. Étends-toi. Tu vas dormir dans quelques minutes.

Je veux protester, mais au moment d'ouvrir la bouche, je ne me rappelle plus de rien. Tous les nerfs de mon corps font la grève dès que je m'étends sur le matelas de fortune.

« Je vais partir, maintenant. Je reviens tôt demain, avant l'ouverture. On décidera de ce qu'il y a de mieux à faire à ce moment-là. Tu n'as pas à t'inquiéter. Ça va aller, Normand. Tu peux dormir sur tes deux oreilles. »

J'entends à peine ces derniers mots, mais par pur réflexe, je lui réponds du tac au tac :

— Et toi, sur ses deux seins…

C'est ma réplique classique et Mathieu ne la trouve pas drôle. Il secoue la tête et s'éloigne. Je distingue sa silhouette embrouillée lorsqu'il me fait un *bye bye* avant de fermer la porte blindée derrière lui.

Je laisse mes paupières se fermer et je plonge aussitôt dans un sommeil profond sans rêve, sans agitation et surtout sans panique.

En me réveillant, j'ai l'impression que je n'ai dormi que quelques secondes. Je réalise que je suis dans un état second, mais très reposé.

Je me demande ce qui m'a tiré de mon sommeil. Je frotte mes yeux tout en essayant de percevoir le moindre son inusité. Mais tout ce que j'entends, c'est le ronronnement de la ventilation et un cliquetis régulier qui parvient d'un des réfrigérateurs alignés sur le mur de gauche.

Je bois un peu d'eau et je grignote un biscuit. Je n'ai pas particulièrement faim, mais un coup d'œil à ma montre indique que Mathieu ne va pas tarder.

Je soulève mon corps et une douleur se fait aussitôt sentir. Le bas de mon ventre engourdi est saisi de crampes violentes. Je dois me rasseoir tant la douleur est insupportable.

Je me mets à souffler comme si je venais de courir le marathon. Je transpire et je suis pris de nausées. Je dois m'étendre, car je ne peux pas me lever. Une fois étendu sur le dos, le mal diminue. Je me tourne sur la gauche, elle est amplifiée. Je me mords le poignet, retenant à peine mes larmes.

J'entends le signal du déverrouillage de la porte. Je ferme les yeux.

Si ce n'est pas Mathieu, je suis mort.

De toute évidence, ce ne peut être que mon ami. Il se penche sur moi dès qu'il aperçoit mes grimaces de douleur. Il pose une main sur mon front brûlant. Je peux lire la panique dans ses yeux.

— Qu'est-ce qui t'arrive, Normand ? C'est ton ventre ?

Je ne peux répondre. Il me saisit par les épaules afin de m'aider à me lever. La douleur est si insoutenable que je pousse un hurlement. J'ai l'impression que les organes dans mon ventre sont en train de fondre dans de la lave en fusion.

Il me laisse doucement reposer ma tête sur l'oreiller. Une fois sur le dos, cet incendie intérieur se calme un peu, mais la douleur est quand même intenable. J'essaie de regarder ce ventre maudit, mais ce simple geste me cloue au sol.

— Tu dois te lever d'une façon ou d'une autre. Une civière ou un fauteuil roulant ne serviront à rien. Tu dois gravir ces marches coûte que coûte. Je ne peux pas te porter dans mes bras jusqu'en haut. Tu crois pouvoir te lever et marcher ?

Je transpire abondamment. Ma vision est troublée par des éclairs rouges où dansent de petits points noirs. Je lui fais signe que oui, bien que je ne sois pas du tout convaincu. J'ai l'impression d'être en train de me consumer sur place tellement cette douleur me brûle de l'intérieur. Si je bouge encore, mon cœur ne supportera peut-être pas ce nouvel effort.

Je pointe la bouteille hors de ma portée. L'eau calmera peut-être cette brûlure intérieure. Il me la présente et je tremble en tournant le bouchon. Je porte le goulot à ma bouche et je fais une prière silencieuse.

Finalement, le liquide pénètre dans ma gorge sèche. La douleur diminue en quelques secondes. La sensation de brûlure s'atténue. Je bouge un peu, certain que les brûlements reprendront dès que mon ventre sera sollicité. Mais il n'en est rien. Je ressens tout de même un serrement au niveau de ma vessie, comme si j'étais constipé.

Mathieu me tend la main et je me retrouve à moitié assis. Le tiraillement, bien qu'encore douloureux, n'est en rien comme les secondes précédentes. Mais puis-je me fier à cette accalmie ? Que m'arrivera-t-il si cette douleur revient au milieu de l'ascension de l'escalier ?

Je bois une autre gorgée d'eau. Je me sens mieux, mais tous les nerfs de mon corps sont tendus, prêts à affronter une nouvelle vague de contractions.

— Ça va, dis-je essuyant la transpiration sur mon front. Qu'est-ce qui s'est passé à ton avis ? Est-ce que c'est une réaction au tranquillisant que tu m'as donné ou bien est-ce que je suis sur le point d'accoucher ? Si c'est le cas, je t'avertis tout de suite, je ne passerai pas douze heures avec ces contractions. Mon cœur ne répondra pas à la demande, c'est garanti.

Mathieu me tire vers lui en douceur. Je me retrouve sur les jambes avec un léger vertige en prime. Je tremble comme une feuille morte au bout d'une branche ballottée au grand vent.

Je me sens si faible que j'ai l'impression de m'être vidé de mon énergie vitale. Cet état n'a rien à voir avec ce que je ressentais il y a quelques minutes.

Je touche mon ventre qui est plus gonflé qu'à l'habitude. Soudain, je sens du mouvement là-dessous. Je retire ma main en vitesse, l'air dégoûté.

— Merde. Ils sont bien vivantes ces petites salopes de planètes ! dis-je.

Mathieu ne sait visiblement pas quoi répondre. Je vois bien à son regard qu'il désespère de trouver une solution à mon problème, mais qu'il préfère se taire.

— Il faut monter avant que les portes de la clinique n'ouvrent, enchaîne-t-il en posant une main sous mon bras. Je vais t'installer dans la salle de chirurgie. Je n'ai rien de prévu à l'horaire aujourd'hui, mais je vais tout de même donner des instructions pour qu'on ne l'utilise pas. En cas d'urgence, on redirigera les patients vers un hôpital de la Rive-Sud ou à Montréal.

Je voudrais bien le remercier pour sa sollicitude, mais je me sens glisser vers un autre état de découragement pas très rassurant.

« J'ai déjà ma petite idée du traitement que je vais utiliser. Sinon, on fait une chirurgie et on enlève carrément la vessie. Mais ça, ça devra se faire dans une vraie salle d'opération avec des experts. Ce n'est pas du tout ma spécialité. Et ça, ça va ouvrir la vanne des mille questions sans réponses... »

J'ai envie de lui dire de laisser tomber. Je sais que je vais mourir, quel que soit le type d'intervention qu'il souhaiterait pour moi.

J'admire son calme presque religieux. Peut-être qu'il pense la même chose que moi, mais qu'il n'ose pas le partager.

Il glisse la carte dans le lecteur et ouvre la porte.

Nous montons les marches une à une sans nous presser. J'ai encore des élancements dans le ventre, mais c'est beaucoup plus endurable qu'au réveil. Peut-être que mes petits astéroïdes avaient soif, après tout — si tant est qu'ils puissent s'abreuver d'eau.

Une fois arrivé sur le palier, Mathieu déverrouille la seconde porte du rez-de-chaussée et me guide vers la salle de chirurgie.

Les corridors sont chauds et nos pas sont étouffés par l'épaisse moquette, ce qu'on ne voit pas dans les hôpitaux de nos jours. Par contre, la salle de chirurgie est plus froide, impersonnelle. On y retrouve des équipements modernes dont j'ignore l'usage, mais qui me rassurent. Je suis même surpris de voir une pièce surélevée et vitrée de laquelle des personnes pourraient observer l'opération. Je me sens comme dans une école de médecine. Mais je suis heureux de savoir que nous ne sommes que deux à vivre cette expérience pour le moins inusitée.

La table d'opération est digne d'un film de science-fiction avec Tom Cruise. Le lit descend en douceur devant moi lorsque Mathieu appuie sur le bouton de la télécommande. Il m'invite à me déshabiller et à mettre la fameuse jaquette bleue d'hôpital.

J'aurais des tas de questions à lui poser, mais le temps est compté. Le sablier de mon destin vient d'être tourné pour une dernière fois.

Je me déshabille alors qu'il dispose tous les bidules nécessaires autour de nous.

Je m'assois sur le lit et il m'aide à m'allonger.

— Comment te sens-tu maintenant ? Je ne veux pas débuter le traitement si tu as des douleurs extrêmes ou de violents étourdissements comme tantôt.

Je le rassure. La douleur est presque disparue et je me sens mieux.

— Qu'on commence si on veut en finir, dis-je sans enthousiasme. Je n'ai pas envie que ce mauvais rêve perdure ou s'éternise sur des semaines. Si j'ai à vivre une grossesse comme celle-là tout en sachant que je vais mourir au bout du compte, je préfère mourir tout de suite. Et tant pis pour les milliers d'étoiles de la belle Céleste.

Il m'injecte un antispasmodique et attend quelques minutes afin de s'assurer que le produit ne provoque pas une autre crise.

Il passe ensuite un coup de fil à la préposée de l'accueil afin qu'elle fasse le message aux autres médecins que la salle d'intervention ne sera pas disponible durant l'avant-midi. Il spécifie qu'on ne le dérange pas pour quelque raison que ce soit.

— Et reportez mes rendez-vous de la matinée à jeudi prochain. Modifierez mon calendrier en conséquence.

Je le regarde donner ses instructions avec le sérieux que je lui connais. Je sais qu'il est inquiet pour ma santé, mais il ne se laissera pas abattre. Tout un changement par rapport avec ce que j'ai vu quelques jours plus tôt. C'est comme si son cancer n'avait jamais existé.

« OK, on va commencer un traitement par intraveineuse en t'injectant un produit dont on se sert pour dissoudre les calculs dans la vessie. On ne peut qu'espérer que ces pierres réagissent au médicament. »

Il se déplace vers le lavabo. Il se savonne les mains soigneusement et enfile des gants en latex.

J'ai envie de lui dire de laisser tomber les bonnes manières, mais il est désormais concentré dans ses manœuvres et le déranger augurerait mal au début du traitement. Il revient après avoir revêtu sa blouse et ajusté un masque sur son visage.

Il me cite des noms de produits et leurs effets, mais je n'en ai rien à cirer. C'est trop compliqué pour moi de toute façon.

Tandis qu'il m'explique ces choses, il sort un sac scellé sous vide d'un tiroir duquel il extrait des aiguilles, des seringues, des tubes et toutes sortes d'accessoires qui embrouillent ma vue.

Il poursuit son monologue de scientifique perdu dans ses pensées, sans trop s'occuper de ma déconfiture.

Je ferme les yeux en cherchant dans quelque coin de ma mémoire une prière pour me rassurer à défaut d'être entendue.

— Je vais faire ça dans les règles, mais j'ignore comment ça va tourner. D'habitude, on donne ça par intraveineuse et ça s'évacue par les voies normales. On n'a pas vraiment le temps d'attendre. Avec ce que j'ai vu hier, je suis convaincu que nous n'avons qu'une petite fenêtre d'intervention avant que ce processus ne soit irréversible. Je vais te faire une nouvelle cystoscopie dans une heure ou deux. Si les résultats sont positifs, on fera davantage de tests. Si on trouve des résidus, on devra peut-être répéter le traitement ou faire un peu de ménage manuel avec d'autres instruments. Je ne crois pas que l'opération sera nécessaire à ce moment-là. Jusque là, ça te convient ?

Il n'a pas besoin de me faire un dessin. Je n'ai pas le plaisir d'être de l'autre côté du bistouri. C'est facile à dire pour lui, mais quand on est couché sur une table d'opération et que notre meilleur ami nous annonce des trucs pareils, il n'y a qu'un pas pour passer du réconfort des derniers mots à la panique générale.

Je ravale ma salive et j'acquiesce.

— Et si ça ne fonctionne pas, qu'est-ce qui va arriver ? Et si tout à coup, ces petits astéroïdes se mettaient à cramer ou me déchiraient le ventre pour sortir en vrille en défonçant le plafond de ta clinique, qu'est-ce que tu proposes de faire ?

— Je n'ai aucune espèce d'idée, mon vieux. Je vais improviser, je suppose. Je vais faire tout ce qui est en mon possible pour que tu ne souffres pas. Mais ça n'arrivera pas. J'ai comme un bon *feeling*.

Je ne sais si vous êtes comme moi, mais un médecin qui se fie à son intuition, c'est ce qu'il y a de moins rassurant à entendre. Si je n'étais pas aussi certain d'y laisser ma peau en m'enfuyant de ce lit, je l'enverrais promener sans gêne, ami ou pas.

— Promets-moi, dis-je la gorge nouée, promets-moi de ne pas hésiter si ça tourne vraiment mal. Je ne veux pas que tu t'acharnes sur moi. Le but, c'est de les détruire avant de me tuer. Si j'en meurs quand même, et bien, tu auras tout essayé et je ne t'en voudrai pas. Je ne reviendrai pas vous hanter, toi et Annabelle. Je resterai sagement silencieux sous le lit de votre chambre à coucher pour l'éternité.

Je remarque ses yeux inondés de larmes. Le pauvre ne sait jamais à quoi s'attendre avec toutes ces inepties qui sortent de ma bouche.

— Tu n'en manques pas une, Norm, dit-il en reniflant. Ne t'inquiète pas. Tu me connais. Je ne suis pas pour l'acharnement. Mais je dois avouer que pour un ami comme toi, c'est sacrément difficile à faire. Tu me places dans une situation compliquée, mais en regard des circonstances, je ne ferai qu'appliquer le protocole sans plus.

Je le remercie pour son amitié. Je l'observe un long moment alors qu'il prépare l'intraveineuse. Il tremble un peu et je trouve qu'il fait pitié. S'il savait combien je l'aime, ce vieux maniaque de la santé préventive. Honnêtement, je n'oserais jamais revenir les hanter, si une telle chose était possible. Il mérite tout le respect qu'on doit à un grand homme.

Il n'est pas parfait, loin de là. Peut-être que sa femme le croit sans défauts, mais que serait un ami sans quelques imperfections à son dossier. Cela ne m'empêche pas de l'admirer.

En matière de défaut, je le bats à plate couture. Même s'il n'en a pas des tonnes, il les assume pleinement. C'est le genre à corriger le tir au fur et à mesure qu'il s'en rend compte. Il travaille sur lui à travers la méditation en pleine conscience et c'est un adepte du tai-chi, une discipline à la fois physique et mentale — comme le yoga, mais avec l'esprit combatif des sports comme le karaté ou le judo. Et je sais très bien qu'il fera le nécessaire non seulement pour m'éviter de souffrir inutilement, mais dans l'intérêt de l'humanité, en considérant ce qui se prépare tout en bas de mon nombril.

Je n'exagère pas lorsque j'affirme qu'il est vu comme une sorte de Mère Teresa dans notre coin de pays. Pour lui, aider un corps à reprendre sa vie là où on croit que tout a été tenté, c'est une mission cruciale. C'est aussi important, sinon prioritaire, que d'essayer de sauver un pays de la disette quand tous les convois d'aide humanitaire sont saisis et que leur contenu est revendu au triple du prix sans que personne ne reçoive l'aide prévue de ces organismes. C'est une bien triste réalité, mais comme il le dit si bien : « Pourquoi chercher à soigner le mal de l'autre côté de l'océan quand la souffrance se vit tous les jours ici même. On a tendance à fermer les yeux lorsqu'il s'agit de la misère humaine tout près de chez nous ».

Il me fait signe que l'opération va commencer. Il applique les capteurs sur ma poitrine et sur mon ventre avec de la gélatine et du ruban. Il met les moniteurs sous tension et fait quelques ajustements. Il approche maintenant de moi avec une aiguille :

— S'il y a quelque chose qui ne te semble pas normal, quoi que ce soit, tu me le fais savoir tout de suite et j'arrête tout. Je vais insérer l'aiguille dans ta veine et le produit va lentement circuler en toi. Au début, ça va certainement brûler, mais ça ne devrait pas être insupportable. Ensuite, tu vas sentir une chaleur surtout du bas du ventre. Comme j'ignore si les calculs… les pierres sont comme ceux qu'on retrouve dans une vessie humaine, je ne sais pas quelle sera la réaction. À ce que je sache, ces planètes ne sont pas vivantes comme des embryons. De toute façon, les moniteurs suivront ça de près. En passant, je dois t'insérer une sonde urinaire. Rien de bien agréable, mais c'est nécessaire pour, disons, évacuer, s'il y a lieu. Tu es prêt ?

Je ferme les yeux en signe d'assentiment. Est-on jamais prêt à plonger dans le vide ? Je lui laisse tout cela entre les mains. C'est tout comme si nous partions en expédition dans la jungle amazonienne avec notre intuition pour seul guide. On ne risque pas de se rendre bien loin avant d'être perdus.

Il pique l'aiguille sous ma peau sans montrer de nervosité. Il tourne les valves et le liquide tombe goutte à goutte dans le tube jusque dans mon bras. Il s'affaire ensuite à insérer la sonde, mais je décide de ne pas regarder la manœuvre pour éviter de m'enfuir en hurlant.

Je préfère suivre la trajectoire de la première goutte, poussée ensuite par les suivantes. Puis, le produit circule dans le tuyau vert semi-transparent et se perd derrière le ruban qui cache l'aiguille. Je compte les gouttes, mais je suis tellement nerveux que je dois recommencer plus d'une fois.

Une légère sensation de brûlure s'immisce en moi. Je la sens courir le long de mon bras puis passer mon épaule. Je frissonne.

Le produit chimique se rendra bientôt là où ces petites formes solides tournoient sans me déranger, du moins pour le moment. J'appréhende le pire.

Une minute passe, puis une autre. La chaleur disparaît peu à peu. Dans combien de temps le produit fera-t-il effet ? Une heure ? Un jour ? Il m'est insupportable que d'attendre de la sorte. Chaque seconde qui s'écoule, comme le fait le liquide sans bruit, m'impatiente. Une minute qui passe est une éternité dans l'attente d'un choc. Alors, envisager une heure, c'est une torture. Je suis à la fois frustré et terrifié.

Pourquoi me suis-je fourré dans ce pétrin ?

Tout ceci ne serait jamais arrivé si j'avais cessé de boire dès que Mathieu a découvert ma tendance à me réfugier derrière les vapeurs de l'alcool. Dire que c'est la faute de mes parents, de leur mort stupide ou encore celle d'Audrée est une excuse de lâche. Je croyais avoir trouvé une raison de m'accrocher à la vie avec l'arrivée de cette femme qui m'a jeté comme un vieux torchon dès que j'ai manifesté le moindre signe de faiblesse.

Et comment ai-je répondu à cet affront ? Par le gin et la complainte du *fuck* en Alaska dans un bar minable. Qu'est-ce que j'avais à m'accrocher à cette petite putain de bas étage ? M'a-t-elle jeté un sort pour que j'en vienne autant à me détester et vouloir noyer ma peine dans la boisson ?

La perspective burlesque de mourir en donnant naissance à une galaxie me tue davantage, non seulement physiquement, mais mentalement. Me voilà qui attends, comme un idiot, égrainant chaque seconde comme un chapelet de bêtises que je me raconte, histoire de me donner un semblant d'absolution à ma folie.

Je décide d'abandonner l'observation du liquide pour me concentrer sur les moniteurs. Je sais que je n'arriverai pas à comprendre la moindre variation dans les chiffres qui défilent devant mes yeux. Mais au moins, je ne compte plus les secondes dans l'attente de la mort. La mienne ou celle de cet univers en moi.

Une ligne verte zigzague sur un fond noir. Elle est confuse. Ce doivent être les battements de mon cœur. Des chiffres augmentent et diminuent dans un concert de *bips-bips* et de clignotements.

Et si c'était mon cœur qui s'arrêtait de battre, est-ce que j'aurai le temps de voir la ligne s'aplatir sous mes yeux ?

Je prends conscience que mon cœur bat trop vite. Je tente de me calmer un peu en respirant profondément. Les gouttes continuent de se frayer un chemin dans le tuyau transparent. Je ne ressens plus de chaleur. Peut-être que le médicament ne fonctionne pas. Ou il a été éventé.

Je suis si fatigué, si las que j'ai envie de me laisser aller à dormir, mais je veux demeurer alerte. Comme si je voulais absolument être témoin de quelque chose. Je ne veux pas sortir d'un cauchemar pour entrer dans un autre et y demeurer.

Et pourtant mes paupières sont si lourdes. Si lourdes.

Le chemin lumineux sur lequel je m'engage mène tout droit vers le dénouement de cette longue épreuve. Je la perçois la libération de toute cette séquence de douleurs entremêlée d'une joie inextricable.

Je me sens plongé dans des eaux chaudes qui m'enveloppent et me bercent. Je n'ai plus envie de respirer. Cela me semble superflu. Je me laisse porter par le courant.

Je sais que j'ai les yeux fermés et pourtant je vois, dans ce bleu profond, des formes qui dansent autour de moi. Ce ne sont pas des astéroïdes, mais plutôt des masses en mouvance aux allures de vivant. Elles tournoient sur elles-mêmes et me frôlent au passage comme pour m'agacer. Je tends une main pour toucher l'une d'entre elles, mais ce geste les éloigne.

Comme toutes mes douleurs me semblent si loin, maintenant. Ce poids incommensurable qui m'écrasait sans fin est dilué dans cet océan où je baigne sans la moindre peur.

Curieusement, je me dis que si je respire, je vais mourir. C'est probablement le cas. Alors, je me laisse porter par le courant qui, en fait, ne fait que me faire tourner sur moi-même.

En observant cette beauté, je constate que tout ce que Céleste m'a révélé est réalisable. Je suis en train de me fondre à cet univers qui se crée en moi.

En regard de cet endroit, ma vie n'est qu'éphémère. Elle n'est qu'un infime grain de sable dans une immense plage étendue à l'infini. Nous sommes bien peu de choses dans ce grand cirque d'énergie. Je voudrais me laisser aller et en finir avec cette vie inutile que je mène depuis plus de quarante ans. Pourquoi en effet me complairais-je à n'être qu'une simple particule ?

Et pourtant, quelque chose me retient. Cette petite voix me répète sans cesse que chacune de ces particules de l'univers, la mienne ou celle de n'importe quelle entité et non entité, joue un rôle crucial dans cette comédie cosmique.

Je me rappelle le célèbre film du temps des Fêtes avec James Stewart. C'est l'histoire de Georges Bailey, un homme désespéré qui veut mettre fin à ses jours à la suite d'une série de mauvaises décisions. Il est convaincu que sa vie ne vaut plus la peine d'être vécue.

Au moment de se jeter dans les eaux glacées, il entend des cris de détresse. Plutôt que de mettre son projet à exécution, il saute à l'eau pour sauver l'homme qui est sur le point de se noyer. L'homme lui en est reconnaissant et lui dit qu'il serait mort sans son aide. Mais Bailey n'entend pas cette remarque et lui raconte ses malheurs. Le rescapé lui demande alors ce qu'aurait été le monde sans sa présence sur Terre. L'autre lui répond que ça n'aurait rien changé.

Ainsi débute cette merveilleuse allégorie où on découvre à quel point notre passage dans cette vie a un impact sur toutes les personnes qui nous côtoient de près ou de loin.

Je redeviens humain sans m'en rendre compte. La peur revient me hanter.

Les eaux deviennent plus denses et la lumière qui éclairait les formes s'éteint. Je cherche à respirer et la douleur s'installe de nouveau en moi.

C'est la voix de Mathieu — et non pas celle de l'ange de George Bailey — qui me tire de la spirale dans laquelle je me suis laissé aspirer jusqu'au dernier moment.

Je vois d'abord apparaître son ombre au-dessus de moi.

Il soulève mes paupières, prend mon pouls et retire l'aiguille de mon bras. Il dépose une serviette mouillée sur mon front. Il me rassure.

Je suis réveillé, mais je ne réagis pas. Je suis engourdi. Je me trouve encore sur ce nuage de béatitude qui a laissé des traces d'éternité au fond de moi.

Peu à peu, les douleurs me ramènent à la réalité.

Je perçois toujours des mouvements dans mon ventre. Je transpire.

Cette fois la douleur m'assaille tel un couteau et elle m'arrache un cri.

— Respire, me dit-il. Tout va bien. Relaxe.

Facile à dire quand tu as l'impression d'avoir une bûche en flamme au milieu du ventre et de tes chairs exposées.

« La médication fait effet. J'ai noté des résidus dans ton urine. Ce peut être autre chose. Comme de vrais calculs. Je vais pratiquer une cystoscopie afin m'en assurer. J'ai arrêté le traitement. C'était une dose un peu trop agressive. Excuse-moi de ne pas t'en avoir averti, mais je ne voulais pas courir le risque. »

Je n'ai que faire de ses excuses. Il a fait son travail de son mieux dans les circonstances. Un autre médecin aurait peut-être mis la moitié de la dose, de peur de tout faire foirer.

Il prépare le matériel et remplace le tube par un autre avec la dextérité d'un chef d'orchestre.

Je ne peux pas voir le moniteur, mais mon ami est concentré sur les images. Je ne peux pas lire ce que signifie la grimace sur son visage.

— Et puis, tu vois quelque chose ? demandé-je enfin en ne cachant pas mon impatience.

Mathieu soupire.

— J'en vois quatre. Ils bougent toujours. Et ils ont grossi. J'essaie de me faire une idée, mais l'image est floue à cause du mouvement. S'ils pouvaient se calmer un peu.

Il parle de ces cailloux comme si c'était des fœtus. Je serre les dents.

Je voudrais pouvoir entrer les mains dans mon ventre et les en extirper. Ça ne prendrait pas beaucoup de temps, je vous le jure.

Il déplace l'écran afin que je puisse voir. L'image est embrouillée. Je distingue des traits en mouvement sur l'écran, mais ils s'effacent puis réapparaissent au bout d'une demi-seconde.

J'en ai mal à en hurler, mais je serre les dents. Mal à l'âme, mal dans mes tripes. Mes cris ne me soulageront pas plus que mon silence. Je pleure.

— Es-tu à prêt recommencer avec une dernière dose ? Ça semble faire effet. C'est minime, mais c'est mieux que rien. Je vais rester auprès de toi. Je vais quand même envoyer ça au laboratoire pour des analyses.

Il pointe le sac d'urine aux teintes ambrées.

— Fais ce que tu penses qui est le mieux, Mathieu. Si ça fonctionne, je te paye deux bières, dis-je en essayant de sourire à travers mes larmes.

— Tu es vraiment l'être le plus pingre que je connaisse. Va pour la bière, mais après cette aventure, ne compte pas sur moi pour te tirer des griffes d'extraterrestres ou de morts-vivants. J'en ai ma claque. Je préfère de loin traiter des varices de femmes ménopausées.

— Tu as quand même été guéri de ton cancer, non ?

— Seuls les tests le confirmeront. Pour l'heure, je me sens bien, mais ce n'est peut-être qu'une illusion.

On fait une belle paire tous les deux. Ça me rappelle le duo Laurel et Hardy. Je suis le maigrichon pas très brillant et il est l'ourson grassouillet qui me réprimande à tout moment. Sauf qu'on vit tous les deux dans l'attente d'un sursis, sans trop savoir s'il viendra et pour combien de temps il tiendra.

Il s'affaire à retirer le matériel de cystoscopie et réinsère le tube de la sonde.

J'ignore quel sera l'état de ma virilité après ce jeu de tubes, mais ça ne sera pas la fête pour un bon bout de temps.

« Je remets l'aiguille. J'ouvre la valve… »

Je le regarde. Il a les yeux inondés de larmes lui aussi.

Il sait qu'il joue avec la vie et la mort, la mienne comme celle de ces choses qui gravitent en moi.

Le temps et l'espace se jouent de nous. Comme si nous étions entrés de plein fouet dans une quatrième dimension.

Il me prend une main et me parle. Il me raconte son enfance. De ses premiers amours et de celui qu'il vit avec Annabelle.

Je me laisse porter par ses paroles. Je sais que chaque minute écoulée est un cadeau autant pour moi que pour lui. Elles sont précieuses, comme peuvent l'être les diamants, gravées pour toujours dans la trame de notre temps commun.

Le moniteur où je voyais tantôt ces étranges courbes floues est vide. Les autres écrans projettent des lueurs vertes et bleues dans la pièce froide.

A-t-il peur comme moi ? Est-ce à cause de la vie de ces formes qui grouillent en moi ou de ma mort prochaine ? Qu'est-ce qui se passe dans sa tête de scientifique quand on lui parle du chaos de l'infini petit et celui des univers qui défient notre imaginaire ?

L'amour est un mystère. Tout comme la vie, multipliée par des milliards. La science, bien qu'organisée, pensée et vérifiée par des faits, des chiffres et des expériences, n'est qu'un faible balbutiement dans ce creuset de la vie et de la mort de nos univers. En perdre le contrôle signifie-t-il que la vie est un échec ?

Je souhaiterais qu'il ne se cache pas derrière ces souvenirs qu'il me raconte. Il roule sur cette voie d'évitement parce que ce qui se trouve au centre de ses préoccupations est trop flou et sort de l'entendement.

Il demeure attentif à tous les signes, mais c'est là sa limite. La métaphysique n'a pas sa place ici. En tout cas, pas pour le moment.

Je l'écoute et je souris. Je pleure encore.

Il ne cherche pas à me réconforter mais à occuper le vide imprégné de terreur qui m'habite.

À deux reprises, je ferme mes paupières un plus longtemps que la normale. Il serre ma main et passe la serviette sur mon front. Il parle plus fort pour me garder près de lui.

La douleur est toujours présente, mais plus sourde. Cette accalmie m'engourdit. Je ne sens plus de mouvements dans mon ventre. Peut-être depuis dix minutes tout au plus.

Je le lui signale. Il regarde le sac où s'accumule mon urine. Il hoche la tête de haut en bas.

— Je vais te faire une nouvelle cystoscopie. Après, ça va être notre *call* à tous les deux. Ou on arrête tout ou on recommence jusqu'à ce qu'il n'y ait plus rien.

J'acquiesce. Il s'affaire à tout débrancher et à remettre en place le matériel pour sa nouvelle enquête dans ma vessie.

Je regarde l'écran s'illuminer alors qu'il manœuvre les outils. D'après ce que je peux voir, un seul trait foncé se déplace de manière anarchique, comme s'il se cherchait une gravité. Rien d'autre ne bouge dans ce secteur.

— Il semble que la médication ait fait son effet, dit-il enfin en esquissant un sourire qui me fait revivre.

— Ou ces petits astéroïdes se sont cachés ailleurs, dis-je autant pour moi que pour lui. Il y a un tas d'autres endroits confortables là-dedans.

— C'est ce que je veux dire par notre *call*. Si tu crois comme moi qu'ils sont dilués, il faudra décider si on arrête tout ou si on finit le traitement par une autre dose. D'habitude, il faut plusieurs heures sinon des jours pour que la dissolution se fasse complètement. Là, je dois t'avouer que ça tient du miracle. Comme ce ne sont pas des calculs qui se sont formés au fil du temps, leur relative jeunesse a joué contre eux. On peut aussi attendre quelques jours et t'enlever la vessie. À ce moment-là, il faut passer par tous les protocoles d'usage. Je ne peux pas contourner les règles à ce niveau-là.

Il fait une pause, comme s'il était responsable de prendre cette décision pour moi.

« Évidemment, il y a toujours cette possibilité que Céleste se manifeste à tout moment. Et qui sait ce qu'elle fera en découvrant que nous avons saboté leur plan d'expansion de l'univers. »

Je garde le silence, les yeux fixés au plafond. Je ne sais pas ce que je dois faire.

Attendre ou agir maintenant ne changera rien à la menace de cette touriste sexuelle venue de l'espace.

Que cherchera-t-elle à faire de moi ? M'enlever ? M'inséminer à nouveau ? Me tuer ? Quel est le but ultime de cette machination ? Mettre au monde un nouvel univers ? Pourquoi ? Pourquoi moi ?

Ce sont de troublantes questions pour le simple mortel que je suis.

Cette inquiétude m'habite et me glace les veines.

Je ne sais trop si les mots que je vais prononcer vont sceller mon destin, mais je me lance du haut de cette falaise aux hauteurs vertigineuses :

— On va attendre un peu. Quand le dernier truc cessera de bouger, on saura que le traitement a vraiment fonctionné jusqu'au bout. Laisse tout ça en place. Je trouve ça fascinant de le regarder virevolter comme ça.

Il ouvre la bouche pour me dire quelque chose, mais il hausse les épaules en déposant une couverture sur mon corps. Il a remarqué que je frissonnais avant que je ne le réalise moi-même.

— Si tu me dis que tu n'as plus de douleurs et que tu te sens mieux, je ne peux que m'en féliciter. Je vais garder un œil sur toi si tu me promets de rester sage. Tu voudrais manger quelque chose ? Tu dois être affamé. Je vais aller porter les échantillons d'urine au laboratoire et revenir avec un peu de quoi te soutenir. Tu me sembles pâle.

— Oh, c'est normal. Je viens seulement de dissoudre une poignée de planètes dans ma vessie et j'ai une peur bleue que Céleste vienne me dévorer tout cru. Alors, entre toi et moi, la faim, c'est le moindre de mes soucis.

Il sourit. Il pose une main sur mon front :

— Tu es très courageux Normand. Je t'admire. Peut-être que je me trompe, mais tu n'as pas l'air d'un gars qui a besoin d'un *drink*...

— Et encore moins d'une Audrée ou d'une Céleste ! J'en ai ma claque de me laisser emporter par des amours qui échouent sur des récifs acérés. Je ne sais pas si c'est un coup du destin, mais j'ai l'intention de tourner la page à la suite de ces événements. J'en tire une bonne leçon, crois-moi.

« Dire qu'il y a des gens qui passent leur vie à aller dans des rencontres des AA ou chez un psy pour se laver de leurs péchés alcoolisés. Je devrais peut-être me démarrer une *business* avec Céleste afin de les aider dans leur démarche de façon plus dramatique, mais efficace. »

Mathieu ne réplique pas. Il sait que je blague. C'est le seul moyen que je puisse trouver pour m'éviter de crier mon désespoir de voir enfin toute cette folie disparaître de ma vie une fois pour toutes.

Il est curieux de constater qu'il y ait autant de clarté dans ma tête par rapport à la vie tout en étant complètement submergé par la peur du moment présent et de mon avenir plus qu'incertain. C'est comme si, au terme de mon existence, je réalisais ce qu'était la vie et la mort et qu'en même temps je plongeais vers le néant – si tant est que la mort soit un néant, ce dont je doute.

Il valide que tout est en ordre, incluant la prise de mon pouls et l'ajustement des capteurs sur mon ventre et ma poitrine. Il pose sa main sur mon front et inspire à fond.

— Je reviens dans une dizaine de minutes. S'il y a quoi que ce soit, tu appuies sur le bouton, juste ici.

J'ai envie de lui demander ce qu'il pourrait m'arriver, mais je connais à peu près toutes les réponses possibles alors je m'abstiens.

— Si tu insistes pour la bouffe, une poutine au porc effiloché et une *root beer* glacée seraient l'idéal.

Il s'éloigne en étouffant un rire.

Je me retrouve seul dans cette pièce froide. Je ne sais pas si je dois me sentir soulagé de la présumée disparition des corps étrangers de ma vessie. J'ai été tellement secoué au cours des derniers jours que mes nerfs ne répondent plus. La fatigue m'a rattrapé. J'observe l'éclairage du plafond. Je ferme les paupières à moitié, ne laissant filtrer qu'un peu de lumière. Le vrombissement des conduites d'aération me ramène en arrière, dans cette période de ma vie où je n'étais qu'un petit garçon à l'esprit rempli d'aventures.

Un jour, je devais avoir quatre ou cinq ans, car je ne fréquentais pas encore l'école, j'ai enfourché ma bicyclette pour aller au-delà des limites permises par mes parents.

Au-delà de la voie ferrée, j'ai roulé sur le trottoir le long de deux pâtés de maisons. Le dernier pâté était constitué de bâtisses récemment construites. Certaines n'étaient même pas terminées. Ça sentait le bois frais coupé, le goudron et la boue du printemps.

J'étais fasciné de voir qu'on pouvait bâtir des maisons aussi solides avec des bouts de bois et des clous. À cette époque, je voulais devenir un constructeur de maisons, au même titre que policier, pompier ou un super héros. Le classique jeu de rôle des enfants à la découverte du monde.

Au-delà de la route fraîchement pavée, il n'y avait rien d'autre que des arbres et un sentier sinueux de terre battue à travers les champs. J'étais certain que ce chemin me mènerait tout droit au bout de la Terre.

Dans mon esprit d'aventurier invincible, le monde était plat et il se limitait à mon petit quartier. Au bout de ce chemin, derrière la rangée d'arbres, un grand précipice offrirait une vue imprenable sur un ciel bleu infini du vide. Je m'imaginais au pied de cette falaise, les bras tendus, fier d'avoir découvert le secret du monde. Je me suis donc engagé sur ce petit sentier dans l'idée de m'y rendre pour le prouver.

Mais à peine après avoir franchi quelques mètres, j'ai été surpris par une nuée de sauterelles qui virevoltaient dans tous les sens. Il y en avait des milliers.

Ce jour-là, la température frôlait les quarante degrés. L'air était lourd d'humidité et le vent presque nul. Le ciel bleu était parsemé de nuages d'un blanc poisseux. C'était le genre de journée où tout le monde était assis sous un parasol en train de boire un verre de limonade pour se rafraîchir le corps.

En voyant ce nuage de sauterelles, j'ai été pris de panique. J'ai gardé ma bouche fermée de peur qu'un de ces monstrueux insectes ne tente de s'infiltrer dans ma gorge. J'ai arrêté de respirer pour la même raison. C'était comme une pluie de brindilles vivantes. J'en avais partout sur moi. Elles ne restaient pas longtemps accrochées à ma peau et à mes vêtements. J'ai eu le temps de voir combien ces insectes sont laids avec leurs grandes échasses, leurs yeux globuleux et leur horrible couleur ver-de-gris.

Puis, j'ai perdu l'équilibre. Je suis tombé de mon vélo, à plat ventre au milieu des longues herbes jaunies par la sécheresse. Une autre nuée de sauterelles a alors obscurci le ciel.

Je pleurais, certain que j'allais être bouffé par ces monstres venus de l'espace.

Je me suis tourné sur le dos et j'ai agité mes mains de tous les côtés pour les chasser de ma vue. Au bout d'un moment, quand j'ai réalisé qu'elles ne se souciaient aucunement de ma présence, j'ai cessé de gigoter.

Je suis demeuré là à essayer de tempérer ma peur, renflouant mes reniflements. J'ai concentré mon regard sur les milliers de traits noirs qui égratignaient le ciel, en créant cette espèce de ballet ordonné à travers l'apparent chaos.

Peu à peu, les insectes se calmèrent. Le ciel retrouva sa toile bucolique de paix. Le temps s'est arrêté.

J'entendis le murmure des brins d'herbe tout comme le frottis des pattes des sauterelles. Je gardai les yeux grands ouverts, fixés sur le bleu froissé du ciel.

De mon point de vue, je voyais les hautes herbes valser en douceur. Les insectes mangeaient les fibres encore vivantes. Je les entendais mastiquer. C'était magique.

J'ai été ému, car la nature me tenait la main et me donnait un aperçu de ce que la vie pouvait m'apporter en découvertes fascinantes.

Alors que j'étais étendu là, immobile, j'ai gardé mes yeux à moitié ouverts et je percevais la lumière intense du soleil à travers un léger brouillard de nuages chargés d'humidité. Je me suis senti soulevé vers cette lumière. Absorbé.

Peu de gens peuvent se vanter d'avoir connu un moment d'une telle intensité dans leur jeunesse. Ça a peut-être duré une courte minute ou davantage, je ne sais pas, mais j'étais au paradis.

J'ai bougé un peu et les petits mangeurs d'herbe n'ont pas aimé ça. Ils se sont aussitôt remis à faire du vol plané autour de moi.

Les bruits du quotidien reprirent leur place dans ma réalité. Une portière de voiture claquée, un chien qui jappait, un oiseau qui se chamaillait avec son voisin de nid.

J'étais de retour sur terre et heureux de l'être.

Je me suis levé parmi ces folles envolées désordonnées et j'ai enfourché ma bicyclette pour ensuite m'en retourner calmement vers la maison.

Ma mère, inquiète de m'avoir perdu de vue plus d'une heure, exigea des explications à la vue de mon corps recouvert de brindilles d'herbe et de boules piquantes arrachées à la bardane.

Je lui ai répondu : « Au Paradis, *m'man* ! »

— Ça n'existe pas le Paradis, Normand…

Sur le coup, je ne l'ai pas crue.

Et, le soir même, mon père me rappela ce que pouvait être l'enfer en me chauffant les fesses !

Plus tard, j'ai réalisé avoir oublié à quel point il est important de considérer chacun des moments de notre vie sur terre comme ce cadeau magique qui vient du Paradis. Je n'ai pas su comment m'en servir et j'ai tout gâché.

Après être entrée dans le monde des adultes sans grand succès, cette épiphanie de ma jeunesse s'est retrouvée sur une tablette poussiéreuse de ma mémoire. Je réalise aujourd'hui à quel point j'ai été chanceux de vivre ce moment-là.

Je cligne des yeux. Mathieu est de retour à mes côtés. Il me sourit.

— Tu as l'air d'un gars heureux, je me trompe ?

Il n'a pas tout à fait tort. Je sors de ce souvenir avec l'air d'un saint béatifié.

Comme si ses dernières paroles signent la fin d'un acte dans une pièce de théâtre, il tapote mon épaule et me fait signe de jeter un coup d'œil au moniteur.

L'écran n'affiche plus de mouvements. Le brouillard des pixels est tout ce qu'il y a de plus stable. Il déplace le curseur tout en ajustant ses outils et je vois son visage s'illuminer.

— Je crois qu'on peut dire que tu es libéré de tes petits visiteurs, mon cher. Comment te sens-tu maintenant ?

À part le mal de tête à l'image d'un bélier qui cogne de chaque côté de mes tempes, je ne sens plus de douleurs dans mon ventre. Je tâtonne, à la recherche d'un élancement, et je le regarde avec un sourire sincère :

— Je vais te devoir plus qu'une bière, mon vieux. Tu as accompli un miracle, Mat. Je ne saurai jamais comment te remercier.

Il se frotte les mains avec autant de plaisir que j'ai à me tâter la bedaine.

— En allant faire cette cure de désintoxication une fois pour toutes.

— Tu n'as même pas besoin de demander, mon cher. J'aimerais que ce soit loin de la ville, loin des tentations. J'ai envie de me retrouver dans la nature. Là où il y a des sauterelles…

Il me regarde en fronçant les sourcils. « Des sauterelles ? »

— C'est une longue histoire. Je te conterai ça, un de ces jours, en partageant un *Perrier*.

Il me tend un sandwich au fromage. Je grimace. Cela me rappelle mes jours d'école lorsque j'ouvrais ma boîte à lunch pour y découvrir cet affreux sandwich préparé par ma mère deux fois par semaine.

J'ai trop faim pour m'en plaindre. Je développe le paquet tandis que Mathieu s'affaire à débrancher les appareils. Je me cabre lorsqu'il retire le tube de mon pénis.

« Si tu donnes des détails sur l'état de mon artillerie personnelle à Annabelle, dis-je en croquant dans le pain moelleux, je ne te parlerai plus jamais de ma vie. »

Il secoue la tête et poursuit son petit manège.

— Je vais te laisser finir ton lunch et tu te rhabilles, me dit-il. Je vais faire quelques téléphones et on va aller tout de suite dans un centre de désintoxication. J'ai quelques contacts à Bromont et dans le coin de Sutton. J'aimerais qu'on y arrive avant la tombée du jour.

Il me tend des cachets pour la douleur et me tapote encore l'épaule :

« On est passé à travers, Normand. Il reste plus qu'à savoir ce que Céleste a derrière la tête. Et ça, ça sort de ma juridiction. Une fois en sécurité dans le centre, si tu y passes quelques semaines, elle sera peut-être déjà partie vers sa planète et ce ne sera que chose du passé. »

Je n'ai pas la même idée en tête en ce qui a trait à Céleste. J'essaie encore de comprendre ce qu'elle me voulait en venant me relancer au bar. Comment a-t-elle pu me retrouver ? Si elle a des pouvoirs télépathiques, elle saura me repérer, même si je me cache derrière une banquise en Antarctique. Par contre, si ce lien était en rapport avec les trucs qui gravitaient dans mon corps, il n'existe plus désormais.

Malgré ce doute qui subsiste, je me sens enfin libre. Non seulement du poids de cette aventure insensée, mais de celui du départ d'Audrée et, encore plus profondément, celui de la mort tragique de mes parents.

Je n'ai plus soif, mais je suis épuisé.

Mathieu quitte de la salle d'opération en traînant avec lui le chariot où il a rangé les instruments de mesure et de surveillance. Je ne ressens rien d'autre que de la gratitude envers mon ami. Je ferme les yeux et pour la première fois depuis longtemps, je respire pleinement. Je me sens revivre.

Épilogue(s)

Au Mont d'Azur, centre de désintoxication
Bromont, 11 juillet 2017, 20 h 37

L'excitation est à son comble, ce soir. Plusieurs membres de notre petite communauté, incluant la très charmante Viviane Couture avec laquelle je crois avoir développé quelques affinités, se préparent à ce grand événement tant annoncé.

En effet, entre 23 heures et 2 heures du matin, nous allons être témoins d'un phénomène rarissime. D'après les calculs des astronomes, toutes les planètes de notre système solaire seront visibles dans le ciel au cours de cette courte fenêtre de temps.

Bien sûr, une multitude de spéculations a circulé sur les réseaux sociaux. Tempête solaire, tremblement de terre, inondation… toutes les raisons possibles pour annoncer la fin du monde.

Après avoir vécu une rencontre du troisième type avec une femme venue d'une lointaine galaxie, je ne sais pas si je dois croire à ce genre d'élucubrations. Je vogue plutôt dans le mode contemplatif de notre belle Terre avec ses plantes, ses animaux, son soleil et le merveilleux paysage étoilé de nos nuits. Que m'importe les milliards de gazouillis de cette planète branchée quand je n'ai qu'à ouvrir les yeux le matin et m'abandonner à la beauté de la nature.

Ça fera bientôt un mois que je suis ici. C'est le bonheur total.

Même les jours de pluie me réjouissent. Je m'attends toujours à croiser une nuée de sauterelles sur mon chemin afin de me réconcilier en totalité avec l'univers, mais ça ne saurait tarder.

J'adore cet endroit. Je me suis même mis dans l'idée de suivre une formation et devenir thérapeute afin de venir en aide aux écorchés de la vie comme moi. Je me sens investi d'une mission, celle de continuer à me libérer de toute cette poisse que je traîne depuis tant d'années.

J'ai pris le temps de digérer le départ d'Audrée et la mort de mes parents à travers des sessions de groupe et des rencontres individuelles avec un gars qui a la moitié de mon âge, mais le double de sagesse. Karl est un psychothérapeute qui est tombé dans un puits rempli d'empathie au cours de sa jeunesse. Quand il te regarde, c'est comme s'il te prenait dans ses bras. Lorsqu'il ouvre la bouche, c'est pour t'inviter à parler. Et bien vite, tous les mots émergent de la mienne, des flammes qui me brûlent de l'intérieur, mais qui réchauffent mon âme. Une heure avec lui, c'est comme une seconde au bord de la mer. Tu te laisses emporter. Le plus bizarre là-dedans, c'est qu'il ne parle presque pas. Mais il sourit à profusion.

Dire que je suis guéri, ce serait mentir avec effronterie. Il y a toujours un petit quelque chose qui remonte du plus profond de mon être quand je me surprends à respirer avec aise. Karl me dit que c'est normal.

— Même sur le chemin le plus sûr, tu trouveras des cailloux pour te chatouiller la plante des pieds, m'a-t-il dit ce matin après lui avoir raconté ma petite montée de lait.

J'ai reçu un coup de téléphone plutôt dérangeant vers les neuf heures. Rémi est venu me tirer de ma séance de méditation en me disant que quelqu'un voulait me parler de toute urgence.

Sur le coup, ce n'est pas ce dérangement qui a agacé ma quiétude. C'est plutôt le nom de mon interlocuteur qui a soulevé la poussière déposée sur mes récentes mésaventures.

— Salut, monsieur Poitras, a fait la voix au bout du fil. Comment se passe la cure de désintoxication ?

Le ton de cet homme qui me posait cette question a déclenché les engrenages rouillés de mon cerveau méditatif. J'ai cherché pendant une seconde à identifier cette voix qui me faisait serrer les dents.

— Tiens donc, n'êtes-vous pas le policier qui aime réveiller les gens en bûchant sur leur porte ? ai-je dit après m'être souvenu du visage de Hugues Martel-Boisjoli. Si vous cherchez encore la vieille dame, je vous rassure tout de suite, elle n'est pas ici.

L'autre crétin s'est mis à rire :

— Plus personne ne la cherche. On l'a enterrée la semaine passée. La pauvre femme n'a pas survécu à la pneumonie qui l'a terrassée après son séjour dans le stationnement froid et humide de votre condo.

—Je suis désolé de l'apprendre. Mais qu'est-ce que vous me

voulez au juste ? Des références pour vous inscrire ici ?

Martel s'est éclairci la gorge avant de me répondre :

— J'ai parlé avec les responsables du Mont d'Azur et ils m'ont assuré que vous pourriez recevoir de la visite. Je me suis dit que ce serait une excellente raison pour venir vous jaser de mes inquiétudes à votre sujet. Surtout de ce qui pourrait se passer lorsque vous sortirez de votre petit îlot de verdure. Rien d'officiel, bien entendu.

J'ai senti une montée de colère depuis la pointe de mes orteils recroquevillés jusqu'aux lobes de mes oreilles. J'ai fermé les yeux et j'ai pratiqué deux bonnes respirations profondes avant de répondre.

— Si ça vous tente de faire le voyage, je n'y vois pas d'inconvénient sauf que vous perdez votre temps. Je ne suis coupable de rien.

— C'est ce que je pense aussi, mais j'ai besoin de vos lumières pour enlever des petits coins d'ombres dans mon esprit.

Il m'a annoncé qu'il viendrait me rencontrer en fin de journée et m'a salué avec courtoisie. Je suis demeuré coi devant le meuble ancien qui nous sert de poste téléphonique.

Bien que je pouvais me féliciter d'avoir gardé mon calme, sa ténacité et son audace dépassaient les bornes. Que pourrai-je bien lui dire de plus qui le satisfasse ? La vérité ne réglerait rien. Et mentir, ce serait m'engager dans une spirale de problèmes, car je sais très bien que ni l'une ni l'autre de ces solutions ne le satisferait.

Je n'ai pas envie de revivre ces moments relégués dans le tiroir inférieur de mes souvenirs enfermés à double tour. Et puis, j'ai jeté la clé dans un puits sans fond.

Je m'en suis donc ouvert à Karl qui m'a conseillé d'accueillir Hugues avec courtoisie et de répondre à toutes ses questions avec franchise. Qu'il me croie ou non, ce sera son problème, pas le mien.

J'ai colorié trois grandes affiches remplies d'étoiles avec Viviane cet après-midi, pour oublier la visite imminente de ce policier au nez trop renifleur.

Viviane a vécu trois épisodes d'*overdose* au cours des six dernières années. La cocaïne a failli avoir sa peau. Elle ne l'a pas eu facile. Abandonnée par ses parents à l'âge de trois ans, elle a été choyée dans une famille d'accueil de Sherbrooke jusqu'à l'adolescence. Au *CÉGEP*, elle a rencontré un gars qui préférait s'oublier dans les méandres de la drogue plutôt que de bâtir sa vie. Elle l'a suivi et lorsque ce dernier est décédé des suites du SIDA, elle a perdu tout espoir de retrouver le chemin du bonheur.

Je m'estime heureux d'avoir trouvé un peu d'espoir au-delà des malheurs, d'avoir préféré le martini à la poudre. L'alcool tue, mais pas aussi vite que cette cochonnerie.

Je crois qu'elle va s'en sortir. Je la trouve plutôt sympathique. Elle me rappelle un peu Madeleine avec ses yeux en billes de verre, sa petite bouche de Japonaise et ses joues rebondies. Elle a pris du poids et ça lui va bien.

— J'adore tourner les coins ronds, lui ai-je dit la semaine passée quand on se promenait sur le sentier près du bois.

Elle venait de dire qu'elle pensait suivre un régime pour éliminer ses rondeurs.

« Qui a-t-il de mal à avoir un peu de graisse autour de tes os, Viv ?

Tu m'as dit que tu n'avais que la peau et les os quand tu es arrivée ici. Moi, je te trouve sexy. »

Elle a rigolé : « Tu trouves tout sexy, Poitras. Même la grosse vache à Patry. Tu la regardes avec de la bave sur le coin des lèvres. Tu es le pire misogyne que je connaisse ! »

On s'amuse bien, elle et moi. Ce n'est pas de l'amour. Juste un peu de compassion l'un pour l'autre dans ces moments difficiles. C'est plus compliqué pour elle. Je pense que c'est un peu à cause de Viviane que j'aimerais me lancer dans ce genre d'expérience de thérapeute. C'est cent fois mieux que de retourner moisir dans une entreprise moribonde menée par un patron qui me fait suer à chaque fois qu'il prend une respiration.

Lorsque l'heure du souper a sonné, le policier ne s'était pas montré le bout de la matraque.

Je n'ai toujours pas reçu sa visite et il sera bientôt l'heure de se joindre aux résidents dans la cour arrière pour admirer le ciel rempli d'étoiles et de planètes.

La direction a invité un ancien pensionnaire qui s'est développé une passion pour l'astronomie lors de son séjour en clinique. Il est d'ailleurs en train d'installer son matériel entouré de curieux qui l'assaillent de questions.

On aura droit à une projection sur grand écran de chacune des planètes qu'il réussira à capturer avec son impressionnant télescope. Il a tenu à nous préciser que la plupart des planètes que l'on verra ne seront que des points lumineux pas très différents des étoiles qu'on peut voir par milliards lorsque le ciel est clair. Ce sera le cas ce soir, d'après les météorologues. Pas de nuages, rien qu'un ciel tapissé de petites lumières célestes.

Je viens de sortir sur le balcon et j'observe les résidents et le personnel qui se pressent autour de Gerry, notre invité de marque.

Je regarde le ciel qui commence à s'obscurcir. Çà et là, des étoiles percent le bleu indigo de cette fin du jour.

Je me demande où peut bien se situer la planète où réside cette chère Céleste.

Je n'ai pas vraiment pensé à elle au cours des dernières semaines. C'est comme si ce nettoyage avait aussi lavé le souvenir de son passage sur notre planète.

Évidemment, elle ne s'est pas manifestée, contrairement à ce que nous avons craint, Mathieu et moi. Je suppose que sa présence au bar n'était que pour me faire ses adieux. Peut-être qu'elle se doutait de l'échec de son expérience avec un humain. À bien y penser, nous ne sommes peut-être pas à la hauteur de leurs attentes.

Je n'ai pas parlé de cette expérience avec qui que ce soit ici. J'ignore comment la chose serait interprétée. On a régulièrement abordé le sujet de la psychose qui est un volet connu d'un toxicomane. Bien que plus manifeste chez les consommateurs de drogues dures, aucune exception ne s'applique. Même les jeunes fumeurs de marijuana en vivent l'expérience. Alors, avec la boisson, il n'y a qu'un pas à faire.

Mathieu m'appelle presque tous les jours. Il a l'air heureux. Son cancer a été complètement éradiqué. Son oncologue n'en revient toujours pas. Dans son livre, cette guérison relève du miracle, tout simplement. Il tient à poursuivre ses tests afin de détecter ce qui s'est vraiment passé. Je doute qu'il trouve la moindre explication plausible à moins que nous lui expliquions la nature de mes supers pouvoirs de guérisseur !

— Alors, tu es prêt pour la grande syzygie, mon cher Normand ? me dit Karl qui vient de se joindre à moi sur le patio.

Je pâlis en entendant ce mot. Je suis pris d'un vertige. Et je ferme les yeux tout en serrant les dents. Un peu plus, et je hurle à m'en arracher les cordes vocales.

Karl me voit tituber et m'attrape de justesse avant que je ne m'écrase sur le sol.

« Qu'est-ce qui t'arrive ? Tu as vu un fantôme ou quoi ? » me dit-il.

Il demande à un des résidents qu'on m'apporte une chaise.

Je secoue la tête. Je n'ose pas parler. Entendre ce mot m'a frappé de plein fouet, comme un rappel de l'inévitable catastrophe d'il y a quelques semaines.

Viviane panique en me voyant écrasé sur la chaise, le visage presque transparent. Je lui dis de ne pas s'inquiéter, que tout va bien et que ce n'est qu'une baisse de pression.

Karl insiste pour me transporter dans le salon. Il demande à ce qu'on trouve le docteur de garde afin de s'assurer que ce n'est pas un malaise cardiaque ou un accident cardio-vasculaire.

Il y a un peu de commotion autour de moi et je ne veux surtout pas gâcher cette soirée en me tapant un infarctus.

Viviane en a les larmes aux yeux : « Fais-moi pas ça, Normand, je t'en prie… »

Je lui dis de ne pas s'en faire. Mon cœur bat régulièrement et je me sens déjà mieux. Je crois que c'est plutôt un incident psychosomatique. Le cerveau a la manie de ramener à la vue le pissenlit de tes cauchemars au milieu du champ de lavande de ton imaginaire. J'ai presque envie d'en rire, mais ce serait mal placé.

Le docteur Deslauriers arrive enfin avec son matériel. Il m'ausculte et me pose des questions. Il me recommande d'aller m'étendre un peu et de prendre quelques verres d'eau pour me réhydrater.

Rassurée, Viviane propose de m'accompagner à ma chambre. Karl suit de près, au cas où je m'écraserais en cours de route.

Une fois allongée sur le lit, Viviane me prend la main.

— Qu'est-ce qui s'est passé ? Tu m'as fait une de ces peurs, toi.

Je lui répète que ce n'est rien. « Tu as entendu le doc. Probablement de la déshydratation. Je ne bois pas assez d'eau, je le sais. Une autre bonne leçon de vie. Et puis ça doit être à cause de tout cet énervement de planètes dans le ciel. »

Je jette un coup d'œil à Karl appuyé sur le chambranle. Il cherche à comprendre ce qui a pu provoquer cette chute de pression.

— Je te laisse avec Normand, Viv, déclare-t-il. Je vais sortir rejoindre les autres. S'il y a quoi que ce soit d'anormal, tu avertiras le poste de travail.

Il tire un peu la porte vers lui et puis nous sommes seuls.

— Arrête de t'inquiéter pour moi, Viviane, dis-je en la voyant encore trembler. Je vais être OK. Tu ne trouves pas que j'ai repris des couleurs depuis que tu m'écrases la main ?

— Excuse-moi. Je perds les pédales des fois. C'est juste que je ne veux pas te perdre toi aussi, tu comprends ?

Je lui souris :

— Tu ne me perdras pas, ma chère. On ne se perdra pas.

Elle embrasse ma main.

— Je pense que je suis en train de tomber en amour avec toi, Poitras. Peut-être que je vais me fourrer dans un autre guêpier, mais c'est plus fort que moi.

Je la regarde, comme si je ne m'attendais pas à cet aveu après mes excès d'émotion.

— Viviane, je ne veux pas qu'on s'embarque dans une aventure sans qu'on soit certains l'un et l'autre si notre bateau est étanche. Toi et moi, on sait qu'on a du chemin à faire avant de se remettre à flot. Si on désire construire quelque chose de solide, il va falloir refaire toutes nos fondations avant de foncer tout droit dans un mur. On s'est déjà assez écorché le cœur avec nos bêtises pour se remettre à ramer à contre-courant sans savoir où ça va nous mener.

Elle hoche la tête de haut en bas, son visage strié de larmes. Elle tremble, la pauvre fille. Je ne peux pas lui dire que je l'aime parce que si je me commets tout de suite, je sais que je vais retomber dans mes mauvaises habitudes. Ça risque de tout faire foirer.

« Qu'est-ce que tu dirais qu'on apprenne les pas avant de danser ? On a l'air de connaître la musique, mais je sais qu'on va se marcher sur les orteils. Je propose qu'on devienne de vrais amis avant d'être des amants. J'ai envie de te découvrir : de savoir combien tu as de plombages dans la bouche, de connaître tes mets préférés, les films que tu as détestés, ton plus beau souvenir d'enfance… J'ai le goût qu'on réécrive notre histoire sur du papier blanc recyclé, mais sans fautes d'orthographe. Ça ne sera pas parfait, mais au moins, on aura une bonne base. »

Je ne la connais pas depuis longtemps, mais ce regard-là est tout nouveau. Il me réjouit. Il me donne le goût de revivre. Je lui serre la main et elle m'envoie un baiser.

— C'est un *deal*. Mais je t'avertis, je ne suis pas une bonne danseuse, même avec un poteau.

Je rigole. Elle me plaît vraiment, cette femme. Elle traîne toute une flopée de valises pleines de cicatrices, mais quand je lui raconterai les miennes, on se fera un grand feu de joie, le regard tourné vers l'avenir.

Je ferme un peu les yeux. Je me sens mieux.

Syzygie.

Ce mot-là me trotte dans la tête et je ne peux pas m'en défaire. Je tâte mon ventre, à la recherche d'une douleur. Mis à part un petit ballonnement, je n'ai plus du tout l'impression d'être l'hôte d'une galaxie.

Viviane ne dit rien. Elle zyeute mon environnement. Je n'ai pas grand-chose. Mathieu et Annabelle sont venus me rendre visite à deux reprises au cours de mon séjour. La deuxième fois, ils ont fait le voyage avec Boswell qui était très heureux de me revoir. Il m'est apparu avoir meilleure mine. J'ai demandé à Annabelle ce qu'elle lui faisait pour qu'il se trémousse comme un chiot. Elle m'a assuré qu'elle ne faisait que le nécessaire et qu'elle avait bien hâte que je le reprenne, me répétant qu'elle avait accompli sa part de mère avec les enfants.

Mais je crois qu'elle s'est attachée à ce vieux bougon célibataire. Je dois avoir déteint sur lui, le pauvre.

Annabelle m'a prêté une livre de Tony Robbins, une espèce de motivateur qui a l'air d'Arnold Schwarzenegger avec sa gueule pleine de dents et de mentons. Je n'osais pas ouvrir *Pouvoir illimité* jusqu'à ce que Karl me dise que je devrais y jeter un coup d'œil. J'ai été happé par la façon dont ce type adresse la parole à ses lecteurs, comme s'il me parlait directement. J'en suis à la moitié du bouquin malgré le nombre d'heures disponibles. C'est que je digère ses paroles et j'essaie de mettre ça en pratique dans ma vie. Viviane l'a ouvert et lit sans s'occuper de moi.

Je jette un coup d'œil à ma montre. Il est près de vingt-deux heures. Le spectacle céleste va bientôt commencer. De fait, j'entends la voix de notre astronome amateur Gerry faire une petite présentation à travers la fenêtre ouverte.

Je prends une autre gorgée d'eau et je demande à Viviane si elle veut se joindre au groupe.

— Je me sens mieux. C'est passé, je crois, ajouté-je pour la rassurer.

Elle m'aide à me lever même si je n'en ai pas besoin. Je lui souris et je la remercie.

Elle me prend par la main jusque dans le corridor. Elle croise ses bras une fois en route vers la porte arrière. Une des règles strictes de la maisonnée est de ne pas développer de relations intimes avec les résidents ou les thérapeutes, ce qui a du sens. Nous sommes tous dans un état émotionnel très instable et ce n'est vraiment pas le temps d'introduire des variables amoureuses dans une équation déjà complexe.

On salue le préposé à l'accueil et on se dirige vers le patio.

Des applaudissements retentissent. Gerry indique sur l'écran la planète Jupiter, un point très lumineux.

Je m'installe sur une chaise et j'écoute avec détachement ce que notre invité raconte tandis que je sens la chaleur du corps de Viviane sur le mien.

J'aurais envie de passer mon bras autour de ses épaules, mais je me garde bien de le faire. Karl a remarqué notre retour et il me salue après avoir jeté un regard suspicieux vers Viviane. Je pense que nous aurons droit, tous les deux, à une petite mise au point demain matin.

Quelqu'un tape sur mon épaule. C'est un des préposés qui se penche à mon oreille.

— Il y a un dénommé Hughes Martel-Boisjoli qui demande à te voir. J'ai parlé avec la direction et on m'a dit que c'est OK.

— Et moi, je suppose que je n'ai pas mon mot à dire ? répliqué-je sur un ton un brin trop sec.

Le pauvre jeune homme est mal à l'aise. Il jette un regard vers le responsable de cette décision irrégulière, mais ce dernier est davantage préoccupé par la planète Mars en tête d'affiche sur l'écran que de ma santé mentale.

« Qu'est-ce que tu vas faire si je te dis que je ne veux pas le voir ? »

Le préposé hésite. Il a peur de moi, on dirait.

— Apparemment, l'homme a insisté. Il paraît que c'est urgent.

Je grogne. Saleté de tache que ce policier. Même s'il n'est pas de service, il veut mettre son nez dans mes affaires qui, du reste, ne lui apprendront rien de bien édifiant.

Je hausse les épaules. Au pire, il me classera parmi les détraqués mentaux après avoir entendu ma version des faits. Je décide alors de jouer le tout pour le tout : je lui dirai toute la vérité, à part bien sûr, la suite des événements après la relation sexuelle — si on peut la qualifier de cette façon.

Je me penche vers Viviane : « J'ai une petite chose à régler, Viv. Garde-moi la place et un peu de maïs soufflé, d'accord ? »

Elle sourit et retourne à l'écran, accrochée, comme tous les autres, à la saga des planètes en voie d'être toutes à l'affiche sur ce grand écran céleste.

Je grimace en songeant à ce dernier mot. Heureusement, aucun vertige ne l'accompagne.

Je me lève et je fais signe au gars de passer devant moi dans un geste de pure politesse.

Il trottine devant moi, visiblement heureux de ne pas avoir eu à annoncer la mauvaise nouvelle à mon visiteur tardif.

Nous arrivons dans l'aire d'accueil. Je salue le gardien avec qui je fais des parties de dames avant de me diriger tout droit vers le policier concentré sur l'écran de son portable.

Il se lève et me tend la main : « Merci d'avoir accepté de me recevoir, monsieur Poitras. Je sais que c'est plutôt inhabituel pour cet établissement d'accueillir des visiteurs à cette heure tardive, mais j'ai été pris dans une affaire de chicane de couple qui a dégénéré et, pour en rajouter, l'autoroute des Cantons-de-l'Est était bloquée à partir de la 30. Des milliers de voitures convergent vers les montagnes, jusqu'à Mégantic, malgré les avertissements des spécialistes. Le ciel ne va montrer grand-chose de plus que des étoiles normales, à ce que je sache. »

Il a de la jasette, le coco rasé. Il a l'air fatigué. Je suis sur le point de lui dire qu'il n'avait pas à se déplacer pour moi en ce mardi soir. Il va droit au but, ce qui annonce que notre conversation ne se perdra pas dans des méandres de faux-semblants. Par contre, à moins que je le convainque de la véracité de mes aventures, ça risque de déraper.

« Est-il possible d'aller dans un coin tranquille pour parler ? Je ne tiens pas particulièrement à ce qu'on entende mes questions et qu'on m'identifie à un policier. Ça pourrait gêner certaines personnes qui n'ont pas de dossier vierge, n'est-ce pas ? »

— Ça va être dur de s'isoler dans l'édifice. C'est un peu l'énervement qui domine ce soir. Et les locaux de rencontre sont verrouillés. Pourquoi n'irait-on pas dehors ? Pas besoin de se joindre à la foule. On peut descendre du côté du sentier situé à l'orée de la forêt. C'est tranquille.

Il acquiesce et je lui fais signe de me suivre.

J'ai l'estomac noué. Est-ce à cause de la perspective de ce que je m'apprête à lui dire ou bien un dérangement dû à la digestion ? Je ne saurais le dire.

J'accroche au passage deux bouteilles d'eau. Je lui en tends une qu'il refuse poliment.

Nous contournons le groupe pendu aux lèvres de Gerry. Ce

dernier trace des cercles rouges sur l'écran afin d'identifier les planètes. Les gens pointent vers le ciel. D'autres prennent des photos avec leur portable. Des flashes illuminent la nuit.

« Ça ne va pas faire de beaux souvenirs, des photos dans la noirceur » dis-je en riant.

Le policier n'est pas intéressé par mon humour douteux ni, d'ailleurs, par les phénomènes célestes qui se déroulent au-dessus de nos yeux.

Nous arrivons au point de départ du sentier. Un petit panneau rappelle aux marcheurs de toujours signaler leur expédition à l'un des préposés et de demeurer sur les sentiers pour préserver la rusticité du boisé. Martel me demande si je dois aviser quelqu'un.

« Avec ce qui se passe là-bas, je doute que personne ne se soucie de mes va-et-vient à cette heure-ci. Viens-en donc au fait avec tes questions. Je n'ai pas le goût de jouer au chat et à la souris avec toi, le jeune. »

— Je ne viens pas à titre de policier, monsieur Poitras. Quoique, si vous me dites quelque chose qui pourrait éventuellement vous incriminer, je vais remettre mon chapeau de policier et vous lire vos droits, c'est bien compris ?

— Ça ne me semble pas trop clair, ton affaire, fiston. Mais au point où j'en suis rendu dans ma vie, je suis ouvert à toutes les options. Tu vas entendre ma version des faits et tu jureras si c'est nécessaire de partir la fanfare et les feux d'artifice.

Il enfonce les mains dans les poches de son jeans. Il jette un regard sur le sentier qui se perd sous le couvert forestier. Ici et là, des lampes solaires éclairent faiblement le chemin en poussière de roche.

— D'abord, dites-moi si vous étiez oui ou non sur le rang des Blais au cours de la nuit du 3 au 4 juin.

— Oui.

— Avez-vous été victime d'un accident avec votre voiture ?

— Certainement.

Il est surpris de ma franchise. Il ouvre la bouche, mais je lui fais signe d'attendre avant de répondre.

« Comment savais-tu que j'étais sur le rang des Blais ? Tu m'as suivi ? »

Il secoue la tête.

— Quand je suis parti à votre recherche, vous étiez déjà loin. J'en ai déduit que vous étiez en route vers votre résidence. J'ai donc emprunté le chemin que je croyais être le plus rapide, dans l'espoir de vous rattraper avant que vous ne fracassiez une borne-fontaine ou un lampadaire. Mais ça n'a rien donné. J'ai sonné à votre porte et n'ayant pas de réponse, je suis rentré chez moi. Pour être honnête avec vous, je n'ai pas bien dormi. J'étais inquiet pour vous et pour toute personne qui aurait pu se trouver sur votre chemin.

« Vers neuf heures du matin, on a reçu la visite d'un jeune homme âgé de dix-neuf ans. Il affirmait avoir vu une voiture rouge, du genre *vieux modèle super cool* — ce sont ses paroles — arrêté sur le bord de la route, sur le rang des Blais. »

Je ravale ma salive. Il y a donc eu des témoins de mon inconduite.

« D'après ce qu'il m'a raconté, il aurait vu la lumière des phares se déplacer en zigzag sur le chemin avant de s'immobiliser sur le bas-côté. Il s'est ensuite rendu sur place et a constaté que le conducteur était sans connaissance dans son véhicule et qu'il y avait quelque chose devant l'automobile. Peut-être un animal, nous a-t-il dit. Il a ensuite quitté les lieux à toute vitesse, sans s'arrêter, parce qu'il ne voulait pas de problèmes… »

— Drogue ? demandé-je.

— Partie de fesses avec la fille du maire…

— *Ouch* !

— La fille est mineure.

— Aïe ! Ça ne s'améliore pas.

— En effet. Bref, il est venu nous voir pour recevoir des conseils. Ce n'était pas l'idée du siècle, mais il était pris de remords et préférait de loin subir les foudres de notre bon maire plutôt que de se retrouver derrière les barreaux.

Évidemment, ce cher Hugues a su faire le lien entre ma voiture et mon état d'ivresse avancée.

« Il a donc déposé son témoignage quand on lui a expliqué qu'il pourrait faire face à de graves accusations en ayant abandonné une personne en détresse sur les lieux d'un accident. Par la suite, je me suis déplacé vers les lieux mais je n'ai rien trouvé. Pas de trace de voiture et encore moins de victime, animale ou humaine, ou même de sang. J'ai envoyé une équipe, mais personne n'a pu récolter autre chose que quelques traces de pas, de pneus et des morceaux de verre qui provenaient d'un phare brisé. Et une espèce de bave qui sentait l'eau de Javel, qu'on n'a pu identifier jusqu'à présent. »

Il doit se demander pourquoi je souris de la sorte. Il secoue la tête :

« Pour être franc, je n'aime pas votre attitude, monsieur Poitras. Si vous me disiez ce qui s'est vraiment passé qu'on en finisse avec cette affaire ? »

Je prends une profonde inspiration.

Ce sentier est un de mes endroits favoris. J'y trouve des odeurs qui éveillent en moi des milliers de souvenirs. Une forêt, c'est un océan de parfums qui changent au gré des brises, qui se mutent en effluves magiques en réaction à la chaleur ou au froid. Lorsque j'y déambule sans but précis, je me retrouve dans mon enfance innocente et je m'y sens en sécurité. Et c'est le cas en ce moment.

Je préfère garder pour moi ce que je sais tant que ce policier ne m'aura pas tout dit.

J'ouvre la bouche pour lui demander ce qu'il a d'autre à me dire à ce sujet lorsqu'une crampe me traverse le bas du ventre.

Un peu plus loin, des applaudissements se font entendre. Je devine que le spectacle va bientôt être à son apogée. Je suis déçu de ne pas être là-bas en compagnie de Viviane.

Martel me saisit par les épaules : « Est-ce que ça va ? Vous voulez qu'on retourne à l'intérieur ? »

Je ne peux pas parler. J'ai l'impression de revivre le cauchemar d'il y a quelques semaines.

Non, ce n'est pas possible... Ces astéroïdes ne sont plus là. Ma vessie devrait être exempte de ces horribles choses !

Je tremble comme une feuille morte.

Le policier me demande encore une fois si je vais bien. Je me redresse et je le rassure.

— Une simple crampe. Je dois pisser.

Il me fait signe de passer devant lui. Je fais quelques pas et j'arrive près d'un bouquet de fougères. Je descends ma braguette et je laisse couler un long jet chaud sur les feuilles en fermant les yeux. Ça me soulage un peu, mais la douleur est toujours très vive.

Soudain, j'entends un craquement droit devant moi. J'écarquille les yeux. Je ne distingue rien d'autre que les silhouettes chétives des troncs d'arbres et des touffes de végétation. Le terrain s'incline en douceur vers la montagne cachée sous ce couvert réconfortant.

Je parcours le paysage des yeux à la recherche de je ne sais quoi.

Puis, la panique vient enfin me saisir aux tripes. Je n'ai qu'une seule certitude :

Céleste est là !

Je ne la vois pas, mais je la sens. Je lève un peu la tête pour parcourir des yeux les feuilles et les branches entremêlées, mais je ne distingue pas grand-chose. La nuit est bien installée et la lumière autour du centre n'arrive pas à éclairer jusqu'ici.

Le policier toussote : « Ça va mieux ? »

Je le rassure et remonte la fermeture éclair de mon pantalon. Je ne peux me défaire de l'idée que ma femme en bleu est là, quelque part dans cette verdure, prête à venir me retrouver.

Au moment où je rejoins le sentier, je distingue une ombre sur ma droite à un peu plus d'une trentaine de mètres de l'endroit où je me trouve.

C'est bien elle.

Les crampes ne se sont pas résorbées. Au contraire, elles semblent avoir décuplées. Je pose une main sur mon nombril et j'appuie en douceur. Je résiste à l'envie de me plier en deux. Hugues me regarde avec un air suspicieux alors que j'arrive à sa hauteur. Je n'ose pas me tourner même si les bruits de la forêt que je perçois ne sont pas tous d'origine naturelle.

— Bon, si on en finissait une fois pour toutes avec cette affaire, Hugo, dis-je enfin à son adresse. Tu as un témoin. Il a vu ma Pontiac Sunbird rouge et il a constaté qu'un homme était affalé sur son volant. Ensuite, tu me dis que tu n'as pas de preuve d'un quelconque délit à part des bris de verre et un truc gluant. Quel serait donc mon crime ?

— Je suis venu jusqu'ici pour que vous me l'avouiez.

— Amusant.

— Pas vraiment, réplique-t-il avec un brin d'impatience dans le regard.

— Quoi encore ? Je devine que tu as une autre carte cachée dans ta manche, Martel. Mais tu as besoin que je te le confirme, c'est ça ?

Il me dit que je suis perspicace, mais je ne l'entends pas vraiment en toute clarté. Un faible chuintement monte en intensité entre mes deux oreilles. Je sens que mon ventre se gonfle et je me demande si je ne vais pas exploser d'une minute à l'autre.

Je suis convaincu que Céleste interviendra pour être *avec* moi lors de la conclusion de cet étrange moment. Je me rappelle ses mots, juste avant son départ…

Me permettras-tu au moins d'assister à votre fusion ?

J'ai l'impression de l'entendre respirer tout autour de moi.

Je dois trouver un moyen de me débarrasser du policier. Je peux tout lui avouer d'un seul trait ou lui demander de passer demain. Je ne m'en préoccupe plus vraiment puisque je ne serai peut-être plus là pour lui — ni pour qui que ce soit d'autre à bien y penser.

— Mon second témoin, c'est Angélique Bourbonnais, dit-il enfin.

Après une seconde d'hésitation, je me rappelle cette Angélique. C'est bien sûr cette vieille excentrique croisée dans l'ascenseur il y a quelques semaines.

« Elle a déclaré à une des infirmières du centre qu'elle a vu une femme à la peau bleue, nue, accrochée sur le toit d'une voiture sport rouge, le matin de ce samedi-là. Puis, elle s'est mise à délirer sur une histoire de fin du monde… C'est probablement cette psychose qui a causé sa fugue du centre d'hébergement et sa visite dans votre bloc de condo. Elle parlait de… »

Martel pointe le ciel étoilé de son pouce.

Syzygie ! dit-on les deux en même temps.

La douleur est atroce et je commence à perdre la vue. Mon champ de vision se rétrécit.

« Écoutez, monsieur Poitras, je ne sais pas ce que vous avez fabriqué ce soir-là, mais je pense qu'on en a assez discuté pour aujourd'hui. Vous avez l'air de souffrir et je ne voudrais pas que vous me fassiez une crise cardiaque sur le bord de la forêt à cause de mon interrogatoire. On va s'en retourner au centre et je reviendrai un autre jour, si vous me promettez de ne pas vous enfuir du pays, d'accord ? »

J'aimerais bien lui répondre que je m'apprête à quitter pas mal plus de choses que mon beau pays, mais j'ai la bouche remplie de bile. Le bruissement dans mes oreilles s'est transformé en un cri strident.

Je tends les bras vers lui et je tombe à genoux avant qu'il ne puisse me rattraper.

Le choc du sol fait un écho dans ma tête. Je vomis ce qui me brûlait la bouche et la gorge sur ses souliers. Il jure entre ses dents, visiblement incapable de réagir en face de ma déconfiture.

Il extirpe le cellulaire de sa poche et pousse un juron bien senti : « Comment ça, pas de signal ? »

Je souris à travers mes grimaces, mais il ne me voit pas dans cette pénombre.

C'est presque le moment de la grande Syzygie, mon amour.

La voix de Céleste me caresse la cervelle. Je ne peux plus m'enfuir et je vais mourir, j'en suis maintenant certain.

« Ne bougez pas, Normand. Je vais aller chercher du secours » me dit-il en serrant mes épaules de ses grosses mains tremblantes.

Je le retiens avec tout ce qui me reste de force. Je prends une profonde inspiration et j'arrive à articuler quelques mots.

— Trop tard… Hugues… Tu diras à Madeleine… que je l'ai… vraiment aimée.

Il secoue la tête. Je serre davantage son bras.

« J'ai frappé… quelqu'un… pas un être humain… C'était… Céleste… »

Je hoquette et une masse gluante me monte dans la gorge. Je crache. Je vois le sang s'étaler doucement sur le sable. Le policier tente de se dégager de mon emprise.

« Ma femme… femme en bleu… m'a… implanté… »

Je ne peux plus respirer.

Martel me dévisage. Il pleure. Peut-être sent-il toute cette énergie qui vibre autour de nous.

Il panique. Il crie à l'aide mais les applaudissements de l'autre côté du terrain fusent, mêlés avec des cris de joie.

Mon ventre gonfle à vue d'œil. La douleur me déchire de l'intérieur de manière si intense que j'ai l'impression de fondre au milieu d'une vague de lave rougeoyante.

Dans un dernier soubresaut d'énergie, je lève la tête pour apercevoir Céleste qui approche dans toute sa splendeur. Sa peau est parsemée d'une fine poussière luminescente. Je dois sourire, car elle me regarde avec amour.

Martel lâche prise sur moi et recule de quelques pas. Il a la bouche ouverte et les yeux écarquillés de terreur.

Je porte enfin mon regard sur Céleste et je lui tends la main. Je réalise que je n'ai plus de mains.

Bientôt, la lumière m'enveloppe comme un drap le ferait tout autour de mon corps.

Je m'abandonne dans une immense gerbe d'étoiles. Elle me berce et forme une colonne qui se perd dans les confins de l'univers.

Avant de quitter ce monde, je sais désormais ce que signifie l'infini et je m'y laisse emporter.

Rue des Roses
Chambly, 11 juillet 2017, 23 h 10

Annabelle pousse un petit cri.

Mathieu vient la rejoindre, un bol de maïs soufflé à la main. Il a aperçu un éclat de lumière très vif à travers la fenêtre au-dessus de l'évier de la cuisine alors qu'il se rinçait les mains.

— Tu as vu ça ? lance Annabelle recroquevillée sur le sofa de cuir.

— Tu parles de l'éclair ?

— C'est vraiment bizarre. Je l'ai vu en direct sur la télé. Ça a fait comme une déchirure dans le ciel rempli d'étoiles.

Mathieu s'approche avec le petit en cas de la soirée et s'assoit auprès de sa femme.

L'animateur de l'émission spéciale consacrée à l'événement spectaculaire du millénaire demande à un spécialiste en astronomie ce qui vient de se produire.

Annabelle augmente le volume.

— Je suis tout aussi surpris que vous, monsieur Brunet, répond-il, visiblement dépassé par les événements.

— Il y a sûrement une explication qui vous vient à l'esprit. Un éclair, une sorte de canal lumineux qui se serait ouvert entre les planètes, non ?

— Écoutez, enchaîne l'astronome, à ce stade-ci, c'est vraiment très difficile d'expliquer ce phénomène. Je suis certain que les réponses viendront plus tard lorsque les experts auront visionné les images captées par nos instruments de mesure.

— Justement, réplique Brunet, on me dit que cette lumière n'a pas été enregistrée. Comment est-ce possible ?

L'astronome ne cache pas son étonnement : « Je suis certain que nos appareils de mesure sauront expliquer ce phénomène. Je n'ai pas vraiment de réponse pour le moment… »

L'animateur grimace et remercie son invité tandis que la séquence des dernières secondes est repassée en boucle sous les yeux ahuris de Mathieu et Annabelle. Tout ce qu'on y voit, c'est une nuit étoilée puis un voile de friture à gros points sur l'écran à haute résolution.

— Le pauvre gars a l'air dépité pas à peu près, rigole Annabelle lovée contre son mari. J'ai l'impression qu'on ne le reverra plus sur cette chaîne avant longtemps.

Mathieu grignote le maïs sans quitter l'écran des yeux. Il est, comme des millions de personnes, captivé par le phénomène rarissime.

— Nous allons nous transporter immédiatement à l'observatoire du mont Mégantic où Zachary Poulin a du nouveau au sujet de cet éclair. Zachary ?

Un peu de parasites strient à l'écran et le journaliste apparaît, la tête tournée vers le nord. Plusieurs personnes derrière lui pointent le ciel et discutent sans retenue.

— Oui, Pierre, nous sommes toujours en direct du fameux observatoire de Mégantic et je vous dirais qu'il y a beaucoup de fébrilité depuis l'apparition de cette spectaculaire manifestation qui a éclairé le ciel ici. Nous avons été témoins, comme vous tous, de cet éclair qui a brièvement illuminé le ciel. Mais ce qu'il a de plus étrange, c'est que la source de cette lumière, cette colonne de feu, pourrait-on dire, semble avoir émergé des montagnes pas très loin d'ici.

« L'astronome Jean-Luc Brière vient tout juste de se joindre à nous. Monsieur Brière, vous m'avez dit que cet éclair qu'on a tous vu ici a été aperçu par la moitié du globe. Pourtant, on a tous l'impression qu'il s'est produit à quelques kilomètres du mont Mégantic. Selon les commentaires sur les réseaux sociaux, cette lumière a duré moins d'une seconde. D'après vous, qu'est-ce qui vient de se produire ? »

L'astronome explique tant bien que mal sa théorie alambiquée aux téléspectateurs rivés sur leur écran. Pour Mathieu, cet étrange événement éveille en lui plus d'une inquiétude.

— Conséquemment, même si on ne peut pas pour le moment reconstituer la séquence exacte du phénomène à l'aide de nos instruments, j'estime que la source de cet éclair, si je peux l'appeler comme ça, se situerait entre Granby et le mont Orford. Mais rien pour le moment ne peut confirmer que ce phénomène soit lié à l'alignement des planètes…

— Donc, ici même dans les Cantons de l'Est ? fait le journaliste. Comment pouvez-vous expliquer que la lumière puisse avoir été vue par…

L'image du reportage en direct est réduite de moitié et déplacée dans le coin droit de l'écran. L'animateur de la soirée spéciale intervient de façon abrupte :

— Désolé de vous interrompre, Zachary, mais on vient de signaler qu'un violent incendie s'est déclaré il y a quelques minutes dans la région de Bromont. Nous tentons d'en savoir un peu plus, mais je le répète, un violent incendie ferait rage au pied de la montagne…

Mathieu se lève tout d'un bloc et renverse son bol de maïs soufflé. Annabelle le regarde, paniquée.

— Normand… dit-il en étouffant un sanglot.

Il saisit son portable et cherche le numéro du centre du Mont d'Azur dans la liste de ses appels récents.

Après la séquence de sons de la composition du numéro, le haut-parleur demeure silencieux puis le signal est coupé. Il recompose le numéro, mais en vain.

« Ça ne se peut pas, dit-il à mi-voix. C'est impossible. Tout était disparu… Céleste… »

Bien qu'Annabelle ne connaisse qu'une partie du drame qui se déroule sous ses yeux, elle pleure à chaudes larmes.

Dans le garage, Bowsell hurle à mort.

Observatoire astronomique national de Llano del Hato
Vénézuéla, 12 juillet 2017, 20 h 21, heure locale.

Gilberto Hidalgo entre dans la salle d'ordinateurs avec son quatrième café de la soirée. La nuit sera longue. Il a eu maille à partir avec sa copine et il ne trouve pas l'énergie pour se mettre au travail. Surtout avec toutes les tâches que le directeur a laissées à son attention.

De plus, son collègue Chris von Kleist, celui qu'il surnomme affectueusement Von Kitsch, un étudiant allemand qui termine son stage à la fin d'août, a appelé en début de soirée pour se déclarer malade. C'est comme s'il avait deviné l'ampleur de la tâche qui les attendait et avait préféré la fraîcheur de ses draps dans son appartement étudiant de riche héritier allemand.

Gilberto jette un coup d'œil aux données qui défilent à l'écran sans s'attarder à la nouvelle série de chiffres qui vient d'apparaître.

— Encore une mise à jour qui fait déraper les résultats, pense-t-il.

Il soupire en songeant qu'il va de nouveau devoir appliquer les procédures d'usage pour tout redémarrer. Il aura à remplir des dizaines de rapports et subira les foudres de son patron Rodrigo.

Il prend une gorgée du breuvage chaud et apprécie le fumet corsé qui coule dans sa gorge. Au moins, le café ici est cent fois meilleur que celui de l'université.

Il tire la chaise vers lui et s'assoit pour prendre connaissance de la panne.

Il se gratte le dessus de la tête. Quelque chose ne tourne pas rond. Ce n'est pas une panne comme les autres, mais de nouvelles données qu'il n'a jamais vues apparaître depuis qu'il est en poste.

Gilberto pose ses pieds bien à plat sur le sol de ciment et se donne une poussée énergique vers l'arrière. La chaise bondit jusqu'à l'écran où le programme du télescope est ajusté au millimètre près selon des centaines de coordonnées préétablies.

Le jeune homme grimace. Tout est en ordre. Il tourne la tête de nouveau vers l'écran où défilent les données et siffle un juron entre ses dents.

— Quelque chose est anormal, dit-il à voix haute, et je jurerais sur la tête de ma grand-mère que ce n'est pas ce foutu programme, mais bien quelque chose qui s'est transformé dans le ciel.

Il se demande si ce qu'il est en train d'observer n'est pas lié à cette immense colonne de lumière qui est apparue au Canada il y a moins de vingt-quatre heures. Le seul phénomène a soulevé des tas de questions sans réponses à travers le monde même s'il n'a duré qu'une fraction de seconde. Des millions de personnes qui observaient le ciel étoilé affirment l'avoir vue. Pourtant, aucune trace ne subsiste sur les nombreuses captations enregistrées soit par des amateurs, soit par des observatoires du monde entier. Cette syzygie a-t-elle été responsable de cet éclair ? Comment et pourquoi ?

Il se déplace vers une autre station de travail et entre un mot de passe au clavier. Impatient, il pianote sur la table jusqu'à ce que l'image soit régénérée à l'écran.

Ce qu'il voit le stupéfie. Il ne reconnaît pas le paysage lumineux devant lui. Est-il possible que de nouvelles étoiles se soient ajoutées dans la galaxie au cours des dernières heures ?

Il secoue la tête.

— C'est impossible, se dit-il. Ça doit être autre chose. Des astéroïdes ? Une pluie de météores ? Comment peut-elle être visible de si loin ?

Toutes les hypothèses s'enchaînent dans sa tête comme des éclairs et s'éteignent aussi vite qu'elles apparaissent. Il n'arrive pas à mettre le doigt sur une explication plausible.

Il passe d'un écran à l'autre et cherche désespérément une réponse qui demeure invisible à ses yeux.

Une seule explication revient toujours dans son esprit et il en a le vertige. Ce qu'il voit là, c'est la naissance d'une autre galaxie et elle est plus près de la Terre que ne peut l'être la Galaxie naine du Grand Chien, soit à moins de vingt-cinq mille années-lumière.

Il agrandit la zone concernée et observe les amas d'étoiles aux reflets bleutés sauf une masse très brillante située au bas de l'image sur la gauche. Elle a des allures de supernova aux teintes rosées. Il se demande si c'est l'explosion de cette étoile qui a fait naître cette galaxie.

Le problème, c'est que ce genre d'événement ne se produit pas en quelques heures, mais sur plusieurs semaines sinon des mois.

Gilberto ravale sa salive. Il empoigne le combiné du téléphone et signale le seul numéro qu'il est autorisé à composer dans les cas d'extrême urgence. Il regarde les images et il pleure comme un enfant qui vient de retrouver sa mère ou un croyant témoin de l'existence de son dieu.

1743, rue De Béry, appartement 510
Chambly, Québec — 12 juillet 2017, 20 h 21

Les portes de l'ascenseur s'ouvrent sur le cinquième étage dans le vacarme habituel qui fait vibrer les murs.

La femme qui en sort porte des verres fumés malgré la noirceur de la soirée et la faible lumière des ampoules. Elle se dirige tout droit vers la porte 510 et frappe trois coups brefs sur le bois.

Elle attend patiemment qu'on vienne lui répondre, mais le silence qui suit la trouble. Elle étouffe un sanglot.

Elle frappe de nouveau :

— Normand ? Tu es là ? C'est moi.

Aucun mouvement, aucun bruit. Elle sanglote en passant une main dans ses cheveux bouclés qui frisent dans l'humidité de la soirée. Elle regarde de chaque côté du corridor et remarque que l'ampoule près de la porte grésille et clignote.

Elle cogne encore sur la porte, mais de façon plus insistante.

— Ouvre-moi, Normand. Je sais que tu es là. J'ai vu ta voiture en bas. Arrête de me niaiser. Je…

Elle prend une longue respiration avant de continuer :

« Je m'excuse. Je m'excuse pour tout. J'ai été la plus vache des truies. Je t'ai traité comme un chien et je ne mérite pas ton amour. Mais il faut que je t'explique. Je t'en prie. Ouvre-moi ! Par pitié ! »

La femme pleure sans se retenir. Elle en perd le souffle. Le dos appuyé sur le mur, elle se serre les bras autour de la taille. Elle glisse doucement le long du mur pour se retrouver recroquevillée au sol, la jupe retroussée, ses jambes meurtries dévoilées. Çà et là, des hématomes tachent la peau. Son corps porte des marques de griffures d'ongles.

« Tu dois me laisser entrer. Il va me trouver. Il va vouloir me tuer, je te le jure. J'ai commis une grave erreur en te quittant, Normand, laisse-moi entrer. Je te demande de me protéger. S'il te plaît, fais ça pour ta petite poupée d'amour, pour ton Audrée chérie ! Je te jure que je resterai auprès de toi jusqu'à la fin de tes jours. Tu es l'homme de ma vie, Normand. Est-ce que tu m'entends ? »

Elle hoquette encore quelques mots inaudibles à travers sa gorge serrée.

Elle ne voit pas l'ombre qui se profile derrière la porte close. Elle ne sent pas non plus cette odeur de soufre et de javellisant qui s'immisce doucement sous la porte.

Elle serait terrifiée de voir cet œil de chatte se poser contre le judas optique. La fine couche laiteuse qui recouvre le globe oculaire se liquéfie et la pupille rétrécit pour mieux observer la jeune femme qui se lève à nouveau pour frapper avec véhémence contre la porte muette.

Notes de travail

Au sujet de l'alignement des planètes et de la syzygie

En astronomie, une syzygie (du grec συζυγία, *réunion*, puis du bas latin *syzygia*) est une situation où trois objets célestes ou plus sont en conjonction ou en opposition.

Ce mot est généralement utilisé pour expliquer l'alignement simultané du Soleil, de la Terre et de la Lune ou d'une planète. Par exemple, les éclipses de lune ou de soleil sont des syzygies; de même, on utilise syzygie pour désigner les nouvelles et pleines lunes, lorsque le Soleil et la Lune sont respectivement en conjonction ou en opposition, bien qu'ils ne soient pas parfaitement alignés avec la Terre. [1]

*

Bien qu'évoqué dans le roman et dans plusieurs scénarii catastrophiques de fin du monde, l'alignement des huit planètes de notre système solaire avec le soleil est scientifiquement impossible. Selon Pascal Descamps, de l'Institut de mécanique céleste de calcul des éphémérides à Paris, ce phénomène ne pourrait se produire qu'une fois toutes les 4,3 millions de milliards d'années. Il faudrait également assumer que nos planètes orbiteraient dans le même plan en combinaison avec de nombreux autres facteurs complexes, qui sortent de notre compétence de simple citoyen. En tenant compte que notre système solaire est *à peine* âgé de 4,5 milliards d'années, ce phénomène n'a pas encore eu lieu. De plus, comme cette valse de planètes autour de notre astre solaire est considérée comme chaotique, il est encore moins probable que cet événement ne se produise[2].

Par contre, un récent événement[3] a soulevé des passions lors de l'alignement plutôt brouillon de cinq de nos huit planètes en août 2016. En effet, Mercure, Vénus, Jupiter, Mars et Saturne se sont donné rendez-vous dans le ciel et ont même dansé avec la lune dans le zodiaque. Notez qu'au cours de ces quelques jours aucun de ces points lumineux ne s'est jamais superposé l'un à l'autre. Ils étaient répartis dans une zone d'observation plutôt vaste, permettant aux astronomes avertis de voir ce phénomène rare, quoiqu'inoffensif. Encore une fois, des esprits épris de grands malheurs ont prédit des cataclysmes, à l'instar de cette fin du monde annoncée le 12 décembre 2012.

Selon de nombreuses sources sur les sites web qui traitent d'astronomie de manière sérieuse et vérifiable, si cet alignement se fait un jour, les effets ressentis sur notre bonne vieille Terre seront minimes. Quelques marées plus agitées seraient enregistrées tout au plus. Aucune catastrophe n'est envisageable, car les différentes interactions physiques surviendraient sur d'énormes distances ayant une infime influence sur notre planète.

Ainsi, pour les besoins du roman, je me suis permis d'extrapoler ces effets. J'ai imaginé que cet alignement pourrait se faire non pas de façon linéaire à proprement parler, mais plutôt par une règle de liens quantiques dont les explications dépassent le cadre de ce livre et même les limites de mon imaginaire. Après tout, il s'agit bien d'une fiction…

1. Wikipédia, consulté en ligne le 15 mars 2017
2. Science et Vie, décembre 2015, numéro 1179, pp. 128-129
3. Science et Vie, août 2016, numéro 1187, pp. 126-127

À propos de l'auteur

Dès qu'il apprend à lire, Patrice Landry se passionne pour les romans de science-fiction et de fantastique. Il écrit ses premiers romans à l'adolescence, tous enveloppés du mystère du temps, de la vie et de la mort.

Depuis 2005, il participe activement à l'expérience *Nanowrimo*, au mois de novembre. Ce défi personnel consiste à écrire un roman de cinquante mille mots et plus en trente jours.

Ma femme en bleu, écrit en 2005, est le fruit de cette expérience.

La première version de ce roman a été disponible gratuitement sur la plateforme *Wattpad* pendant plus de deux ans. Cette version non révisée compte plus de 150 000 lectures, assortie de milliers de commentaires positifs, en plus d'avoir été en tête d'affiche dans la section *Recommandés* de la catégorie *Science-Fiction* francophone au cours cette période.

En 2007, *Sauts d'âmes*, un roman de science-fiction publié aux Éditions Minamots, est son premier ouvrage disponible pour la vente (notamment sur Amazon, en version électronique et en version imprimée).

Il publie la plupart de ses textes gratuitement sur son blogue (patricelandry.com) et sur les plateformes éditoriales telles que *Wattpad* et *Scribay*.

Formé en graphisme puis en informatique, il peint au pastel pour se détendre mais se consacre désormais à sa passion de romancier et écrivain pour notre grand plaisir.

Patrice Landry est né en 1960. Il vit à Laval, au Québec (Canada) avec sa femme, Joumana, et leur chat, Noisette.

DU MÊME AUTEUR

Aux Éditions Minamots

Sauts d'âme (2007)

Horace Champagne - Un homme et ses pastels (2015)

Plus de détails sur **minamots.com**

Découvrez les nouvelles de Patrice Landry sur **patricelandry.com**

www.ingramcontent.com/pod-product-compliance
Lightning Source LLC
Chambersburg PA
CBHW061514020726
47502CB00006B/2069